講談社文庫

聖者の凶数

警視庁殺人分析班

麻見和史

講談社

目次

聖者の凶数

警視庁殺人分析班

◉おもな登場人物

〈警視庁刑事部〉

如月《きさらぎ》塔子《とうこ》……捜査第一課殺人犯捜査第十一係　巡査部長
鷹野《たかの》秀昭《ひであき》……同　警部補
早瀬《はやせ》泰之《やすゆき》……同　係長
門脇《かどわき》仁志《ひとし》……同　警部補
徳重《とくしげ》英次《えいじ》……同　巡査部長
尾留《びる》川《かわ》圭介《けいすけ》……同　巡査部長
神谷《かみや》太一《たいち》……捜査第一課　課長
手代木《てしろぎ》行雄《ゆきお》……捜査第一課　管理官
鴨下《かもした》潤一《じゅんいち》……鑑識課　警部補
河上《かわかみ》……科学捜査研究所　研究員

島尾《しまお》泰明《やすあき》……ホームレス
種山《たねやま》常雄《つねお》……不動産会社経営者
保坂《ほさか》明菜《あきな》……不動産会社社員
八重樫《やえがし》豊《ゆたか》……東都大学医学部准教授
梶浦《かじうら》正紀《まさき》……東陽新聞社会部記者
小柴《こしば》……上野消防署主任
桐沢《きりさわ》……自動車整備会社社員
橘《たちばな》　久幸《ひさゆき》……雑誌販売員
大月《おおつき》雄次郎《ゆうじろう》……事務機販売会社経営者
大月保子《やすこ》……雄次郎の妻
大月仁美《ひとみ》……雄次郎の娘
赤城《あかぎ》庄一《しょういち》……上野外科クリニック院長
末次《すえつぐ》義道《よしみち》……上野外科クリニック医師
末次佳奈子《かなこ》……義道の妻
金内《かねうち》喜久雄《きくお》……喫茶店経営者
柿崎《かきざき》……元消防官
魚住《うおずみ》研造《けんぞう》……輸入商

第一章　アパートメント

1

空き缶の転がる音が聞こえた。かん、こん、からからから、かん。壁にでも当たって止まったようだ。

島尾泰明《しまおやすあき》はジャンパーの襟《えり》を立てると、両手を擦《こす》り合わせた。吐《は》く息が白い。

今日は夕方から、北風が強く吹き始めた。JR上野《うえの》駅そばの路上には、新聞紙やレジ袋、ファストフードのパッケージなどが落ちている。風に煽《あお》られ、それらはアスファルトの上を滑《すべ》っていく。

彼は歩道に立ち止まり、駅舎を見上げた。灰色の壁に、円《まる》い時計が掛かっている。まもなく午後十一時になるところだ。

――今日は何日だったかな。

島尾は考えた。そうだ、たしか十二月十一日だ。昼間拾った新聞にそう書いてあった。その新聞は今、彼のショルダーバッグの中に収まっている。新聞や雑誌は、数少ない娯楽のひとつだから、大切にしなければならない。

かん、こん、とまた空き缶の音がした。

明日から缶拾いでも始めるかな、と彼は考えた。実入りは少ないが、すぐにできる仕事はそれぐらいだろう。島尾は今五十五歳だが、腰痛持ちなので建設現場では働けない。それで、少し前まで風俗店の看板を持つ仕事をしていた。ところがその店は警察のガサ入れを受けて、営業停止となってしまったのだ。

昨日、ボランティアの炊き出しに並んで食事をとったが、そのあとは何も食べていない。空腹だった。

島尾は自分のテリトリーを歩き回った。上野公園へ行き、アメ横へ行き、そしてまた上野駅のそばに戻ってきた。しかし収穫はひとつもない。だんだん気持ちが滅入ってくる。

こういうときは思い切って場所を変えることだ。島尾は普段行かない、東上野《ひがしうえの》方面に足を向けた。

上野広小路《ひろこうじ》辺りのような賑《にぎ》わいはないが、その地区にはいくつかコンビニエンスストアがあるのだ。うまくいけば、消費期限切れの廃棄品が手に入るかもしれない。

首都高沿いの道を、島尾は背中を丸めて歩いた。時刻は午前零時を回っているはずだ。駅からの客を乗せ、タクシーが昭和《しょうわ》通りを走っていく。あんなに飛ばして大丈夫だろうか、と彼は思った。それから、自分がそんな心配をしても意味がないことに気がついた。

もう、会社員だったころとは違うのだ。自分は今、世の中の動きとは切り離された場所にいる。

闇の中に、明るいロゴマークが浮かんでいた。目的のコンビニエンスストアだ。島尾は店の脇に回った。最近、大手チェーンでは廃棄商品の管理が厳しくなっているが、この店だけは別だ。運がよければ、立派な弁当が手に入ることもある。

青白い照明の下、がさがさ音を立てながら袋の中を調べてみた。運良くサンドイッチが見つかった。ほかに焼き鳥がひとパック、白菜の浅漬けがひとつ。いいぞいいぞ、大漁だ。手早く、ショルダーバッグにしまい込む。

そのとき、前方でドアの開く音がした。店員が出てきた。こちらにやってくるようだ。

島尾は大慌《おおあわ》てで、その場を離れた。

「ちょっと、そこの人……」

声をかけられたが、立ち止まれば厄介《やっかい》なことになる。

そのまま小走りになって、彼は昭和通りへと逃げていった。

とりあえず今夜の食料は手に入った。あとは、寒さをしのげる場所があれば文句なしだ。島尾は昭和通りを渡り、東に進んだ。

コンビニは以前からチェックしていたが、ここから先は、彼にとって未開の地だ。もしかしたら居心地のいいねぐらが見つかるかもしれない。何も見つからなければ、段ボールのあるいつもの空き地に戻ればいい。

バッグの中に食べ物があるというだけで心強かった。相変わらず風は冷たいが、島尾の足取りは軽くなっている。

深夜の町を徘徊《はいかい》し、一ブロックごとに建物を観察した。台東《たいとう》区役所や上野消防署のそばを通って、さらに進んでいく。

そのうち左手に、古めかしい集合住宅が見えてきた。四階建ての、東西に長いアパートだ。門の脇に、《東上野アパート》という木製の看板が掛かっていた。

相当古い建物らしく、見た目には廃墟《はいきょ》のような雰囲気がある。しかし敷地を覗《のぞ》き込むと、いくつかの部屋に明かりが灯《とも》っていた。まだ住んでいる人がいるのだ。

それにしてもこの様子では、すべての部屋が居住可能とは思えない。だとすると、これは自分のようなホームレスにとって、予想外の「優良物件」かもしれなかった。

辺りに目を配りながら、島尾は敷地の中に入った。

建物のそばに、大木が数本立っていた。上野公園ならともかく、町なかにこれほど大きな木があるのは珍しい。はるか上のほうにある枝が、ざわざわと音を立てている。前庭に植えられた草花も、風に吹かれて揺れていた。

二戸おきに、階段室が設けられている。共用通路はなく、この階段室から直接部屋に入れるようだ。

今明かりが点《つ》いているのは、東寄りの数部屋だけだった。西側のほうが寂れているようだったから、島尾はそちらへ向かった。

西の端にある階段室に侵入する。今まで聞こえていた風の音が、急に小さくなった。

靴音を立てないように注意しながら、足を進めていく。

手前の部屋、一一五号室の前で、彼は耳を澄《す》ました。室内からテレビの音などは聞こえてこない。ノブに手をかけると、そのままドアは開いた。

——ありがたい。今夜はここで眠れそうだ。

島尾はその部屋に忍び込んだ。手探りで電灯のスイッチを押したが、明かりは点かない。空き部屋なら、それも当然のことだろう。

奥の居間にある窓から、わずかに街灯の光が射し込んでいる。これなら、食事をするのに不自由はない。靴を脱いで、部屋に上がった。

居間は板張りで、その上にカーペットが敷《し》いてあった。島尾は早速《さっそく》腰を下ろし、バッグのファスナーを開いた。先ほどの戦利品をカーペットの上に並べ、その横に、大事にしている焼酎のボトルを置いた。寒さを紛《まぎ》らすためにも、アルコールは必需品なのだ。

焼き鳥と浅漬けを肴《さかな》に、彼は一杯やり始めた。つまみがあるから、いつもより酒が進む。節約するつもりだったのだが、酔いが回って気が大きくなった。

——いいや。明日のことは明日考えよう。

今までもそうやって生きてきたのだ。なんとかなるに違いない。

人心地ついたところで、彼はトイレに立った。薄暗いから、壁をつたって進まなくてはならない。ドアを開けると、トイレの中は真っ暗だった。

ポケットを探って、使い捨てライターを取り出した。島尾は煙草《たばこ》を吸わないが、煮炊きをするときなどに、これを使っている。

幸い水道は止まっていなかった。用を足してから、ライターをポケットにしまって居間に向かう。もう少し飲もうか、それともやめようかと考えているうち、何かにつまずいた。

「なんだよ、こんなところに……」

闇の中で目を凝《こ》らしてみる。今まで気がつかなかったが、居間の隅《すみ》、光の届かない部分に、何か大きなものが転がっていた。

再びライターを取り出し、火を点けた。部屋の隅が、揺らめく炎で照らし出される。

島尾は息を呑《の》んだ。そこに倒れているものは、人の形をしていたのだ。

そういえば、何か妙なにおいがしていた。建物が古いせいだと思っていたが、もしかしたら、これは遺体なのでは――。

いや待て、と彼は思った。死んでいるとは限らないではないか。そうだ。俺のような酔っぱらいが、汚れた服を着て眠っているだけかもしれない。

彼はその人物に近づいた。右手でライターの火をかざし、左手で体に触れてみる。そのままでは顔が見えなかった。一旦《いったん》火を消し、その人物の体を裏返しにする。

あらためてライターを点火した。相手の顔を覗き込んだ瞬間、島尾は悲鳴を上げた。飛びのいた弾《はず》みに、背中を壁にぶつけた。

倒れていたのは、異様な姿の人物だった。体つきからして、おそらく男性だろう。だが、人相を確認することはできなかった。

その男には表情がなかった。いや、顔がなかったのだ。

島尾は息をするのも忘れて、男を凝視していた。あまりの衝撃に、目を逸《そ》らすことさえできなかった。

2

体を震わせながら、如月塔子《きさらぎとうこ》は廊下を歩いていく。

厳しい冷え込みになる、と昨晩のテレビで気象予報士が話していた。目を覚《さ》ましたら、本当に寒かったので驚いた。

仕事ならどんなときでも我慢するが、休みだと思うと気が緩《ゆる》む。塔子は顔も洗わずに居間へ行き、こたつに両脚を突っ込んだ。

——はあ、暖かい。

テレビを見ていた母の厚子《あつこ》が、こちらを向いて顔をしかめた。

「またあんたは、そんな恰好《かっこう》で」

塔子はスウェットの上に、どてらを着込んでいた。屋内でこれに勝《まさ》る防寒着はないと思うのだが、どうも母は気に入らないらしい。

「でもこれ、お母さんが買ってくれたんだよ」

「あれは高校受験のときでしょう。……もう二十六なんだから、少しは気をつかいなさいよ。休みだからって、だらしない恰好しないの」

「ちょっと。話が違うじゃない、お母さん」塔子は口を尖《とが》らせた。「いつも、『あんたは働きすぎだから、たまには休みなさい』って言ってるくせに」

「どてらを着て休めとは言ってないでしょう」

塔子は唸《うな》った。自分の身なりを確認していたが、やがてこう言った。

「『どてら』っていう名前がいけないんじゃないかな」

「……え？」

「これ、別名『丹前《たんぜん》』じゃなかったっけ？　それなら上品な感じがするよね。どう、丹前」

「馬鹿なこと言ってないで、ご飯食べちゃいなさい」

「はあい」

塔子はこたつを出て、顔を洗いにいった。それから仏壇に向かって手を合わせた。

「如月警部殿。お願いです、早くこの冬を終わらせてください」

「お父さんにそんな力はないわよ」台所に向かいながら、母が言った。

仏壇には父・功《いさお》の遺影がある。生前から真面目《まじめ》な人だったが、写真になってもどこか硬い表情をしていた。あちこち探したが、こんな写真しか見つからなかったのだと母は言う。

父は今から十年前、塔子が十六歳のときに病気で亡くなった。少し前、仕事で大怪《おおけ》

我《が》をしていたから、それが遠因ではないかと母は勘ぐったようだ。そんな経緯がある

ものので、母は、塔子が警察官になることに賛成してくれなかった。もしかしたら今で

も多少、わだかまりを持っているかもしれない。

台所で朝食をとっていると、携帯電話から着信音が聞こえた。メールが届いたの

だ。

「なに、仕事？」厚子が怪訝《けげん》そうな顔をする。

食パンをかじりながら、塔子は液晶画面を確認した。母に向かって、首を振る。

「違った。高校のとき一緒だった、トモちゃんから」

「ああ、あの子ね。何だって？」

本文に目を走らせてから、塔子は携帯をテーブルに置いた。

「久しぶりにみんなで集まって、何か美味《おい》しいものを食べようって。……うーん、会

いたいけど、仕事の状況がわからないし、無理かなあ」

「なんとか調整できるといいのにね。……いつなの？」

「十二月二十四日」

え、と言って、母はまばたきをした。

「トモちゃん、たしか彼氏がいたわよね」

「そのはずなんだけど。でもこんなメールが来たってことは、今年は寂しいクリスマ

スになっちゃったのかも」

　母は何か考えていたが、やがて塔子をじっと見つめた。

「トモちゃんでさえそうなんだから、あんたはよっぽど頑張らないと」

「……何を？」

「何を、じゃないでしょ。私、嫌ですからね」テーブルの上を拭《ふ》きながら、厚子は言った。「四十歳、五十歳になった自分の娘に、ご飯なんて作りたくないわ」

　塔子は苦笑した。

「大丈夫だよ。私だって、ご飯ぐらい作るから。洗濯だけは、お母さんに助けてほしいと思うけどね」

「いつまでも実家にいられちゃ困ります」

　そんな話をしていると、再び携帯電話が鳴った。今度はメールではなかった。

　コーヒーでパンを流し込んでから、塔子は通話ボタンを押す。

「はい、如月です」

「早瀬《はやせ》だ。うちの係に臨場の命令が出た。休みのところ悪いが、今から出てきてほしい」

　相手は上司の早瀬泰之《やすゆき》係長だった。本来、今週いっぱいは休みのはずだが、急な出動が決まったようだ。

「了解です。場所はどこですか」

「東上野五丁目のアパートだ。上野警察署から、歩いて数分のところらしい」

「そんな場所で、殺しですか」

「殺しと死体損壊だ。被害者は顔を消されている」

「顔を？」

どういうことだろう。顔を「傷つけられている」のではなく、「消されている」とは、どんな状況なのか。

「至急、現場に向かいます」そう言って、塔子は電話を切った。

ふと見ると、母は真顔になっていた。塔子に向かって、うなずきかける。

「仕事ね。行ってらっしゃい」

「残念だけど、やっぱり食事会は無理みたい」

「事件じゃ、仕方ないわね」

これからしばらく、捜査員は所轄署に寝泊まりすることになる。特に、捜査の初期は人手が必要だから、個人的な用事はすべて後回しだ。

着替えをし、薄く化粧をしてから塔子は玄関に向かった。コートの上に、仕事用のバッグを斜《なな》めに掛ける。子供っぽく見えるが、こうしておかないと両手が自由に使えない。

「これ、持っていきなさい」母はスーパーのレジ袋を差し出した。中を覗くと、チョコレートやらバランス栄養食やらが入っている。食事が不規則になりがちだから、こういう差し入れは嬉《うれ》しかった。

「ありがとう。……じゃあ、行ってきます」

塔子はドアを開け、外に出た。顔や手が、冷たい空気にさらされる。バッグを揺すり上げ、駅に向かって歩きだした。

北赤羽《きたあかばね》駅の近くで、クリスマス料理のポスターが目に入った。ローストチキンや具だくさんのスープ、ミモザサラダ、イチゴの載《の》ったホールケーキなどが印刷されている。

子供のころは、こうした写真を見るたびに胸がときめいたものだった。しかし最近は、仕事が忙しくてそれどころではない。

普段なら、そのまま通り過ぎてしまっていただろう。だが先ほどの、母の言葉が頭に残っていた。塔子は足を止め、ポスターをじっと見つめた。

――私も、たまには料理をしたほうがいいのかな。

何かあるたび、母は小言を口にする。つい二日前にも「あんたは女なんだから、そんなに頑張らなくていいの」とか、「もう二十六なんだから、そろそろ本気で相手を探しなさい」とか、うるさく言われたばかりだ。このへんでガス抜きをしないと、厄介なことになるかもしれない。

今の時期なら、クリスマスケーキでも作ってみせれば、母も喜ぶだろう。よし、久しぶりにブラウニーでも作ろうか、と考え始めたとき、塔子ははっと思い出した。そうだ。この前、料理用のはかりが壊れてしまったのだ。

ほかの料理なら目分量でもかまわないが、菓子作りは難しい。本や雑誌に書かれているとおりにしないと、失敗するケースが多いのだ。

塔子のやる気は、たちまちしぼんでしまった。


十二月十二日、午前十時十五分。塔子は台東区東上野五丁目に到着した。

JR上野駅から徒歩十分ほどの場所で、早瀬の言ったとおり上野警察署の近くだった。付近には上野消防署や台東区役所、ハローワークなど公《おおやけ》の施設が多いが、それに混じって寺社や民家もある。

今回事件現場となったのは、古びたアパートだった。敷地の中には大きな木があり、建物を守っているように見える。アパートは四階建てで、東西に長い設計だ。

敷地に面した西側の道路に、警察車両が多数停まっていた。制服警官や鑑識課員、私服の捜査員などが立ち働いている。周囲には野次馬が集まり、写真を撮ったり電話をかけたりしていた。トラブルが起こらないよう、立ち番の警官が睨《にら》みを利《き》かせている。

塔子は白手袋と《捜一》の腕章をつけ、制服警官に挨拶《あいさつ》して、中に入れてもらった。

塀《へい》の内側には、先ほど見えた大木のほかに、低木や草花が生えていた。前庭に手押しポンプを設置した井戸がある。あれは今も使えるのだろうか、と塔子は思った。建物が古いこともあって、昭和初期の世界に紛れ込んだような気分だ。

アパートは鉄筋コンクリート造りだが、壁が傷んであちこちに亀裂が走っていた。剝《は》がれ落ちたところを補修した跡《あと》もある。各部屋には、階段室から入る仕組みらしかった。

西の端にある第七階段室に、捜査員たちが集まっていた。

「如月、ここだ」

刑事たちの中心にいた男性が、こちらに向かって手を挙げている。警視庁捜査第一課第十一係の責任者、早瀬係長だ。写真係がフラッシュを焚《た》くと、早瀬の眼鏡《めがね》が白く光った。

「お疲れさまです。ずいぶん古いアパートですね」

建物を見上げながら塔子は言った。早瀬は軽くうなずいて、

「籐潤会《とうじゅんかい》アパートメントというのを知っているか」

と訊《き》いてきた。

「どこかで聞いたような気がしますが。……ここが、それですか？」

「ああ。一九二三年の関東大震災でたくさんの建物が倒壊した。家を失った人たちのために、アパートを建設する計画が持ち上がったそうだ。財団法人籐潤会という組織が設立され、十六ヵ所に集合住宅が造られた。この東上野アパートは、現存する最後の一ヵ所らしい」

捜査を始めるに当たって、すでに早瀬は情報を集めていたようだ。常に一手先を考えて行動するところに、リーダーとしての力量が感じられる。ただ、ストレスが多いため、彼は胃を悪くしているそうだ。

「関東大震災のあと、ということは……大正の終わりか、昭和の初めぐらいですか？」塔子は尋ねた。

「このアパートが出来たのは一九二九年だというから、昭和四年だな。当時としては珍しく、防火扉や水洗トイレ、共同水場、集会所やダストシュートなどの設備があった。しかし防火扉が使われることはほとんどなかったようだし、水洗トイレも今見たら時代遅れのデザインだろう。各戸に設置されたダストシュートも使用されなくなっている」

「でも、築八十年以上で現役というのは、すごいですよね」

「さすがに老朽化が進んだということで、建て替え計画が出ているそうだ。全部で七十数戸あるんだが、徐々に空き部屋になって、今住んでいるのは七世帯だけらしい」

「……そんなに空き部屋があると、防犯上、不都合がありそうですね」

「そのとおりだ。こんなことを言っては失礼だが、西側はほぼ廃墟のような状態だから、不審者が忍び込んでもおかしくはない。実際、こうして西側の部屋で事件が起こってしまった」

　第七階段室から活動服を着た男性が出てきた。鑑識課の主任、鴨下潤一《かもしたじゅんいち》警部補だ。帽子の下から、癖《くせ》っ毛が撥《は》ねているのが見える。

「早瀬さん、採証作業は終わりました。中に入れますよ」

「わかった。……死亡推定時刻は出ていないんだよな？」

「まだです。なにしろ遺体の損傷がひどいもので」鴨下は帽子を脱《ぬ》いで、髪の毛を撫《な》でつけた。「ほかにも奇妙な点が多いですから、急いで司法解剖に回しましょう」

「東都《とうと》大には、もう連絡してある」

　早瀬係長がそう答えたとき、背後から別の声が聞こえてきた。

「鴨下さん。外壁や窓枠の指紋も、調べてもらえませんか」

　鷹野秀昭《たかのひであき》警部補が、腰を屈《かが》めて壁を見つめていた。持参したデジタルカメラで、写真を撮っているようだ。

「何か気になるのかい」近づきながら、鴨下主任が尋ねた。

「ここ、中を覗くにはちょうどいい場所ですからね」

鷹野は腰を伸ばして、こちらを向いた。彼の身長は百八十三センチある。塔子は百五十二・八センチしかないから、いつも彼を見上げる恰好になる。

おや、という顔で鷹野が話しかけてきた。

「早かったな、如月。準備が大変だったろう」

「もたもたしていたら、仕事になりませんからね」

「うん。だいぶ刑事らしくなってきたじゃないか。女らしさも感じさせないしな」

「そう言われると複雑ですが……」

鷹野は飄々《ひょうひょう》としていて、一見何を考えているのかわかりづらい人だ。コンビを組んでいる塔子でも、ときどき彼の心情を読み違えることがある。

「なるほど、たしかに中が見えるな」窓枠のそばで、鴨下主任がつぶやいた。

腰高窓の下半分に、転落防止用の手すりが取り付けてある。今、室内のカーテンは開けられていて、作業をしている鑑識課員たちが見えた。この部屋には電気が通じていないのだろう、彼らが持ち込んだライトが灯されている。

奥のほうに誰かが倒れていた。被害者だ。間取りの関係で、ここからは足しか見えない。

鴨下は部下を呼び、窓の周辺で採証活動をするよう命じた。

「じゃあ、行きましょうか」

彼の案内で、塔子たちは第七階段室に向かった。

現場は西の端にある一一五号室だ。最近のマンションなどに比べると天井が低く、部屋も狭かった。

「窓ガラスに異状はないし、玄関のドアをピッキングした形跡もありません」そう話しながら、鴨下は一一五号室に入っていく。

部屋の隅に、被害者が仰向けに倒れていた。下半身にはスラックスと靴下を穿《は》いていたが、上半身はアンダーシャツ一枚という寒々しい姿だ。スラックスは、茶色に大きめのチェック柄だった。

「発見時、遺体はうつぶせになっていたそうです。生死を調べるため仰向けにした、と第一発見者が証言しています」

ライトに照らされたその顔面を見て、塔子は息を呑んだ。

体格や毛髪の状態からすると、四十代から五十代の男性だろう。だが、その人物の顔を確認することはできなかった。髪の毛の生え際《はえぎわ》から喉《のど》の辺りまで、赤黒く爛《ただ》れていたからだ。

「ケミカルバーン——薬傷《やくしょう》ですね。何かの薬品をかけられたんだと思います」鴨下が説明した。

頬《ほお》もまぶたも、引きつったようになっていた。唇《くちびる》も一部溶けた状態で、歯が剝《む》き出しになっている。これでは人相がわからない。

その遺体に表情というべきものはなかった。怒りくるっているわけでもなければ、泣き喚《わめ》いているのでもない。だが顔の皮膚《ひふ》や唇などを失ったせいで、この被害者には表情以上のものが備わっていた。そこにあるのは、他人を恐怖させる「禍々《まがまが》しさ」だ。

思わず塔子は目を伏せた。その気配を察したのだろう、鷹野が言った。

「ホトケさんをしっかり見てやれ。我々が目を逸らしては、この人は浮かばれない。彼の無念を、心に刻んでおくんだ」

塔子はぎこちなくうなずいた。それから、遺体に向かって手を合わせた。

早瀬係長は電話で「被害者は顔を消されている」と言った。たしかにそのとおりだ。このように損壊されていては、写真撮影をしても聞き込みには使えない。

「犯人は被害者の身元を隠すために、こんなことを？」塔子は早瀬の顔を見上げた。

「おそらくな」早瀬は指先で、眼鏡の位置を直す。「かなり念入りな仕事だ」

室内を撮影していた鷹野が、遺体のそばにしゃがみ込んだ。ポケットにカメラをしまうと、手袋を嵌めた右手を伸ばした。

遺体の損傷箇所は顔だけではなかった。アンダーシャツから露出した両腕も、広い範囲にわたって爛れている。ある箇所では、傷は骨にまで達しているようだ。別の箇所では滲《にじ》んだ血液が乾いて、固く張り付いている。

「指紋は無事だったようですね」遺体の指先を調べながら、鷹野が言った。

「もう採取済みだよ」と鴨下。

「カモさん。使われた薬は何だと思う？」早瀬が尋ねた。

「薬傷の箇所が黒ずんでいますから、強い酸だと思います。アルカリ性の薬品だと、こうはなりません。このあと科捜研に頼んで、詳しく分析してもらう予定です」

「死因は？」

「これでしょうね」しゃがんだまま、鷹野が顔を上げた。「頸部《けいぶ》に索条痕《さくじょうこん》があります。ロープか何かで絞殺されたんですね。そのあと、顔や両腕に薬品をかけられたんでしょう」

「遺留品は見つからなかったか？」

「部屋のカーペットの上に、ピンク色の粉が落ちていました」

鴨下は透明な証拠品保管袋を掲《かか》げた。早瀬はそばに寄って袋を見つめる。何だろうな、とつぶやいた。

「それから、ポストカードが一枚」

印刷されているのは、外国人の男性を描いた、古い宗教画のようだった。カードの余白には《聖エウスタキウス》という文字が見える。

「そして、最後にもうひとつ」

鴨下は腰を落として、鷹野の隣に並んだ。遺体のアンダーシャツを胸までめくった。

「これを見てください」

左腹部、肋骨《ろっこつ》の下辺りに黒い数字が見えた。フェルトペンか何かで《27》と書かれている。

「どういうことでしょう」塔子は首をかしげた。

「殺害したあと、犯人が書き残したものと思われます」鴨下は少し声を低くした。

「何かのメッセージじゃないでしょうか」

「誰に宛《あ》てたものなんだ？」早瀬は不機嫌そうに言った。

「わかりません。……ただ、ひとつだけ言えるのは、この事件の犯人は猟奇殺人者ではないか、ということです」

早瀬は眉をひそめた。黙ったまま、彼は鴨下の顔をじっと見つめた。

鴨下主任を室内に残して、塔子たちはアパートの前庭に出た。

「第一発見者は誰なんです？」歩きながら、塔子は早瀬係長に訊いた。

「島尾というホームレスの男性だ。怖くなって、一晩、別の場所に隠れていたらしい。しかし気になって仕方がなかったんだろう、今朝、上野署に届け出たそうだ」

その島尾という男性は、今も上野署にいるという。住居侵入の疑いがあるため、まだ署に留《とど》まらせているそうだ。

第五階段室の前で、塔子たちはアパートの住人らしいふたり連れを見かけた。中高年の男性たちだった。彼らの質問を受け、若い制服警官が対応に困っているようだ。守秘義務があるから詳しいことは話せない。しかしアパートの住人には捜査に協力してもらわなくてはならず、適当にあしらうこともできない。

そうした事情を察したのだろう、鷹野が声をかけた。

「どうかしましたか」

「ええと、どちらさん？」頭の禿《は》げ上がった、七十過ぎぐらいの男性が尋ねてきた。

「警視庁捜査一課の鷹野といいます。おふたりは、こちらにお住まいの方ですね？」

鷹野はふたりに名前を尋ねた。七十過ぎの、頭のつるりとした男性は中根《なかね》といって、一〇六号室に住んでいるそうだ。もうひとり、六十代と見える白髪の男性は、二木《にき》と名乗った。彼は二階、二〇七号室の住人だという。

「教えてほしいんだけどさ」友達に話しかけるような調子で、中根は言った。「今朝、一一五号室で遺体が見つかったんでしょう？　亡くなっていたのは誰なの？」

「まだ身元はわかりません。……何か、心当たりがあるんですか」

「そういうわけじゃないんだけどね」中根は隣にいる二木のほうに目をやった。

「前から気になっていましてね」白髪の二木が、口を開いた。こちらは丁寧《ていねい》な話しぶりだ。「どういうわけか、あの部屋にはいろいろな人が出入りしていたようなので」

「いろいろな人？　いつごろですか」

「三ヵ月ぐらい前ですかね、五十代ぐらいの女の人を見ましたよ。髪が短めだったのを覚えています。……その何日かあとには、四十代ぐらいの男の人も見ました。こちらはジャンパーを着た、背の高い人でしたね。少し色の入った眼鏡をかけていました」

「おかしいな」中根は一一五号室のほうを振り返った。「俺が見たのは、二十代後半って感じの若い男だったよ。ダウンジャケットを着た、髪の長い奴だ。あれは二ヵ月ぐらい前だったかなあ」

どうも妙な話だ。塔子は、白髪頭の二木に訊いてみた。

「過去、このアパートに誰かが不法侵入したことはありましたか」

「ご覧のとおり、入ろうと思えば誰でも敷地内に入れます」二木は階段室を指差した。「実際、階段に煙草の吸《す》い殻《がら》が落ちていたこともありますし……。ただ、空き部

屋はどこも鍵がかかっていますから、それをこじ開けて忍び込むような人はいませんし

そうですか、と納得しかけたが、じきに塔子は気がついた。

「一一五号室に人が出入りしていた、と言いましたよね。ということは、あそこは空き部屋ではなかったんですか？」

「誰かが住んでいたんでしょうね。いや、すみません。私たちもよく知らないもので」

「同じアパートなのに、ご存じないんですか」

「大部分の住人が出ていってしまったので、西側半分は廃屋のような状態です。ただ、一一五号室だけは所有者がいるはずですよ。三年ぐらい前に不動産業者がやってきて、室内の手入れをしていたそうです。あれは、新しい入居者のためだと思うんですよね」

塔子は首をかしげた。

「すると、今話に出た人たちは三人で暮らしていたということでしょうか」

「そういう感じでもなかったんだよなあ」自分の頭を撫でながら、中根が言った。「夕方、買い物に行くときなんかにちらっと見るんだけど、あの部屋に明かりが点いていたことは一度もないからね」

それを聞いて、鷹野が腕組みをした。

「たしかにあの部屋には、人が住んでいる気配はなかった。そもそも、蛍光灯《けいこうとう》さえ取り付けられていなかったし……」

彼の言うとおりだ。蛍光灯がなく、電気も通じていなかったから、鑑識課員たちはわざわざライトを運び込んでいたのだ。

塔子たちが事情を聞いている間、早瀬係長は携帯電話で誰かと話していたようだった。通話を終えたあと携帯を操作していたが、じきにこちらへやってきた。

「これを見てもらえますか」

彼は携帯電話の液晶画面を、中根たちのほうに向けた。五十代ぐらいだろうか、無精ひげを生やした男の写真が表示されている。

「一一五号室に出入りしていたのは、この男性じゃありませんか？」

中根と二木は画面に目を近づけた。記憶をたどる様子だったが、ふたりとも首を振った。

「違いますね」

「そうですか……。ありがとうございます」早瀬は携帯をポケットにしまい込んだ。「のちほど、また捜査員が質問にうかがうと思いますが、ご協力をお願いします」

中根たちはうなずいた。それじゃあ、と言って自分たちの部屋に戻っていく。

ふたりと別れてから、塔子は早瀬に尋ねた。

「さっきの写真は、例の……」

「うん。遺体を発見した島尾という男だ。上野署からメールで送ってもらった」

早瀬は、ちょうど前庭に出てきた鴨下主任に声をかけた。先に上野署に向かう旨《むね》を伝える。

「上野署に特別捜査本部が設置される。午後には会議を開くから、鑑識も参加してくれ」

「了解です。ホトケさんは司法解剖に回しておきますよ」

ああ、と答えてから、早瀬は何かを考える表情になった。人の手配や会議の段取り、捜査方針などに思いを巡らしているのだろう。やがて、彼は塔子たちに声をかけた。

「上野署に行こう。ほかのメンバーも、もう着いているころだ」

三人は上野署に向かって歩きだした。浅草《あさくさ》通りの一本裏を、西のほうへ進んでいく。消防署のそばを通り、三、四分で目的地に着いた。七階建て、灰色のビルが上野警察署だ。

署の周辺には、早くもマスコミの人間が集まりつつあった。彼らにつかまらないよう、塔子たちは急ぎ足で建物に入っていった。

3

「名前は島尾泰明、年齢は五十五歳です。住所ですか？ 住所はありません」

白いものの混じった無精ひげが、口の周りに生えている。髪は長めで、耳が隠れるぐらい。ジャンパーの下には、防寒のためセーターを何枚か重ね着している。

島尾泰明はもぞもぞと体を動かしたあと、取調官に向かって尋ねた。

「もう何度も説明しましたけど、昨日の晩のこと、また話すんですか？」

「そうだ。何度でも聞かせてもらうぞ」

取調官は四十代半《なか》ばの、いかつい顔をした男性だ。取調室にはもうひとり、書記役の若い刑事がいたが、そちらは最初から一言も話さない。

「あんたは半年ほど前から、上野駅周辺で野宿をしていたんだよな。食事はどうしていた？」取調官が尋ねた。

「日雇いの仕事をして、食い物を買っていました。炊き出しがあるときは、そこに並んで飯を食わせてもらいました」

「最近、コンビニで万引きの被害が増えている。あんたの仕業《しわざ》じゃないのか」

「まさか……。私には悪いことをする度胸なんて、ないですよ」

「人のアパートに忍び込むのは、悪いことじゃないのか」

「それは……」

島尾は口ごもった。取調官は机に片肘《かたひじ》をついた。

「正直に言ってみろ。あんたは盗みをするつもりで、東上野アパートの一一五号室に侵入したんだろう？」

「違いますよ。その……コンビニの廃棄商品が手に入ったから、どこかで食べようと思っていたんです。そうしたらあのアパートが見つかったもので、まあ空き部屋なら泊めてもらってもいいだろう、と。だってほら、昨日の夜はひどく寒かったじゃないですか」

ふん、と取調官は鼻を鳴らした。それから顎《あご》をしゃくった。

「アパートで何をしたか、話してみろ」

「あの部屋に入って、焼き鳥やら漬け物やらを食べて……。しばらくしてトイレに行きました。そのあと居間に戻ったとき、あの人につまずいてしまったんです」

「トイレに行ったのは何時ごろだ？」

「はっきりしませんけど、午前一時ごろだったでしょうか……。とにかくびっくりして、アパートを飛び出しました。それから、もともとねぐらにしていた場所に戻って、朝までじっとしていたんです」

「最初に部屋に入ったとき、どうして遺体に気がつかなかった?」

「暗かったからですよ」

「トイレに行くときは、どうだったんだ?」

「それは、ええと……行きは壁伝いに行ったから、つまずかなかったんです。帰りは、窓から射し込む明かりを頼りに歩いたんですよ。酔っていたから、多少ふらついたんだと思います。そうしたら、あの人がいて……」

取調官は腕組みをして、椅子《いす》に背を預けた。

「住居侵入罪だ。しばらく取調べをするから、そのつもりでいろ」

島尾は口を閉ざした。何度かまばたきをしたあと、彼の顔に安堵《あんど》の表情が浮かんだ。

塔子はその表情を見逃さなかった。隣にいる鷹野に向かって、話しかけた。

「ほっとしたような顔でしたね」

「暖かい場所で寝られるし、食事も出るからな」と鷹野。

塔子たちはマジックミラー越しに、取調室の様子を見ていたのだった。尋問をしているのは上野署の刑事だ。

「『警官と賛美歌』を思い出すね」

うしろから、そんな声が聞こえた。同じ十一係の徳重英次《とくしげえいじ》が、いたずらっぽい顔をしていた。彼はつい先日、五十四歳になったそうだ。係の中では最年長だが、階級は塔子と同じ巡査部長だった。

「オー・ヘンリーですか」鷹野が応じた。「一冬越すため、ある男が刑務所に入ろうと努力する話ですよね」

「この島尾という男が、そこまで考えているかどうかはわからない。でも取調べが済むまでの間、寝床や食べ物の心配をしなくていい、というのは事実だよね」

「まったく、ちゃっかりしていると言うべきか……」鷹野はつぶやく。

徳重は自分の太鼓腹をさすった。

「でも鷹野さん、私は彼らを批判する気にはなれませんよ。ホームレスがすべて怠け者だというわけじゃないでしょう。一度底辺まで落ちてしまったために、這《は》い上がれなくなる人もいますから」

首をかしげながら、塔子は徳重の顔を見た。

「選《え》り好みをしなければ、仕事なんていくらでもあると思うんですけど」

「歳をとってしまうと、コンビニのアルバイトにも採用されなくなるんだよ。一度住所不定になってしまうと、元に戻るのは容易なことじゃない」

どうも、いつもの徳重とは様子が違う。何か、思うところがあるのだろうか。

「トクさん、ずいぶんあの人の肩を持ちますね」

「いや、そういうわけじゃないんだけど……」

徳重は言葉を濁《にご》した。これも普段の彼らしくないことだと、塔子は感じた。

午後二時から、警視庁上野警察署の講堂で第一回の捜査会議が開かれた。

入り口には《東上野五丁目アパート内殺人・死体遺棄事件特別捜査本部》という紙が貼り出されていた。特捜本部の名前は「戒名《かいみょう》」と呼ばれ、これから事件解決の日まで、多くの捜査員がその名を口にすることになる。略称は「東上野事件」となるだろう。

講堂の中には長机と椅子が並び、すでに五十名ほどの捜査員が集まっていた。各員に資料が配付されたことを確認すると、早瀬係長がみなの前に立った。

「時間になりましたので、捜査会議を始めます」

早瀬は警視庁捜査一課十一係が本事件を担当することを、捜査員たちに告げた。それから上野警察署の署長、捜査一課の神谷太一《かみやたいち》課長、手代木行雄《てしろぎゆきお》管理官など、役職者を順番に紹介した。

「では、事件の概要説明をお願いします」

早瀬から指名を受け、上野署の刑事課長が立ち上がった。

「説明いたします。本日、午前八時二十分ごろ、当上野警察署窓口を一般人が訪問。事案の発生を伝えてきました。通報者は島尾泰明、五十五歳。路上生活者です。本人の話では、昨夜、東上野五丁目にある東上野アパートに忍び込んだところ、男性の遺体を見つけたとのこと。この通報を受けて警察官が急行し、一一五号室で遺体を確認しました」

続いて、機動捜査隊の隊長が報告をした。現場付近で聞き込みを行ったが、今のところ不審者や、見慣れない自動車などの目撃証言はないそうだ。

「続いて鴨下主任、報告を」

はい、と言って活動服姿の鴨下が、椅子から立った。

「鑑識から報告します。被害者の身元はまだわかっていません。現在、司法解剖が行われている最中ですが、取り急ぎ、死因などの情報を入手しました。遺体の頸部には索条痕があり、被害者は径一センチから一・五センチほどのロープで絞殺されたと考えられます。死亡推定時刻は昨日、十二月十一日の午後十時から本日午前零時まで。

次に、遺体の状況について。被害者の遺体は死後、激しく損壊されています。顔面と右腕、左腕の皮膚に薬傷があり、爛れた状態でした。ただいま科捜研とも連携して調査中ですが、強い酸などによる損傷だとみられます。カーペットにも薬品の跡がありました。詳しくは資料をご覧ください」

塔子は資料のページをめくった。生々しい遺体写真が載っている。これには、経験豊富な刑事たちも驚いているようだった。

次のページには、人体の輪郭を線で表した図があった。頭の部分と、右肩から先、左肩から先が塗りつぶされている。左の腹部には《27》という数字が記されていた。

「この数字は？」めざとく見つけた刑事から、質問が出た。

「油性ペンで、遺体に書かれていたものです」

捜査員席がざわついた。無理もない。この遺体状況から想像されるのは、日本では珍しい猟奇殺人だ。

「27というのは何だと思う？」

幹部席から声がした。捜査一課の責任者、神谷課長だ。色黒で、その表情からは意志の強さが感じられる。現場からの叩き上げでここまで上り詰めた人物だから、捜査についてはプロ中のプロだ。

鴨下は神谷のほうに顔を向けた。

「鑑識課の中では、何かのメッセージではないかという意見が出ています。ほかに考えられるのは、27はこの被害者を特定するナンバーではないか、ということです」

「というと？」

「たとえば、保険証番号の末尾が27だとか、住んでいるところが27番地だとか、高校時代の出席番号が27だったとか……」

「被害者の属性を表す、ということだな」

「ええ。個人を特定するための番号だという考え方です。メッセージとしても、わかりやすいと思います」

「気分の悪い事件だな」渋い表情で、神谷は言った。「損壊の方法も、例のない異様なものだ。顔を奪い、身元を隠して……。いや、待てよ。指紋は採《と》れているんだったか」

「はい。データベースで照合してみましたが、ヒットはありませんでした。被害者は、前歴者ではないようです。犯人はそのことを知っていて、被害者の指紋を消さなかったのかもしれません」

「今、被害者のアイデンティティーを示すのは、腹に残された数字だけか」

27という数字にはどんな意味があるのだろう。記憶をたどるうち、ふと思い出した。塔子は占いが好きで、以前、姓名判断について調べたことがある。流派によって少し違うのだが、ほとんどの場合、27という画数は「凶数」だったはずだ。

「次に、遺留品について説明を」早瀬が促《うなが》した。

鴨下は資料に目を落とした。

「遺留品としては、ピンク色の粉が少々……。成分は科捜研で分析中です。それから、ポストカードが一枚発見されました。お手元の資料に写真を載せてありますが、《聖エウスタキウス》と記されています。カードの表面に、薬傷部位に触れたとみられる汚れがありましたから、犯人が残していった可能性が高いですね。調べたところ、エウスタキウスというのはキリスト教の聖者で、狩りの守護聖人とされています。古代ローマのハドリアヌス帝に捕らえられ、命を奪われたそうです」

クリスマスが近いこの時期、現場に残された聖者のカードには、何か意味がありそうだ。

「このポストカードをどう考えるかですが……」早瀬は難しい顔をした。「うがった見方をすれば、犯人は自分を狩猟者になぞらえているのかもしれません。だとすると、被害者は狩りの獲物《えもの》ということになります」

塔子は考え込む。カードに描かれた聖者。顔や腕をひどく傷つけられた遺体。その腹に書かれた数字。あまりにも猟奇的な犯行現場だ。

――犯人にとって27という数字は、よほど特別なものなんだろうか。

そこには禍々しさ、凶悪さが込められているような気がする。

説明を終えると、鴨下は着席した。そこへ手代木管理官が声をかけた。

「被害者は身元不明ということだが、殺害された現場はわかっているのか？」

鴨下は再び腰を上げた。

「一一五号室で殺害されたと考えています。玄関に、被害者のものらしい靴がありましたから」

「靴があったからといって、その部屋で殺害されたとは限らないだろう。犯人は遺体を運び込んだあと、偽装のため、被害者の靴を置いたのかもしれない」

「ええ、その可能性も考えましたが……」

「考えたのに、なぜ手抜きをするんだ。おまえも鑑識の人間なら、すべての可能性をつぶすよう努力しろ」

普段なら、ここでやり込められてしまうところだ。しかし今日の鴨下は、いつもとは一味違っていた。

「管理官、被害者が穿いていた靴下の裏から、埃《ほこり》と砂粒が見つかっているんです。成分を調べたところ、一一五号室の玄関付近にあったものと一致しました。足の裏に付着したということは、被害者は自分で歩いて、あの部屋に入ったということですよね？」

鴨下は、どうです、という顔をしている。これほど自信たっぷりの姿を見るのは、初めてのことだ。

手代木はしばらく鴨下を見つめていたが、やがて蛍光ペンを相手のほうに向けた。これは部下を責めるときの癖だ。

「そんなものは、犯人が付けようと思えば付けられるはずだ。根拠にはならない」

「え……」と言ったまま、鴨下は黙り込んでしまった。

そこまで疑われては、もう何をどう説明しても仕方がない。

手代木が鴨下に難題を与えるのは毎度のことだった。鷹野などは、またか、という顔をしている。

説教が終わるのを待ってから、早瀬係長は議事を進めた。

「不動産会社を当たったところ、一一五号室の契約者は五十嵐文彦《いがらしふみひこ》、五十三歳、自営業者だと判明しました。現在、本人と連絡がつかないことから、事件現場で死亡していたのは、この五十嵐である可能性が高いと思われます」

「一一五号室はもぬけの殻だったと聞いている。五十嵐は、その部屋には住んでいなかったということか？」神谷課長が尋ねた。

「おそらく居住していた事実はないでしょう」

「たまたま昨日の夜、被害者は部屋にいた。そこを襲われたということか……」

「先ほどアパートの住人から聞いたんですが、五十嵐宅には複数の人間が出入りしていたそうです。四十代の男だったという証言と、二十代の男だったという証言があります。また、五十代の女性も目撃されています」

それを聞いて、神谷は首をかしげた。

「もしかしたら五十嵐は四十代に見えたのかもしれないな。しかし二十代の男と、五十代の女というのは誰なんだ。……アパートの住人は、五十嵐の顔を知っているのか？」

「いえ、あの部屋に誰が住んでいたかは知らない、と話していました。五十嵐の顔写真が手に入れば、すぐにそれを見せて確認しますが」

神谷はしばらく考え込んでいたが、やがて捜査員たちに指示を出した。

「廃屋のような現場と、遺体のひどい損壊状況。これらを考慮すると、猟奇殺人の線が強いと思われる。予備班は過去、猟奇でパクられた前歴者を洗い出せ。地取り班は徹底して目撃者を捜すこと。鑑取り班は被害者の身元確認だ。それから、五十嵐を捜す人間も必要だな。……鷹野はどこにいる？」

はい、と塔子の横で声がした。鷹野主任が座ったまま、右手を挙げていた。

「そこにいたのか。おまえ、会議のときはもっと前に座れよ」

鷹野と塔子が座っているのは、前から四列目の左端だった。鷹野は、隅のほうや端のほうが好きなのだ。

「私はいつも、このへんと決めていますので」澄ました顔で、鷹野は答えた。

「まあいい。鷹野・如月組は今回、徳重の鑑取り班に入れ。まず五十嵐文彦の行方を捜すんだ。その男が被害者だとわかれば、捜査は進展する。……重要な役目だ。しくじるなよ」

「わかりました」

鷹野はうなずいた。それから塔子のほうを向いて、小声で言った。

「そういうわけだ。しくじるなよ、如月」

4

被害者の正体がわからないのでは、親族を訪ねることもできないし、友人、知人からの情報も得られない。本人の周りでトラブルが起こっていたかどうかも、調べることができない。

普段、鷹野組は証拠品捜査の「ナシ割り班」になることが多かったが、今回は徳重組と協力して活動するよう命じられた。人間関係を洗う「鑑取り班」だ。

「大事な場面になると、神谷課長はたいてい鷹野主任を呼びますよね」

浅草通りを歩きながら、塔子は鷹野に話しかけた。

「困ったものだよ。命令系統としては課長、係長、担当となるべきなのに、神谷さんは直接、俺にあれこれ言ってくる。早瀬係長を飛ばしてくるから、いろいろとやりづらい」

「課長に信頼されている、ということなんでしょうね」

鷹野は今三十二歳で、経験年数からいえば中堅というところだった。しかし神谷課長は彼の捜査能力を高く評価している。だから重要と思われる捜査を、鷹野に任せるのだ。

それにともなって、相棒である塔子も難しい捜査に関わる機会が増えていた。気をつかう仕事だが、毎回いい経験になっている、と前向きに考えるべきだろう。

徳重の相棒となったのは、上野署の若い巡査だった。まだ不慣れな面もあるというが、素直なタイプに見えた。歩きながら早速、徳重と事件の話を始めたようだ。

四人は、上野駅と御徒町《おかちまち》駅の間にあるアメヤ横丁を進んでいった。JRの高架線路に沿って、小売店が軒《のき》を連《つら》ねている。年末になると、よくニュースなどで中継が行われる場所だ。テレビでは魚の店がよく取り上げられるが、実際に歩いてみると、鮮魚店はそれほど多くない。食料品店のほか、靴や衣料、バッグの店などが目についた。

「クリスマスが終われば、ここも大変な賑わいになるだろうな」店先の品を眺めながら、鷹野が言った。「如月なんかは、もみくちゃにされそうだ」

「周りに人の壁が出来てしまうと、すごく怖いんですよ。朝の通勤電車だって、相当息苦しいですし。……それを考えると、『帳場』に泊まり込むのは楽ですよね」

帳場というのは特捜本部のことだ。

「仕事場に泊まるのが好きだなんて、ワーカホリックもいいところだな」

「いえ、別に好きだというわけじゃないんですけど」

そんな話をしていると、徳重が尋ねてきた。

「如月ちゃんはうちの『会社』で、出世したいと思っている？」

急に訊かれて、塔子は戸惑《とまど》った。少し考えてから、こんなふうに答えた。

「今は、一人前になりたいというのが先ですね。将来のことまでは、まだ……」

なるほど、と徳重は言った。

「でも、いずれ考えなくちゃいけないときが、きっと来るよ。異動もあるだろうし」

「……女の私が捜査一課に入れたんですから、男性とは違うことをしなくちゃいけない、という気持ちはあります。とにかく頑張らないと」

なぜそんな話を始めたのだろう、と塔子は不思議に感じた。それに気づいたのか、徳重は笑顔を見せた。

「いや、ちょっと思うことがあってね。私はこれまでずっと現場にこだわってきたし、この仕事が性《しょう》に合っているから、今のままでいいと思っている。でも中には、ダイナミックな生き方を好む人もいるんだよね。波瀾万丈《はらんばんじょう》というのかな、そんな知り合いのことを思い出してしまって……」

徳重は頭を掻《か》いた。それから、「鷹野さんはどうです？」と訊いた。

「俺も、出世願望はないですね」鷹野は答えた。「早瀬係長を見ていると、中間管理職の苦労がよくわかりますから。だいたい俺は、リーダーには向いていないんです」

たしかに、と塔子は思った。彼は飄々としていて、自己主張をしないタイプだ。それでいて捜査能力が高く、幹部から評価されるものだから、やっかみを受ける。一部の者は、陰で鷹野を「昼行灯《ひるあんどん》」などと呼んでいるらしい。

塔子は、鷹野が係長として行動する姿を想像してみた。どうも、理想的な上司というわけにはいかないような気がする。

「そうですね。鷹野主任には、ちょっと似合っていないかも……」

「如月に言われると、なぜか癪《しゃく》に障《さわ》るな」

真面目な顔をして、鷹野はそんなことを言った。

やがて四人は、御徒町駅のそばにある種山《たねやま》不動産という会社に到着した。雑居ビルの一階が事務所で、ガラス窓にさまざまな物件案内が掲示されている。入り口脇のプレートには《種山ビル》とあった。ここは自社ビルで、二階から上はテナントに貸しているようだ。

ドアを開けると、「いらっしゃいませぇ」という声が聞こえた。客の姿は見えない。塔子は、カウンターの奥にいた若い女性に頭を下げた。

「警視庁の如月と申します」警察手帳を呈示した。「東上野アパートの件で、お訊きしたいことがあるんですが」

「ああ、午前中に別の刑事さんが来ましたけどぉ」

彼女は《保坂《ほさか》》と書かれたネームバッジをつけていた。年齢は塔子より少し上だろうか。化粧も衣服もかなり派手な印象だ。

カウンターの向こうに立つと、彼女の身長は百七十五センチほどあることがわかった。その上、スタイルもいい。

「あの、もう少し詳しい話をうかがいたいと思いまして」心持ち背伸びをしながら、塔子は言った。「責任者の方はいらっしゃいませんか」

「……責任者は私ですが」

ちょうど、奥の部屋から男性が入ってきたところだった。仕立てのいいダブルの背広を着た、五十歳前後の人物だ。背はそれほど高くないが、威厳の備わった表情をしている。

塔子はあらためて警察手帳を取り出し、相手に見せた。男性は、塔子に名刺を差し出した。肩書きには社長とある。

「種山常雄《つねお》です。どうぞこちらへ」応接セットを指し示したあと、彼は事務員に指示した。「明菜《あきな》ちゃん、お茶の用意を」

「はぁい」

女性社員は保坂明菜というらしい。彼女はハイヒールの音を響かせながら、カーテンの向こうに消えていった。

応接セットは四人掛けだった。塔子と鷹野、徳重とその相棒が座ると、席はなくなってしまう。種山は事務机から椅子を引っ張ってきて、そこに腰を下ろした。

咳払《せきばら》いをしてから、塔子はメモ帳を開いた。鷹野は指導教官的な立場だから、聞き込みを主導するのは塔子の役目だ。今日は徳重も一緒だが、ここは任せると言っていた。

「ほかの捜査員からお聞きになったかもしれませんが、まだ公表されていませんので、内密にお願いします」塔子は話し始めた。「今日、東上野アパートの一一五号室で、男性の遺体が発見されました。あの部屋は、種山さんの会社で扱っている物件ですよね」

種山は深くうなずいた。

「籐潤会アパートはほとんどの部屋が分譲されていますが、オーナーさんの意向で、賃貸契約をしているケースがあります。一一五号室はそういう物件のひとつでした」

「あの部屋を借りていた人物について、教えてください」

「五十嵐文彦さんという、自営業の方です」種山は書類のファイルを開いた。「先ほど見えた刑事さんにも話しましたが、契約時の情報はこちらです」

塔子たちは、揃って書類を覗き込む。

最初に契約を結んだのは今から三年前だった。一年前には契約が終了したため、さらに二年の更新を行っている。

契約時に提出された書類は住民票と国民健康保険証のコピー、保証人承諾書、保証人の印鑑証明書だった。住民票の住所は台東区東上野五丁目の、あの部屋だ。保証人の名は郷田《ごうだ》昭良《あきよし》と書かれていた。

「五十嵐さんは、運転免許証は提出しなかったんですか？」

「契約時のメモによると、何年か前に失効してそのままになってしまったそうです」

免許証があれば顔写真を確認することができただろう。これは残念だった。

「自営業ということですが、具体的には何をしていたんでしょう」

「ここには、『カウンセラー』とありますが、詳しいことはわかりません。保証人もいましたし、家賃の滞納もなかったので、今まで気にしたことはありませんでした」

案外チェックが緩《ゆる》いんだな、と塔子は思った。物件数が多いから、問題のなさそうな契約者にはあまり時間を割《さ》かないのだろう。

ハイヒールの音が近づいてきた。保坂明菜がテーブルの上に湯飲みを並べていく。会釈《えしゃく》をしてから、塔子は書類に目を戻した。

「五十嵐さんの電話番号は、これですね」

「そうです。さっき別の刑事さんがかけていましたが、つながらなかったようです」

記載されているのは固定電話の番号だ。念のため塔子も架電してみたが、呼び出し音が続くばかりだった。いったいこれは、どこの電話番号なのだろう。

普通、固定電話は住居に設置するものだが、一一五号室に電話機はなかった。

「契約のときはお会いになったんですよね。五十嵐さんの顔を覚えていませんか」

「すみません。お客さんが多いものですから、よく覚えていなくて……」

「この人とは違いますか？」上野警察署に留置されている、島尾の写真を見せてみた。

しばらく考える様子だったが、じきに種山は首を振った。

「違うと思います。……この方はどなたです？」

「遺体を最初に発見した、ホームレスの男性です。昨夜、部屋に忍び込んだようです」

「住居侵入ということですか」難しい顔をして、種山は腕組みをした。

少し会話が途切れた。それまで黙っていた徳重が、ここで口を開いた。

「種山さん。『囲い屋』というのをご存じですか」

一瞬意外そうな顔をしたが、種山はすぐにうなずいた。

「ホームレスの人たちを集めて寝泊まりさせ、生活保護費をピンハネする業者ですよね」

「彼らはホームレスたちの預金通帳を預かってしまうそうです。そうして、あれやこれやと費用を計上し、支給される生活保護費から引いてしまう。残った額はわずかです。……金を取っているわりには、住環境はひどいものですよ。部屋をベニヤ板で細かく仕切って、ごく狭いスペースをホームレスたちに割り当てています。それでも野宿をするよりはましだろう、と囲い屋たちは言います」

そこで徳重は言葉を切って、種山をじっと見つめた。

種山は居心地悪そうに、身じろぎをした。

「それが、何か……」

「囲い屋がそうした『貧困ビジネス』を手がける背景には、賃貸物件を供給する人間がいるはずなんです。種山さん、あなたはそういうビジネスに関係してはいませんか?」

このやりとりを聞いて、塔子は驚いていた。

自分が知っている徳重はいつも温厚で、話しやすい雰囲気を作り出す人だった。しかし今の彼は違う。相手を見据《みす》える目は厳しかった。

「私も困っているんですよ」種山は言った。「たしかに、囲い屋とつながっている不動産業者はいると思います。でも、一部の人間のせいで、業界全体の評判が悪くなるのは、まったく迷惑な話です」

「知り合いの不動産業者で、囲い屋と取引している人はいませんか？」

「少なくとも私の知り合いには、そんな人間はいません」

徳重はそのまま種山を観察していたが、やがて「そうですか」と言った。

事務所の電話が鳴り始めた。奥の席にいた明菜が、受話器を取る。

「はぁい、種山不動産でございますぅ」相手が拍子抜《ひょうしぬ》けするような、のんびりした声だった。「あ、その物件ですと一階のオートロックはなくてですねぇ、お部屋に警備会社のセキュリティー装置が付きます。……はぁい、火災報知機は入居時にテストします。消防署の指導もありますので、きちんとやらせていただきますぅ」

彼女は電話を切ったが、塔子たちが自分に注目していることに気づいて、まばたきをした。

「え……何か？」

今の電話で、場の雰囲気がずいぶん変わった。徳重はいつもの表情に戻っている。種山も、ほっとした様子だった。

話が一段落すると、塔子は協力への礼を述《の》べた。

「このあと、郷田さんという保証人を捜してみます。もし何か思い出したら、このメモの番号にお電話をいただけますか」塔子はメモ用紙を差し出した。「後日、またお邪魔することがあるかもしれませんが、ご協力よろしくお願いします」

「ええ、わかりました」

種山はメモ用紙を畳んで、ポケットにしまい込んだ。


徳重組と別れ、塔子と鷹野は練馬《ねりま》区富士見台《ふじみだい》二丁目に移動した。契約時の書類を参考に、五十嵐の保証人・郷田昭良の家を訪ねてみたのだが――。

「どういうことだ。郷田の家が、どこにもないなんて」

眉間《みけん》に皺《しわ》を寄せて、鷹野は辺りを見回した。

該当の場所に、郷田という家はなかった。周辺で聞き込みをしたが、もともとこの町内にそんな人間は住んでいないという。

「ひょっとして、郷田というのは架空の人間なのでは……」塔子はつぶやく。

「しかし、部屋の契約時には、保証人の印鑑証明書が提出されている」

「偽造したんじゃないでしょうか。紙幣《しへい》や免許証よりは、簡単に作れますよね」

「そうだとすると、やったのは五十嵐だということか。そうまでしてあの部屋を借りた理由は何だ？」鷹野は腕組みをして黙り込む。

ここで塔子は、はっとした。最初は思いつきでしかなかったが、考えているうち、徐々に不安が大きくなってきた。

「なんだか嫌な予感がします。主任、台東区役所に行ってみませんか」

電車を乗り継いで上野駅に戻った。上野警察署の裏にある台東区役所に入り、住民票を確認する。

思ったとおりだった。五十嵐文彦という人物は、住民として登録されていなかったのだ。

「五十嵐の住民票も偽造されていたのか」

ええ、と塔子はうなずいた。

「郷田だけじゃなく、五十嵐文彦も、この世に存在しないんじゃないでしょうか」

鷹野は指先を顎に当て、難しい顔で何かを考え始めた。

5

午後六時。都営大江戸《おおえど》線の本郷《ほんごう》三丁目駅で下車したあと、塔子たちは本郷通りを歩いていった。

十二月も中旬とあって、もう辺りはすっかり暗くなっている。行き来する自動車のヘッドライトが目に眩《まぶ》しい。日が暮れて、寒さが厳しくなっていた。

塔子と鷹野は今、東都大学に向かっている。早瀬係長から電話があり、司法解剖の担当者から話を聞くよう指示されたのだった。

交差点を通り過ぎると、道は緩やかな上り坂になった。通り沿いには医学書の専門店や、若者向けの飲食店が多い。すれ違う歩行者も、ほとんどが学生たちだ。

ケーキショップの店頭にクリスマスケーキの写真があり、予約受付中、と書かれていた。歩きながら、塔子はそのポスターを見ていた。鷹野はすぐに気がついたようだ。

「どうした。腹が減ったのか」

「いえ、そうじゃないんです。たまには母のために、ケーキでも作ろうかと思ったんですが……」

「ケーキを作る？　如月が？」鷹野はまばたきをした。「大丈夫なのか？」

「そんなに驚かないでくださいよ」

「ここ一週間で、一番驚いたことかもしれない」

どうやら、からかわれているようだ。塔子は顔をしかめた。

「私だってケーキぐらい作りますよ。……ただ、はかりが壊れてしまったので、やっぱりやめようかなと。失敗したら藪蛇《やぶへび》ですからね。母に何を言われるかわかりません」

「ふうん。如月もいろいろ大変なんだな」

「ケーキ作りはやめて……そうですね、お酒でもプレゼントしますよ。美味しいワインを買って、時間がとれたとき、一緒に飲むことにします」

「それは偶然だな。俺もこの冬、ワインを飲まされる羽目になりそうなんだ」

え、と塔子は思った。

——いったい誰と飲むんだろう？

訊きたかったのだが、ちょうど鷹野に電話がかかってきてしまい、機を逸《いっ》した。

これから飲み屋に入ろうとするグループが、歩道にたむろしていた。塔子たちはそれをよけて進む。電話を切ると、鷹野は軽く息をついた。

「学生たちはもうじき冬休みか。クリスマスも、すぐそこだな」

塔子はふと、小学生のころを思い出した。

父は多忙な人だったが、ある年の十二月、急に休みがとれたと言って、塔子たちを銀座に連れていってくれた。親子三人で映画を見て、買い物をして、レストランで食事をした。何を食べたかは覚えていないが、美味しかったという記憶はある。にこにこしながら外に出ると、暗くなった銀座の町には、赤や青や緑の光が溢れていた。塔子はその光景に見とれてしまった。あれほど美しいクリスマスのディスプレイは、それまで見たことがなかったのだ。

なつかしいな、と塔子は思う。あのころは季節の行事、ひとつひとつが楽しみだったものだ。

しかし今では、毎日忙しくてそんな余裕はない。

「クリスマスといっても、私たちには縁のない話ですよね。仕事が第一ですから」

塔子がそう言うと、鷹野は驚いたような顔をした。

「そんなことはないだろう。クリスマスは年に一度の特別なイベントだ。俺たちだって、無関係というわけではない」

どういう意味だろう、と塔子は思った。鷹野の私生活に、何かあったのだろうか。

駅から十分ほど歩いて、南寄りの門からキャンパスに入った。ところどころに外灯が立っているが、この時刻、構内を歩く人影は少ない。

百メートルほど行ったところに医学部本館があった。ふたりの目的地は法医学の準備室だ。

今回、司法解剖を担当したのは、三十代と見える男性だった。手術衣を着ているが、露出した顔や首などの皮膚が女性のように白い。

「ああ、お待ちしていました」

手袋を嵌《は》めたまま、彼は右手を差し出してきた。塔子がためらっていると、彼ははっとした顔で、「これは失礼」と詫《わ》びた。手袋を外して、あらためて右手を差し出した。

欧米風の挨拶《あいさつ》に少し戸惑いながら、塔子はその手を握った。

「法医学教室の八重樫豊《やえがしゆたか》です。……そうだ、名刺をお渡ししないと」

八重樫は机の中を引っかき回していたが、やがて名刺を二枚見つけてきた。塔子は一枚受け取って、警察手帳を呈示した。

「警視庁捜査一課の如月と申します。こちらは鷹野警部補です」

「『警部補』さんですか。『警部』とは違うんですよね？」

八重樫准教授はそう訊いてきた。悪気はないのだろうが、どうも人を食ったようなところがある。

鷹野も同じように感じたのだろう、真面目な顔をして言った。

「違いますね。『准教授』と『教授』ぐらいの差があります」

怒っているのかな、と塔子は思った。聞きようによっては、八重樫に嫌みを言い返したようにも受け取れる。

だが、八重樫は気にしなかったようだ。

「なるほど。わかりやすい説明です」うなずきながら、彼は鷹野と握手した。「海外での生活が長かったものですから、どうも日本のことには疎《うと》くて」

彼の案内で、塔子たちは地下の解剖室に向かった。

塔子は表情を引き締め、足を進めた。ここから先は死者のテリトリーだ。

解剖室は、青白い光で隅々まで照らされていた。ステンレス製の解剖台に、死者が横たわっているのが見える。

「どうぞ、近くへ」八重樫《し》が言った。

遺体の衣服はすっかり脱がされているようだった。胸から腰までシートで覆《おお》われているが、すでに開胸、開腹は済んでいるはずだ。

顔と両腕は、現場で見たときと同様、赤黒く爛れていた。部分的に皮膚が切除されているのは、八重樫が組織を採取したからだろう。顔にもメスが入れられたようで、特に鼻から口の辺りに傷痕が集中している。

「身元がわからないと聞いたので、何か手がかりがないかと調べたんですが」八重樫は遺体の腕を指差した。「残念ながら、入れ墨などは見つかりませんでした。指紋は鑑識で調べてくれていますよね？」

「前歴者ヒットなしでした」と塔子。

あとは歯型の確認という手があるが、それには時間がかかるだろう。

「先に報告したとおり、被害者はロープなどで絞殺されています」八重樫は続けた。

「遺体を詳しく確認したんですが、一点、発見がありました」

発見、という言葉に鷹野が反応した。相手の顔を見つめて「何ですか？」と訊いた。

「まずはこれ。右の頬に不思議な傷があるんです。……見えますか」

爛れてしまった遺体の頬に、たしかに傷が認められた。

「刃物の傷ではないでしょう。幅二センチほどの、先端がふたつに分かれた道具で、削り取られたように思えます」

「どういうことです？」塔子は首をかしげた。

「たとえば、釘抜きのようなものを擦りつけた場合、こうなるかもしれません。……いえ、たとえばの話ですよ。その方面の道具については、あまり詳しくないので」

いったい何だろう、と塔子は考えた。絞殺したあと、犯人は遺体に何をしたのか。

「それからもうひとつ、重要な新事実があります」八重樫は手袋を嵌めた手で、遺体の口を指し示した。「口腔《こうくう》内を調べたところ、舌が切断されているのがわかりました」

塔子は眉をひそめた。隣で、鷹野も驚いている。

「どんなふうに切られたんですか」と鷹野。

「ナイフなどの鋭利《えいり》なものではなく、ノコギリの刃などで、擦って切ったという感じです。少し強引なやり方ですね。おかげで、口の中が傷だらけになっていました」

「さっきの、釘抜きのようなものが使われたんでしょうか」

「違うと思います。釘抜きには、切断するための刃はありませんから」

鷹野は唸った。現場で使われた釘抜きのようなもの、ノコギリのようなものについて考えを巡らしているようだ。

「あの……薬傷も舌の切断も、当然、死亡後のことですよね？」

声を低めて塔子が訊くと、八重樫は深くうなずいた。

「明らかに死後です。しかしこの死体損壊は、被害者が死亡したあと、それほど時間がたたないうちに行われたと考えられます。つまり、つい先ほどまで生きていて、話もしていたであろう被害者の体を、犯人は損壊したわけです」

塔子は現場の様子を想像し、慄然《りつぜん》とした。死んでいて、もう苦しまないから遺体を傷つけてもいい、ということか。いや、死者には死者の尊厳があるはずだ。

この遺体を見たら遺族はどう感じるだろう、と塔子は思った。顔を奪われるということは、人としての特徴を失うということだ。異形《いぎょう》の遺体を見てショックを受け、倒れてしまう遺族もいるのではないだろうか。

「まともな神経で、できることではないですね」鷹野が言った。

八重樫は腕組みをした。

「統計上、日本で猟奇殺人というのは、あまり起こらないんでしたね。ここまで損壊の作業にこだわった事件は、珍しいケースということになります」

作業、という言葉に塔子は違和感を抱いた。だが、たしかにこれは作業以外の何物でもなかった。殺害後いつまでもその場に留まれば、誰かに目撃される可能性が高くなる。そういう危険を承知の上で、犯人は遺体の舌を切断し、頭部や左右の腕に薬品をかけた。計画的な行動だったと考えるべきだろう。

「腹部にナンバーが書かれていましたよね。あれについては、どうご覧になりますか」

鷹野が訊くと、八重樫はシートを取りのけた。

あ、と塔子は思った。いきなりだったから、心の準備ができていなかった。

解剖された部位があらわになり、塔子はそれをまともに見てしまった。すでに縫合《ほうごう》は行われていたが、一度開いて中を調べたため、ある部分は盛り上がり、ある部分は凹《へこ》んでいる。いくつかの臓器は解剖時に取り出され、別の場所にあるのだろう。

八重樫が手抜きをした、ということはないはずだった。だがそれでも、「とりあえず蓋《ふた》をしただけ」というふうに見えてしまう。塔子の心に波が立った。

「これですね。ナンバー27」八重樫は、遺体の左腹部を指し示した。「海外で仕事をした経験から、意見を述べてもよろしいですか？」

「どうぞ」と鷹野。

「アメリカでは、信じられないような猟奇殺人が起こります。たとえば今回のような遺体が見つかった場合、なんらかの儀式を行ったとみることもできるし、強烈な自己主張の結果だと考えることもできる。犯人が几帳面《きちょうめん》な性格であり、連続殺人者なのだとすれば、これは作業の記録なのかもしれません。『俺はこんなに殺してやったんだ』と、他人に示しているわけです」

「つまり、これは二十七番目の遺体である、と？」

鷹野の言葉を聞いて、塔子は息を吞んだ。警察の知らないところで、ほかに二十六人もの被害者が出ているということか。

解剖室の中に沈黙が降りた。

ややあって、八重樫は首を振った。

「海外ならそういうことも視野に入れる必要がありますが、日本では、それはないでしょうね。過去二十六人もの人間が殺害されて、これまで発覚しなかったとは考えにくい。それに、この犯人は自己顕示欲の強い人間です。過去に殺人事件を起こしたのなら、今回と同じように、遺体の腹にナンバーを書いていたはずです」

「ナンバーについて、我々捜査員の間でふたつの意見が出ています」鷹野は言った。「ひとつは、このナンバーが被害者を特定する情報を表している、とする意見。もうひとつは、犯人によってこの被害者に与えられた識別番号ではないか、という意見です。……今、八重樫さんがおっしゃったのは、識別番号説のほうですね」

そうです、と八重樫はうなずいた。

「『二十七人目の被害者』という線はないとしても、犯人はこの番号を書くことで、自己顕示をしているはずです。三ヵ所の薬傷も、舌の切断も、意味があって実行したことでしょう。聖エウスタキウスのポストカードが落ちていた、という話も聞きました。その意図はわかりませんが、これは、複雑な事件に発展する可能性が高いと思います」


八重樫はシートを元通りにした。腹の傷も、謎のナンバーも、視野から消えた。

だがそのイメージはあまりにも強く、いつまでも塔子の脳裏《のうり》に残っていた。


次の聞き込み先へ行く前に、塔子たちは桜田門《さくらだもん》に向かった。

警視庁本部庁舎の六階に、科学捜査研究所がある。捜査一課が使っている「大部《おおべ》屋《や》」と同じ階だから、塔子たちは普段から頻繁《ひんぱん》に訪問していた。

いつものように、研究員の河上《かわかみ》が出迎えてくれた。ぱりっとした白衣を着て、黒縁《くろぶち》の眼鏡をかけている。生真面目で取っつきにくいという印象なのだが、話してみるとそうでもない。塔子が頼んだ仕事は、ほかの作業よりも優先してくれることが多かった。


「お疲れさまです、如月さん」

河上は打ち合わせ用のテーブルに案内してくれた。

「さあ、ここに掛けてください」塔子に椅子を勧めてから、河上は鷹野のほうを見た。「鷹野主任も、どこか適当に座ってください」

「忙しいところ、すみません」塔子は軽く頭を下げた。「分析の結果が出たと、特捜本部から連絡があったもので……」

「如月さんたちの仕事なら、いつでも最優先ですから」

「ありがとうございます。この前の事件も、河上さんのおかげで無事解決できたんですよね。本当に感謝しています」

河上は塔子の顔を見つめたまま、一瞬黙り込んだ。

「ええと……何か？」塔子は小首をかしげた。

「いえ」河上は眼鏡の位置を直した。「そうだ如月さん。コーヒーを飲みませんか。今ちょうど、準備をしていたところでして」

「どうぞおかまいなく」鷹野が口を開いた。「それより河上さん、早く分析の結果を教えてもらえませんか」

「ああ、結果ね。そうでした」咳払いをしてから、河上は資料を手に取った。「まず、遺体にかけられていた薬品は硫酸です」

「硫酸……」塔子は眉をひそめた。

「毒物及び劇物取締法の対象となる薬品です。遺体の表面が黒く変色していたのは、酸によるものですね。犯人は被害者を殺害したあと、遺体にこれをかけたと考えられます。頭部、右腕、左腕。犯人は丁寧に、その三ヵ所のみに薬傷を負わせています」

それ以外の場所にはかけなかったのだ。暗い中、ライトで照らすなどして作業を行ったのだろう。

「あとは、現場に落ちていたピンク色の粉ですが……」

「そう、それが気になっていたんです」塔子は、現場で見たものを思い出した。「あれは何だったんです？」

「油汚れを落とすための、手洗い洗剤だそうです。メーカーも特定できました。……調べたところ、製造業の工場や、印刷所などで使われているようですね。水なしで汚れが落ちるので便利なんだそうです」

「現場で、犯人がそれを使ったんでしょうか」

「あるいは、被害者か、犯人の衣服に付着していたものが落ちたのかもしれません。いや、もしかしたら、もともとあの部屋に出入りしていた人が使っていただけかもしれない。まだはっきりしませんね」

塔子は考え込んだ。水なしで使える手洗い洗剤。それをあの部屋で使う理由が、何かあるだろうか。

「あの部屋、水は出たかな」鷹野はこちらを向いて、塔子に尋ねた。

「たしか、水道は止められていなかったはずですが……」塔子は自分の捜査資料を広げた。「ああ、やはりそうですね。鑑識の調べで、水は出たと記されています」

「妙だな。水が出るのに、水なし用の洗剤を使ったのか」鷹野は指先で、細い顎を掻いた。「あの場で落としたい汚れといったら何だろう。被害者の血や体液か？　それが手に付着したのか。犯人は手袋をしていなかったということなのか？」

塔子の頭に、薄暗い室内の様子が浮かんできた。部屋の隅に転がっている遺体。そのそばで、一心不乱に手の汚れを落としている人物。

そのとき犯人は、どのような表情をしていたのだろう。目的を果たしたことで、満足の笑みを浮かべていたのか。それとも、殺害してもなお被害者を恨《うら》み、憎しみを持って遺体を睨みつけていたのか。

いや、もしかしたら、と塔子は思った。顔を消された遺体と同様、その犯人もまったくの無表情でいたのではないか。なぜか、そんな気がして仕方がなかった。

6

数件の聞き込みを行ってから、塔子たちは上野警察署に戻った。

正面玄関から中に入ろうとしたとき、近くでサイレンが鳴り始めた。足を止め、塔子は辺りの様子をうかがった。サイレンは徐々に大きくなり、署の前を消防車が走っていくのが見えた。

クリスマスに年末年始と、この先は行事が多くなる。消防も気が抜けない時期だ。

定刻の午後八時から、夜の捜査会議が始まった。

「では順番に、捜査状況の報告をお願いします」

早瀬係長に指名され、地取り班のメンバーが報告を始めた。東上野アパートを中心に情報収集を行っているが、今のところ不審者に関する目撃証言はないという。

「この地域は住人自体が少ないということか」

幹部席から手代木管理官が尋ねた。資料を開いて、あちこち蛍光ペンで色を付けている。

「そうですね、住宅街ではありませんので」担当の捜査員はうなずいた。「七、八階建てのビルがあるかと思うと、企業の事務所やお寺、民家などが混在するという、ちょっと特殊な地域です。東上野アパートの近くには銭湯などもありました」

「なぜそんな場所に銭湯があるんだ？」

「はい？」捜査員はまばたきをした。

「住宅街でもないのに、どうやって銭湯は商売を続けているんだ」

「……そうですね」

「そうですね、じゃない」手代木は蛍光ペンの先を、相手のほうに向けた。「おまえは目の前の物事に、何の疑問も感じないのか？　担当地区を、ただぼんやり歩いてきただけか？　そんなことじゃ、ほかの報告も信用できなくなるぞ」

手代木は強い調子で相手をなじる。所轄の刑事は、すっかり萎縮《いしゆく》しているようだ。

塔子も、初めて手代木に叱責《しつせき》されたときにはかなり驚き、落ち込んだものだった。しかしその後、彼には考えがあってそうしているのだと思えてきた。捜査に漏《も》れがないかチェックするのが、手代木管理官の役目なのだ。だから、あえて憎まれ役を買って出ているのだろう——というのが、現在の塔子の見方だ。

しかし鷹野に言わせると、「違うよ。手代木さんは他人を追い詰めるのが好きなんだ」ということだった。実際はどうなのだろう。

捜査員が困っているのを見て、助け船を出す者がいた。

「手代木管理官。銭湯が商売を続けられる理由があるんですよ」

がっしりした体格の、門脇仁志《かどわきひとし》警部補が立ち上がった。彼は今三十七歳で、十一係ではリーダー的な存在だ。親分肌で、鷹野や塔子に目をかけ、よく飲みに誘ってくれる。

「言ってみろ」手代木が促した。

「意外に思えますが、あの辺りには内風呂のない家がけっこうあるんです。東上野アパートの、一部の部屋もそうです。だから、あそこに銭湯があっても不思議ではないんですよ」

門脇主任は地取り捜査の責任者だ。手代木管理官とは馬が合わない、と普段から周囲にこぼしている。それで、会議の席ではたびたび衝突することになる。

手代木は黙ったまま、門脇の顔をじっと見つめていた。これは相手を威嚇《いかく》しているわけではなく、何かを考えるときの癖だった。

「その銭湯は、重要な情報源になるかもしれない。客の話をよく聞いておけよ」

そう手代木が言うと、門脇は大きくうなずいた。

「もう、始めています」

手代木はなおも門脇のほうを見ていたが、やがて資料に目を落とした。

これで、今日の一戦は終わったようだ。責められていた捜査員は、ほっとした顔で一礼し、腰を下ろした。

早瀬が議事を進め、やがて鷹野組が指名された。特別な理由がない限り、鷹野組では塔子が報告を行うことになっている。

まず東都大学での司法解剖の件を説明し、そのあと五十嵐文彦の捜査について話した。

「東上野アパート一一五号室ですが、借り主の五十嵐という人物は実在しない可能性があります。保証人も見つかっていません」

調べてきたことを、塔子は手短に説明した。神谷課長や手代木管理官は、真剣な表情で聞いている。

「誰が借りていたかわからない部屋で、誰だかわからない男が死んでいた、ということか。不動産会社は何と言っている？」

神谷課長に質問され、塔子はこう答えた。

「電話で種山不動産に伝えたところ、当時の手続きに落ち度があったようだと認めていました。一一五号室のオーナーを紹介してもらって話を聞きましたが、不動産会社に借り主を探してもらって、家賃の管理などもすべて任せていたそうです。ですから、五十嵐という人物には一度も会ったことがない、ということでした」

このオーナー自身は免許証、住民票などで身元確認が済んでいる。アリバイもあるから、事件には無関係だと考えていい。

「わかった。で、明日から鷹野組はどう動くつもりだ」神谷が尋ねた。

事前に鷹野と決めてあった捜査方針について、塔子は説明した。

「五十嵐文彦の捜索は中断して、被害者の身元を調べるつもりです。その方法ですが、地取りと鑑取りを組み合わせたいと考えています。現場を中心とした地域で聞き込みを行い、たぐれる糸があれば鑑取り捜査に切り替える、というやり方です。今回は遊軍のように、自由に動く許可をいただいたほうが、うまくいくと思います」

「鷹野もそれでいいんだな？」手代木管理官が確認した。

「もちろんです」と鷹野。

捜査員たちの報告が一段落したあと、神谷課長は腕組みをして唸った。

「遺体にかけられたのは硫酸だということだが、どうも不可解だな。なぜ頭部と両腕だったのか……」

神谷はひとり、じっと考え込んでいる。課長になった今でも、一捜査員の視点を忘れず、事件の細部を検討しているのだ。

早瀬は神谷に話しかけた。

「顔に毒劇物をかけるという事件は、たいていの場合、怨恨《えんこん》によるものですよね。過去の事例をみると、被害者も加害者も、両方女性だというケースが多いようです」

「しかし今回の被害者は男性だ。考えられるのは猟奇殺人か、怨恨による計画的な殺人、そのいずれかだろう。猟奇だとすると、かなり厄介だな」

たしかに、と塔子は思った。エウスタキウスのカードが「狩猟者」を暗示するなら、犯人は無差別殺人を企てているおそれもある。行った先でたまたま目についた人物を、追跡し始めるのではないか。

――犯人はもう、次の獲物を探しているかもしれない。

塔子は資料をじっと見つめた。

会議はそろそろ終わりに近づいていた。早瀬係長が言った。

「薬傷の原因となったのは硫酸ですから、ブツ担当者は薬品の卸業者、毒劇物を保管する企業などを当たってください。……何か質問は？」

はい、と言って門脇主任が右手を挙げた。指名を受け、彼は再び立ち上がる。

「念のため確認させてください。今回、かなり特殊な死体損壊が行われていますが、これらは当然、マスコミには伏せることになりますよね？」

「頭部と両腕が損傷していたこと、腹部に数字が書かれていたことについては、本日夕方の記者発表で公表した」

え、と言って、門脇は意外そうな顔をした。

「それはまた、どうして……」

「課長のご判断だ」早瀬は神谷のほうをちらりと見た。

それを受けて、神谷が口を開いた。

「薬傷とあの数字は、被害者の身元特定に役立つかもしれない。広く一般からの情報を得るために公表したんだ」

「舌の切断とポストカードについては、部外秘なんですね？」と門脇。

「そうだ。特徴的な手口を伏せておけば、それは犯人しか知り得ない事実となるから、取調べの切り札になる」

現場の状況を細かく知っていれば、それは事件の関係者だとみていい。もし犯行を認めなかったとしても、「秘密の暴露《ばくろ》」について追及すれば、いずれ必ず落ちるというわけだ。

神谷課長は捜査員たちを見回した。

「今回の事件はきわめて凄惨《せいさん》だ。マスコミも取材を進めるうち、それに気がつくかもしれない。くれぐれも捜査情報を漏らさないよう注意してほしい。中にはしつこい記者がいるから、充分に気をつけろ」

早瀬が起立、礼の号令をかけた。捜査会議は終了した。

7

一時間ほどのち、塔子たちは東京メトロ銀座線・稲荷町《いなりちょう》駅付近のファミリーレストランにいた。

時刻が遅いせいだろう、店内は空いていた。周囲のテーブルには誰もいないから、小声であれば捜査の話ができる。ドリンクバーが用意されているので、お代わりも自由だ。

しかし門脇主任は不満そうだった。後輩の尾留川圭介《びるかわけいすけ》を軽く睨んで、こう言った。

「どうしてファミレスなんだよ。ほかにいい場所はなかったのか」

「すみません。忘年会のシーズンですから、飲み屋はどこもいっぱいだったんです」

尾留川は、わざとらしく頭を掻く仕草をした。

彼は塔子と同じ巡査部長だが、歳は四つ上の三十歳だ。捜査一課に異動してきた当初、塔子は年齢の近い尾留川にあれこれ質問をした。しかし彼の回答には、ほかの先輩たちのような厳しさが感じられなかった。やる気がないわけではないし、証拠品の捜査では何度か実績を挙げてもいる。しかし、尾留川はとにかく「軽い」のだ。

「女の子とふたりなら、よかったんですけどね。じつはこの近くに、いいバーがあって……」

「尾留川さん。飲むのが主眼じゃないですから」

塔子が指摘すると、彼は苦笑いした。

「わかってるって。だから今日はファミレスにしたんじゃないか」

「尾留川。その店、どこにある？」酒好きの門脇が、興味を示した。「今度、俺も連れていけよ」

「あそこは男同士で行く店じゃないですよ。彼女を連れていくべきです」

「なに？　俺に対する当て付けか」門脇は不機嫌な顔になった。「彼女だって？　それはいったいどんな生き物だ。どこに行けば見つかる？」

門脇は体が大きく、硬派なスポーツマンタイプだ。それに対して、尾留川のほうは軟派な部類だった。刑事としては髪が長めだし、いつもお洒落《しゃれ》なスーツを着ている。サスペンダーを使っているのも、この職業の人間としては珍しい。捜査の情報源として女性たちとつきあっているらしいのだが、公私の区別ができているのかどうか、塔子にはよくわからなかった。

「公安じゃないんだから、そんなに協力者を作っても仕方ないだろう」説教するような調子で、門脇は言った。「金がかかるだけだ。係長から特別に費用を出してもらっているわけじゃないだろう？」

「とんでもない。ほとんどは自腹ですよ。だから俺、貯金ができないんですよね」

「わかった、こうしよう。おまえの協力者を何人か、俺が引き継ぐ。そうすれば尾留川の負担も減るはずだ」

「いやいや、協力者は自分で探してくださいよ」

「なぜそんなことを言う。俺はおまえのためを思ってだな……」

まあまあ、と徳重が言った。鷹野は、われ関せずといった顔でメニューを眺めている。

「ファミレスってのはどうも健康的で困る」門脇は煙草に火を点けた。「店が明るすぎて、表の通りから丸見えだ。これじゃ堂々とビールが飲めない」

このあと打ち合わせをする、と言って塔子たちは上野署を出てきたのだった。

「門脇班」というべきこの五人は、いつも軽く飲みながら、事件について情報交換をしている。適度なアルコールはストレス解消に必要だ、というのが門脇の持論だった。しかし彼も組織の人間だから、多少うしろめたいという気持ちはあるのだろう。だから、こう目立つ場所ではビールが飲みにくい、とぼやいているのだ。

「先に打ち合わせをやりませんか」徳重が提案した。「話が終わったら、さっと飲んで、さっと引き揚げましょう」

「こんな場所じゃ、飲んでも酔えないなあ」門脇は、口をへの字に曲げている。

彼を宥《なだ》めるように、塔子は言った。

「でもここ、便利じゃないですか。飲み放題のドリンクバーもあるし、デザートもあります。私はファミレス、好きですよ」

「甘いものは肥満のもとだと思うが」と鷹野。

「そ……それは、あれです。消費するカロリーが多ければ、問題ないんです」

ウエイトレスを呼び、とりあえず五人ともドリンクバーを利用することにした。尾留川は、戻っていくウエイトレスを目で追っている。まさか、こんな場所でナンパをするつもりだろうか、と塔子は心配した。

店内のBGMがクリスマスソングに変わった。それに気づいて、尾留川が嬉しそうな顔をする。門脇が舌打ちをした。

「こういう、ちゃらちゃらしたイベントは、俺たちには関係ないんだよ。……なあ鷹野。おまえもそう思うだろ？」

急に同意を求められ、鷹野はまばたきをした。

「いや、我々にも関係はありますよ。一年に一度の大事なイベントですから」

門脇の顔に、みるみる驚きの色が広がった。

「おい鷹野、おまえだけは信じていたのに……」

「どういうことです？」尾留川と徳重が、声を揃えて訊いた。

鷹野はきょとんとした顔をしている。

「この時期は、ひったくりや窃盗《せっとう》が多くなるでしょう？　我々サツカンの仕事にも、大きな影響があるじゃないですか」

え、と塔子は思った。では、さっきの話は何だったのだろう。

「あの、鷹野主任。この冬、ワインを飲まされる羽目になる、と言っていませんでしたっけ？」

「友達とのつきあいで、何本か買わされたんだ。普段ワインなんて飲まないんだが、仕方がない。少しずつ飲もうと思っている」

「なんだ、そういうことですか」

塔子は、ほっと胸をなで下ろした。

この鷹野に、交際相手などいるはずがないのだ。そんな奇特な人がいたら会ってみたいものだ、と塔子は思った。


各人、ドリンクバーから飲み物を持ってきたところで、門脇が言った。

「よし、打ち合わせを始めよう。如月、ノートを出してくれ」

塔子はバッグの中から捜査ノートを取り出した。打ち合わせの内容は、毎回記録することになっている。

先ほどまでとは打って変わって、みな真剣な表情になった。ここから先は、事件について真面目な議論が行われるのだ。

門脇が挙げる項目を、塔子はメモしていった。

(一) 被害者は誰か。
(二) なぜ遺体の頭部、両腕に硫酸をかけたのか。★被害者の身元を隠すため?
(三) 遺体に記された27という数字の意味は何か。
(四) なぜ遺体の舌を切断したのか。何を使って切断したのか。

（五）頬の引っかき傷は、どのようにして出来たのか。
（六）ピンク色の手洗い洗剤は、犯人と関係があるのか。
（七）聖エウスタキウスのポストカードの意味は何か。★犯人は自分を狩猟者になぞらえている？
（八）東上野アパート一一五号室を借りていた五十嵐と、保証人の郷田はどこにいるのか。★どちらも存在しない？
（九）一一五号室に出入りしていた五十代の女性、四十代の男性、二十代の男性は誰なのか。部屋で何をしていたのか。

「顔に硫酸をかけたのは、容貌《ようぼう》をわからなくするためだろう。だが両腕に薬傷を負わせた理由がわからない。どういうことだと思う？」

門脇はみなを見回し、意見を求めた。

コーヒーカップを揺らしながら、徳重が応じた。

「指紋を消す目的ではなかったわけですよね。……もしあれが猟奇殺人だとすれば、何か宗教的な意味があったのかもしれません」

「硫酸を準備していたんだから、計画的な殺人だというのはたしかですね」と門脇。

「アパートの西側は廃屋のような有り様でしたから、事件を起こしても発覚しにくいと思ったんじゃないでしょうか。何か儀式のようなことをしていた可能性もあります。……そうだ。ピンク色の手洗い洗剤やエウスタキウスのカードは、その儀式に必要だったんじゃないですかね」

徳重の意見を聞いて、うーん、と門脇は唸った。

「たしかにあの遺体状況を見ると、オカルト的な発想をしたくなりますが……。しかしその一方で、怨恨の線も捨てきれない」

「神谷課長たちは、猟奇殺人の線を重視しているようですよ。今回の事件については、私もそれに賛成です」

そうですか、と言って門脇は煙を吐き出した。

「一一五号室は、五十嵐文彦が借りていたとされる部屋です」鷹野が口を開いた。「窓ガラスが割られたり、ピッキングされたりした形跡はなかった。もしきちんと施錠されていたのなら、犯人か被害者、どちらかが部屋の鍵を用意していたと考えられます」

「あ、そうですよね」塔子はうなずいた。「今まで五十嵐文彦は被害者だと思っていましたけど、犯人だという可能性もあるわけですね」

「じつは偽名かもしれないが、ここでは五十嵐と呼んでおこう。……もし五十嵐が被害者だとしたら、自宅にいたとき何者かに襲われた、という状況が考えられます。逆に五十嵐が犯人なら、自分の用意した部屋に被害者を連れていったのかもしれません。罠《わな》に誘い込むような形ですね。

どちらのケースでも、犯人は死体損壊の準備をしていたわけです。劇物である硫酸を持参していたし、ロープや油性ペンにしても、たまたま部屋にあったものを使ったわけではないでしょう。さっき門脇さんが言ったように、これは間違いなく計画的な犯行です。では、なぜ犯人はここまで念入りな計画を立てたのか。俺は、ターゲットが決まっていたからだと思います」

「恨む相手がいて、その人物に復讐《ふくしゅう》をした。通り魔的な無差別殺人ではない、ということですね」先回りをして、尾留川が言った。

「しかし鷹野さん」徳重は、コーヒーカップをソーサーの上に置いた。「犯人の目的が儀式だった場合でも、計画的な事件にはなり得ますよね。部屋や凶器の準備をすっかり整えて、そのあと無作為に獲物を決めた可能性もあります」

「まあ、そうですね……」鷹野にも、まだ迷いがあるようだ。

尾留川はノートを見つめていたが、右手を伸ばして、項目を指差した。

「この27という数字と、舌の切断も気になりますね。トクさんの言うように、いかにも儀式用のアイテムという感じがします」

「27って、凶数なんですよ」塔子は姓名判断の画数について、みなに説明した。「それが関係あるのかどうかわかりませんが、ちょっと気になっているんです」

「守護聖人と、日本人の名前の画数とでは、相性が悪いような気がするなあ」門脇がつぶやく。

五人であれこれ考えたが、すぐには結論が出そうになかった。

「ピンク色の手洗い洗剤は、明日から調べるんだよね？」徳重が話題を変えた。

「そうです」尾留川が答えた。「明日からブツ捜査の対象に加えます。製造元と、販売している会社に順次当たっていきます」

明日の予定を確認して、打ち合わせは終了した。

「おう、もうこんな時間か。早く飯《めし》にしないと」腕時計を見て、門脇が驚いている。

タイミングをはかっていた尾留川が、先ほどのウエイトレスを呼んだ。

遅い時刻なので、つまみ類ではなく、みなご飯ものを頼んだ。温かいものがほしかったから、塔子はかき揚げうどんと炊き込みご飯のセットにした。おまえも飲め、と門脇に言われたので、ビールも一杯だけ注文した。

料理を待つ間、鷹野はひとり、デジタルカメラを操作していた。事件現場や聞き込みで訪れた場所が、液晶画面に表示されている。

鷹野は記録魔だ。早瀬係長の許可を得て、あちこちで写真を撮影している。過去、これらの記録から、事件解決の糸口がつかめたケースが何度もあった。それで早瀬も、鷹野には一目置いているらしいのだ。

「何か、気になるものがありましたか」

塔子が横から尋ねると、鷹野は渋い表情でこちらを見た。

「本当は、薬傷があったことなんかは公表しないほうがいいと思うんだよな。一般人には、捜査の情報をあまり教えるべきじゃない」

「神谷課長の話では、被害者の身元を探す手がかりにしたい、ということでしたけど」

「被害者のことがわからないと鑑取り捜査が進まない。だから今回は公表するしかない、という判断だろうが、俺は賛成できないな」

鷹野はカメラをテーブルに置いた。

食事をしながら、塔子たちは上野の町について感想を語り合った。門脇はもともと新宿《しんじゆく》で飲むことが多かったから、上野には関心がないという。尾留川は、洒落たバーのことしか頭にないようだ。

塔子と鷹野は以前、上野公園の奥の東翔《とうしよう》芸術大学に行ったことがあった。たしか、遺体の周囲に四つの遺留品が置かれていた事件のときだ。しかし公園の中を少し歩いただけだから、上野の地理に詳しいとは言えない。

炊き込みご飯を口に運びながら、塔子は尋ねた。

「トクさんはどうです？　上野には詳しいんですか」

「……私？　うん、そうねえ」

徳重は食事の手を止めて、しばし考える様子だ。

どうしたのかな、と塔子は思った。難しい質問をしたつもりはない。ただ雑談として、彼にも訊いてみただけなのだ。

「土地鑑はあるよ」徳重は言った。「前に、上野の町はよく歩いたからね」

「だったら明日の午前中、一緒に行動してもらえませんか。これから私たちは、上野で聞き込みをするつもりです。案内してもらえると嬉しいんですけど……」ここで塔子は、鷹野のほうを向いた。「いいですよね、主任？」

「まあ、トクさんさえよければ、俺はかまわないが」

「そういうことですので、トクさん、どうかお願いします」

わかりました、と言って徳重はうなずいた。

いつもの穏やかな表情が戻っていたので、塔子は少し安心した。

第二章　ガレージ

1

寝ている間にかなり気温が下がったようだ。

上野警察署の仮眠室で目を覚ますと、塔子はもそもそと布団《ふとん》から這い出した。大きく伸びをしたあと、着替えを持って女子更衣室に向かった。

十二月十三日、捜査二日目の朝だ。

捜査会議のあと、約束どおり徳重組と鷹野組の四人は、一緒に出かけることになった。現場周辺の町で情報を集め、あの被害者の正体を突き止めようという考えだ。

階段を下りていくと、一階のロビーにマスコミの人間が集まっていた。

昨日の記者発表で、遺体が激しく損壊されていたことが公表されている。ただの殺人事件ではないと知って、いつもより多くの記者がやってきたのだろう。テレビ局や大手新聞社だけでなく、スポーツ新聞や週刊誌の記者なども駆けつけたようだった。

「次の記者発表は午前十時からです。一般の方のご迷惑になりますから、個別の取材活動はご遠慮ください。玄関付近では打ち合わせをしないでください」

副署長が大声でまくしたてている。普段は静かなはずの上野警察署が、今日は大変な騒ぎの中にあった。

人混みを掻き分けるようにして、塔子たちはロビーを進んだ。玄関の外に出て、やれやれと思ったところで声をかけられた。

「如月さん、お久しぶりです」

知り合いの警察官かと思って、塔子は振り返った。だが、相手の正体を知って、顔をしかめた。

「ああ、東陽《とうよう》新聞の……ええと」

「覚えてくださいよ。梶浦《かじうら》です。また名刺をお渡ししましょうか?」

相手は笑みを浮かべていた。たしか梶浦正紀《まさき》という、社会部の記者だ。年齢は三十代だろう。

新聞記者には、ずけずけとものを言う人間が少なくなかったが、梶浦はそういうタイプではなさそうだった。しかし、だからといって油断はできない。もし捜査情報を漏らしたりしたら、これからの仕事がやりにくくなる。

「今回はずいぶん猟奇的な事件ですね」声を低くして、梶浦は言った。「手口からすると、やはり怨恨ですか？　27という数字についてはどう見ています？」

「わかりません、まだ何とも」

塔子は短く答え、梶浦の脇をすり抜けようとした。彼は重《かさ》ねて訊いてきた。

「過去の猟奇殺人について、調べたほうがいいんじゃないですか。もしかしたら、未解決事件の犯人がまた動きだしたのかもしれない」

「もちろん、その方面も調べているはずです」

「……じゃあ、大丈夫かな」

思わせぶりな言い方だな、と塔子は思った。首をかしげてみせた。

「梶浦さん、何か情報をつかんでいるんですか？」

「まさか。うちだって動きだしたばかりですよ。……でも、そうですね。何かわかったらお知らせしましょうか。その時点で、情報交換というのはどうです？」

「無理です」強めの声で、塔子は言った。「情報は記者発表で聞いてください」

梶浦はまだ何か言おうとしていたが、うしろから同僚に名を呼ばれたらしい。「それじゃあ」と言って、ロビーのほうに去っていった。

「如月ちゃんも大変だねえ」

そばで見ていた徳重が、話しかけてきた。

「すみません。相手にしないほうがよかったでしょうか」

「いや、ブンヤさんをうまく使うのも、ひとつの手だよ。ただ、彼らと我々では根本的に立場が違う。新聞社としては読者の反応が第一だから、彼らは面白いネタを探すのに必死なんだ。それに対して我々は、仕事とあればどんな事件でも捜査しなくちゃいけない。自分の好き嫌いには関係なく、ね」

たしかに、と塔子は思った。関係者に聞き込みを行い、事件の全容を明らかにするという部分では、刑事と記者はよく似た行動をとる。だが事実を調べたあと、新聞記者は読者を意識して記事を書く。極端な話、都合のいいところだけを抽出して報道することもあるだろう。そこが警察とは違う。

また、一度風向きが変われば、彼らのペンは警察をも攻撃する。これまでの事件で、塔子はそのことをよく承知していた。

「あ、徳重さん、ちょっと話を……」

別の社の記者が、こちらに近づいてきた。

「厄介な奴《やつ》が来た」徳重はささやくように言った。「あの人は話が長いんだよ。つかまらないうちに、ここを離れよう」

徳重と若い相棒、鷹野と塔子の四人は東に向かって歩きだした。

署の中ではわからなかったが、外は風が強い。道路のあちこちで、紙くずが飛ばされていくのが見える。

数分で、上野消防署の建物に到着した。

「本来はナシ割り班の仕事だけど、硫酸について訊いてみよう」徳重はこちらを振り返った。「危険物といえば消防署だ。ついでに管内の様子についても、聞けるといいね」

徳重が電話を入れてあったらしく、予防課の小柴《こしば》という主任が聞き込みに応じてくれた。年齢は五十歳ほどだが、消防官らしく髪は短めで、精悍《せいかん》な印象だ。

「小柴です。どうぞよろしく」彼は名刺を差し出した。

「警視庁の徳重と申します」警察手帳を呈示しながら、徳重は人なつこい笑顔を見せた。「この時期、消防さんも大変でしょう。昨日も消防車のサイレンが鳴っていましたね」

「火を使う機会が増えますから、それにともなって我々の出場《しゅつじょう》も多くなります。私も以前はポンプ車に乗って、消火活動に当たっていたんですが……」

「今は予防課ということですね」徳重は相手の名刺を確認した。

「そうです。建築物について消防関係の審査をしたり、危険物施設の設置許可、建物への立ち入り検査などを行っています」そう言ったあと、小柴は声のトーンを落とした。「それで、今日はどういったご用件でしょうか」

「昨日、東上野アパートで男性の遺体が発見されたのは、ご存じですか？」

「ええ、ある程度は。被害者は中年の男性で、薬で頭部と両腕が爛れていた。腹部に27という数字が書かれていた。……私が知っているのはそれぐらいですけど」

「使われた薬は硫酸でした。そこでお願いなんですが、この管内の危険物取扱者や、危険物取扱施設について教えていただけないでしょうか」

小柴は、なるほど、という表情になった。一旦席を立ち、書類を持って戻ってきた。

「一覧表になっていますので、ご確認ください」

「ほう、けっこうな数ですね」

「届け出をせずに持っているケースも、ないとは言えません。はたして、この中に犯人がいるのかどうか……」

「まあしかし、順番に当たっていくしかありませんのでね」

リストのコピーをもらって、徳重は鞄《かばん》にしまった。あとで証拠品捜査班に渡すことになるだろう。

ここで鷹野が質問をした。

「東上野アパートについて、何かご存じのことはないでしょうか」

「古い時代のことはわかりませんが、私の知る限り、あそこで消火活動をしたことはないですね」

「消防さんからご覧になって、あの建物はどうです？」

「うーん、そうですね」小柴は考え込んだ。「階段室が狭いですから、火災は怖いですよ。救助する場合は、通常の手段が使えないかもしれません」

「というと？」

「木があるせいで、はしご車が届かない部屋があるんです。場所によっては、屋上から器具を使って降下したほうが早いでしょうね。……まあ、そのへんは現場での判断になりますが」

塔子はアパートの前庭を思い出していた。あそこには大きな木が何本も生えていた。あれが邪魔になってはしごが届かない、という状況はたしかに考えられる。

風に吹かれて木の枝がさわさわと揺れる様子を、塔子は想像した。昔は住居のそばに大樹があるのは、珍しいことではなかったのだろう。だが、建物が密集して造られている今、その木が人命救助の妨げとなるケースがあるわけだ。

話を終えて、塔子たちは腰を上げた。小柴は玄関まで見送ってくれた。

ロビーに一般人向けのミニ展示コーナーがあった。塔子たちが聞き込みをしている間に、高齢者のグループが消防署の見学にやってきたらしい。定年退職した人たちなのか、六、七十代の男性が十人ほどいて、女性係員から説明を聞いている。

鷹野が興味を示して、足を止めた。徳重や塔子も、見学者たちのうしろに立って、係員の話に耳を傾ける。

「昔は鳶職《とびしょく》といって、火事のとき燃えそうな家を壊す人がいましたよね。今はできるだけ壊さないように注意していますが、どうしても必要なときには、ツールを使って破壊することになります」

「火事と喧嘩《けんか》は江戸の花っていうよねえ」

「しかし、家を壊されるほうは、たまったもんじゃないよなあ」

見学者たちはそんなことを話している。

係員はガラスのケースから、道具を取り出した。

「ここを握って、こう叩きます。それから、ここを引っ張ったりして……」

「ふうん。よく出来てるねえ。これは便利だ」

何か思い出したのだろう、小柴主任が含み笑いをしていた。塔子が不思議そうな顔をすると、彼は小声で言った。

「やむを得ず破壊するわけですけど、あとで費用を請求されないかと、ひやひやしますよ」

ああ、と言って塔子はうなずいた。

「私たちのほうでも、ありますよ。緊急時には、窓を割って入ることもありますから」

「お互い苦労しますよね。公務員ですから」

妙なところで意見の一致をみた。塔子はこの小柴という主任に、少し親しみを感じた。

外に出ると、車庫で消防車の点検が行われていた。灰色の作業服を着た男性が、ポンプ車の手入れをしている。背中に《木暮《こぐれ》オートサービス》と書かれているから、自動車整備会社の社員なのだろう。

その様子が珍しいらしく、鷹野は小柴の許可を得て、写真を撮り始めた。

「あの、鷹野主任、急いだほうが……」塔子は、彼の袖《そで》を引っ張った。

今日は徳重組と一緒なのだ。待たせては申し訳ない、という気持ちがある。

「いや、平気平気。かまわないよ」と徳重。

「どうもすみません」

本人に代わって塔子が詫びた。当の鷹野は、シャッターを切るのに忙しいようだ。

「鷹野さん。その写真、あとで私にも見せてください」

徳重が言うと、鷹野はうなずいて、

「メールで送りますよ。……こうした特装車両には、なかなか近づけませんからね。

チャンスがあったときに撮らせてもらわないと」

「どうして男の人は、電車や自動車に夢中になるんでしょうね」塔子は徳重に尋ねた。

「不思議だよねえ。でもまあ、鷹野さんの場合はこうした写真が捜査に役立つこともあるし、情報収集の一環ということじゃないかな」

「情報収集、ですか……」

「そう思っていたほうが如月ちゃんも、かりかりせずに済むだろう?」いたずらっぽい目をして、徳重は言った。

強い風が吹いてきた。スーパーのレジ袋が飛ばされて、車庫に舞い込んでくる。

レジ袋はポンプ車の屋根に引っかかってしまった。気になって塔子は右手を挙げ、大きく背伸びをしたのだが――。

――と、届かない……。

百五十二・八センチしかない身長が恨めしい。

ぴょんぴょん飛び跳ねていると、うしろから厳しい声が飛んできた。

「危ないですよ!」

右手を挙げたまま、塔子は動きを止めた。見ると、自動車整備の男性がこちらに近づいてくるところだった。

「ああ、すみません、大きな声を出してしまって」塔子の前で、男性はそう詫びた。「整備中なので、事故があってはいけないと思ったんです」

彼は丁寧に頭を下げた。塔子は慌てて、首を横に振った。

「私のほうこそ、すみません。よけいなことをして」

相手は塔子より少し上、三十歳ぐらいに見えた。色黒で、筋肉質の男性だ。

苦笑いしながら、小柴主任がそばにやってきた。

「桐沢《きりさわ》さんには、みんな叱られるんですよ。こんな停め方しちゃ駄目だとか、そんなハンドリングをしちゃいけないとか」

「いえ、そんな言い方はしません。私は車のためにお願いをしているだけで……」桐沢と呼ばれた男性は、困惑の表情を浮かべている。

「冗談ですって。まあしかし、はっきり言ってもらったほうが助かるんでね。木暮オートさんのおかげで、最近エンジンのかかりもいいし、車のトラブルも減りましたよ」

小柴が言うと、桐沢はこくりとうなずいた。

「うちの社長が言うんですよ。消防のみなさんには、現場で活躍してもらわなくちゃいけない。そのためには、完璧に車を整備しなくちゃいけないって。ほら、去年うちの会社の近くで火事があったでしょう。あれを見たからだと思うんです」

木暮オートサービスの社長は、とてもプロ意識の高い人らしい。表に出て派手な仕事をするわけではないが、消防官の活動を支えているのは、こういう人たちなのだ。自分はどうだろう、と塔子は考えた。捜査のプロとして、特捜本部の役に立っているだろうか。お荷物というほどではないと思う。しかし一人前と認められているわけでもない。どうにも中途半端な立ち位置だ。

もっと頑張らなくては、と塔子は自分に言い聞かせた。

2

町での聞き込みを開始した。

もしあの被害者が上野の町と関係あるのなら、どこかで目撃されていた可能性がある。顔が消されていたため写真は用意できないが、背恰好や衣服のこと、硫酸や数字のことなどを訊いていくうち、何か情報が得られるかもしれない。

東上野アパート周辺で少し話を聞いたが、あいにく成果は挙がらなかった。四人は上野駅方面に向かった。

ＪＲのガードをくぐり、横断歩道を渡っていく。上野公園へと続く階段の手前で、雑誌を掲げる男性を見かけた。年齢は五十代後半だろうか。ジャンパーを着て、白髪の交じった頭にチューリップハットをかぶっている。

「見せてもらってもいいですか」

徳重が話しかけると、ええ、どうぞ、とその男性は言った。そばにあったキャリーバッグから、雑誌のバックナンバーも出してきた。

「これなんかどうです、『今から始める皇居マラソン』っていう特集。中高年の男性に人気があるよ。……そっちの背の高いお客さんには『簡単、旨い、男の料理』って特集がいいかな。女性のお客さんにはこれだ。アロマテラピーを紹介した号が、俺のお勧め」

商売のチャンスと見たのだろう、男性は早口になっていた。一冊でも多く売りたいという気持ちが伝わってくる。

鷹野は別の一冊を手にして、ぱらぱらとページをめくっていた。『出所後の生き方』という、刑法犯の特集が載っている号だ。意外と硬派な内容も扱っているらしい。

この雑誌のことは塔子も知っていた。ある団体の支援を受けて、ホームレスの人たちが販売しているのだ。代金の何割かが販売員の取り分となる。それを元手に、ゆくゆくはアパートを借りるなどして、生活を安定させることを目的としている。

ホームレスというと、風呂にも入れず、いつも汚れた衣服を着ているような印象があった。制服警官時代、塔子も彼らの対応をしたことがあるが、たいていの人は栄養が足りず、やせ細っていたように思う。

しかし今目の前にいる男性は、食べるものは食べているらしく、不健康な感じはしなかった。中肉中背で、平均的な日本人男性といった体形だ。着ているジャンパーも不潔な感じはしない。髪はやや長めだが、チューリップハットをかぶっていることもあって、上野の美術館にやってきた趣味人というふうに見える。

「じゃあ、これを一冊もらいましょうか」

徳重は最新号を買った。鷹野も財布を取り出し、刑法犯の特集号を手に入れた。こうなると、自分だけそのままでいるわけにもいかない。バックナンバーの中から救急医療の特集号を選んで、塔子は代金を支払った。

一度に三冊も売れたので、男性は上機嫌だ。その様子を見ながら、徳重は言った。

「じつは私、こういう者でしてね」

呈示された警察手帳を見て、相手は驚いたようだ。慌ててポケットを探り始めた。

「どうしたんです?」と徳重。

「……領収証がいるんじゃないかと思って」

「ああ、けっこうですよ、いりません。それより、ちょっと話を聞かせてもらえませんか。あなたはいつも、ここで雑誌を売っているんですか?」

「うん。販売する場所は決まっているんでね」

「失礼ですが、お名前と住所を……いや、住所はありませんかね」

「名前は橘久幸《たちばなひさゆき》。おたくの言うとおりホームレスだけど、この商売のおかげで、今は山谷《さんや》に住んでます。前は建設現場で仕事をしていたんだけどね」

「建設現場はきついでしょう」

そうなんだよ、と橘はうなずいた。

「この歳になるともう駄目だね。大怪我をして働けなくなった仲間も見てきたし、無理はできないよ。昔はこの腕で、日本の土台を造ってきたもんだけどねえ。……お嬢ちゃん、バブル景気なんて知らないだろう」

急に話しかけられ、塔子は返答に困った。

「……言葉としては、知っていますけど」

「全国にあるでっかいビルやイベントホール、テーマパーク、ああいうのはみんな俺たちの世代が造ったんだ。まあ、今はすっかり景気が悪くなっちまったけどねえ」

言いながら橘は、ひとりうなずいている。

「橘さん、生まれはどちらです？」徳重が訊いた。

「山形から集団就職で東京へ出てきたんだよ。その後いろいろあって、今はこんなことをしてる。……若いころは馬鹿をやって、お巡りさんの世話になったこともあったなあ。はは、あのころは血の気が多くてさ」

徳重がこちらを向いて、説明してくれた。

「上野駅は長らく、東北地方から上京する人たちの玄関口だった。高度経済成長期には『金の卵』といって、中学校を卒業した人たちが大勢この駅に降り立った。貴重な労働力とされたんだよ」

「俺なんかは『金の卵』って言葉が流行《はや》った時期より、少しあとなんだけどね。そろそろ集団就職が終わるころだったのかなあ。じきに高度経済成長期は終わってしまったけど、しばらくしてバブルの時代がやってきた。あのころは本当に楽しかったよ」

「今、ご家族はどうしているんです？」

「ご家族、か」橘は寂しげに笑った。「娘がいるんだけど、今さら会いにいくわけにもいかないし……。できれば死ぬ前に一度ぐらい、話をしてみたいけどねえ」

それを聞いて、徳重がわずかに眉をひそめた。声を強めて、彼は言った。

「橘さん。絶対、訪ねていったほうがいいですよ」

徳重の表情が変わったのを見て、橘はまばたきをしている。

「……そうかな」

「そうに決まっています。遠慮することなんて、ありません」

塔子は、徳重にも娘がいることを思い出した。彼は同じ父親として、橘に同情したのだろうか。それにしても、今の言葉には力がこもっていた。いつもの徳重らしくない、という気がする。

少し気まずく感じたのか、徳重は咳払いをした。ポケットから小さなプラスチック容器を取り出す。

「のど飴《あめ》、舐《な》めませんか」

「……はあ、どうも」

相手の右手の上で、徳重は容器を振った。飴の粒がひとつ出てきた。

「はい、如月ちゃんたちも」

「ありがとうございます」

塔子や鷹野、徳重の相棒も手を出して、飴を受け取る。五人でのど飴を舐めた。黙って佇《たたず》む塔子たちを、通行人が不思議そうな目で見ている。

そのうち気持ちの切り替えができたのだろう、徳重はこう訊いた。

「ちょっと失礼なことを尋ねますが、怒らないでください。橘さんは、コンビニの廃棄商品を手に入れたことがありますか？」

戸惑うような表情で、橘は徳重を見た。

「ええと、それはどういう……」

「いや、廃棄商品を持っていったからどうだ、という話じゃないんです。私も個人的にはね、まだ食べられるのにもったいないと思うんですよ」

「まあ、食べたことはあるよ。でも、なるべく散らかさないようにしたし、店に迷惑はかけていないつもりだけど」

「橘さん、東上野アパートをご存じですね？」

え、と橘は言った。

「なんで急に、そんなことを」

「最近、コンビニでは廃棄商品の管理が厳しくなっているんです。でも、駅の東側にある店では、廃棄用の袋から取り出すことができるらしい」

遺体を発見した島尾泰明が話していたことだ。

「橘さんも、あのコンビニに行ったことがあるんじゃないですか。そして、あそこまで行ったのなら、その少し先にある東上野アパートにも足を伸ばしたのでは？」

「東上野アパートって、区役所の向こうの？」

「そう。庭に大きな木がある、古いアパートです」

「……たしかにそのコンビニも、そのアパートも、行ったことがあるよ」

「アパートの部屋に入ったことは？」

「それはないけど。……あのアパートがどうかしたのかい」

相手の目を見たまま、徳重は低い声で尋ねた。

「昨日の朝、東上野アパートの一階で、男性の遺体が発見されました。その件について、あなたは何か知りませんか？」

ひゅっ、と妙な音がした。橘が息を吸い込んだのだ。

「とんでもない！　俺は人殺しなんかしないよ。一昨日《おととい》の夜はカップ酒を飲んで、宿で寝ていた。寒い晩に、わざわざ外へ出かけたりしないって」

「あのアパートの周辺で、不審な人物を見かけたことは？」

「ないよ。通りかかるだけで、立ち止まったりはしないから」

軽く息をついてから、徳重はメモ用紙を差し出した。

「知り合いの人にも、一昨日の夜のことを訊いてもらえますか。何かわかったら、この番号に電話をください。価値のある情報なら、お礼をします」

「金をくれるの？」

「ええ、いい情報ならね」

「わかった。あとでみんなに訊いてみる」橘は乗り気になったようだ。「その代わり、刑事さん、約束はちゃんと守ってくれよ」

そのときだった。背後で急ブレーキの音が響いた。驚いて、塔子たちは振り返った。

横断歩道の手前で、営業用のワゴン車が急停車したらしい。ボンネットの手前、わずか三十センチほどの場所に、うずくまる人の姿が見えた。コートを着た男性だ。

塔子は駆けだした。歩行者を掻き分け、その人物に近づいていく。

「大丈夫ですか！」

相手は眼鏡をかけた、三十歳ぐらいの男性だった。真っ青な顔をしていたが、

「……すみません。大丈夫です」

かろうじて、そう答えた。彼は三歳ぐらいの女の子を抱きかかえている。塔子は事情を理解した。子供が車道に出ていくのに気づいて、父親があとを追いかけたのだろう。

それまで呆然《ぼうぜん》としていた女の子が、激しく泣きだした。

鷹野がそばにやってきた。塔子たちは親子に手を貸し、歩道へと戻った。ワゴン車の運転手も、ほっとした表情を浮かべている。運が悪ければ大事故になるところだった。

父親は塔子たちに何度も頭を下げた。それから、子供を連れて駅のほうへ去っていった。

「怪我がなくてよかったよ」一仕事終えた塔子に、徳重が話しかけた。

「びっくりしました。小さいうちは目が離せませんね」

「親というのは、すごいものだね。いざというときには、勝手に体が動いてしまう」

「そうだよな」橘が言った。「親が子を守ろうとする気持ちは、理屈じゃないんだよ」

塔子は車道に目を戻した。

今はもう、何事もなかったかのように、車の列は流れ始めていた。


橘と別れて、塔子たちは公園前交番のほうに歩きだした。

「トクさん、上野にはよく来ると言ってましたよね。上野の町が好きなんですね」

塔子がそう訊くと、徳重は何か考える顔になった。ややあって、彼はこちらを向いた。

「好きが半分、嫌いが半分というところかな」

「どういうことです？」

信号の前で足を止め、徳重は辺りを見回す。

「何年か前、このへんで捜査をしていて、たまたま古い知り合いと出会ったんだ。昔は羽振りのいい経営者だったのに、いつの間にか、彼はホームレスになっていた。驚いたよ。……私はできる限り、昔と同じように話そうとした。でも、うまくいかなかった」

徳重は太鼓腹をさすった。それから、話を続けた。

「『あんたは、なんで刑事なんかをやっているんだ？』と彼は訊いてきた。どんよりした目をしていたな。少し考えたあと、私はこう答えた。『この仕事が性に合っているから』ってね。それを聞くと、彼は黙り込んでしまった。以前は表情も豊かで、話のうまい男だったんだ。ところが、そのときはまったくの無表情になっていた。社会との関係を絶って、すっかり無色透明になってしまったみたいだった。……アイデンティティー、というのかな。彼が彼であるという感覚が、私にはわからなくなっていた。目の前にいる人物は、本当に私の知っている彼なんだろうかと、疑問に思えてきた」

クラクションの音がした。最新モデルの国産乗用車が、埃だらけの軽トラックを追い越していく。風に煽られ、紙くずが路肩を転がっていく。

「私は彼を避けたり、軽蔑《けいべつ》したりするつもりはなかった。でも心のどこかで、もう昔のようには話せないと感じていた。……上野という町は気に入っているんだ。しかしここに来ると、どうしても、さっきの人のようなホームレスに目が行ってしまう。ここはたぶん、『社会の陰の部分』を直視させられる町なんだね。普段、気にせずに済んでいるものを、無理やり見せつけられることになる。まったく、何ともいえない気持ちになるよ。だから好きが半分、嫌いが半分なんだ」

昨夜、門脇班の打ち合わせで、上野という町について話をした。あのとき徳重が言葉を濁したのは、そういう事情があったからなのだ。

塔子にはそれほど多くの知り合いはいないし、友人が身を持ち崩したという話も聞かない。だが徳重ほどの年齢になると、否応《いやおう》なしに、人生のさまざまな形を目にすることになるのだろう。それを人生経験というのなら、塔子にはまだまだ経験が足りない。

ふと目をやると、鷹野はデジタルカメラを構え、町の風景を撮影していた。徳重の話を耳にして、どんな反応を示すべきか迷ったのかもしれない。だから聞かなかったふりをしているのではないだろうか。

鷹野主任らしいな、と塔子は思った。

突然、携帯電話が鳴りだした。液晶画面を確認すると、特捜本部にいる早瀬係長からだ。

「はい、如月です」

「早瀬だ。すぐに谷中《やなか》に向かってほしい」

彼の背後から、捜査員たちの声が聞こえてくる。いつもとは明らかに様子が違っていた。

「何かあったんですか？」

「顔を消された遺体が見つかった」早瀬は言った。「東上野のマル害とよく似ている」

塔子は息を呑んだ。

——犯人は、ふたり目を殺害したということ？

昨夜のうちに、第二の事件が発生していたのだろうか。東上野の事件は、連続殺人に発展してしまったのか。

目の前の道路を、大小さまざまな車が走っていく。風が強まり、紙くずが車道に転がり出た。二台、三台と乗用車が通過し、紙くずは踏みつぶされた。

塔子は携帯電話を握り締めたまま、その場に立ち尽くしていた。

3

台東区谷中は寺町《てらまち》と呼ばれているらしい。戦争による被害も少なかったそうで、JR日暮里《にっぽり》駅から現場に向かう間、塔子たちはいくつもの寺を見かけた。

寺町を抜け、住宅街に入った辺りでパトカーの赤色灯が目に入った。事件現場は細い路地の奥にある。近くの住民たちが集まり、何かささやき合っていた。マスコミ関係者らしい人物も、ちらほらと見えた。

徳重組、鷹野組の四人は手袋を嵌め、立ち番の制服警官に所属を伝えた。

敬礼をしたあと、警官は背後の民家を指し示した。

「今、中で鑑識の作業が行われています。もうそろそろ終わる、とおっしゃっていましたが。……あ、出てきました。あの方が責任者です」

敷地内に目をやると、鴨下とは別の鑑識課員がいた。彼は頭を下げて、こちらにやってきた。

「お疲れさまです。もう、中に入っていただいてもかまいませんので」

「状況を教えていただけますか？」徳重が尋ねた。

「この民家は解体準備中で、誰も住んでいませんでした。今日、工事の関係者がやってきて遺体を発見したそうです。昨日の午前中には、問題はなかったということです」

建物の隣にガレージが設けられていた。今、シャッターは半分ほど開かれた状態だが、外から見えないようブルーシートで目隠しされている。

鑑識課員に案内され、塔子たちはガレージの中に入った。

自動車は置かれていない。がらんとしたスペースの奥に、誰か倒れているのが見えた。先輩たちに続いて、塔子は被害者に近づいていく。

息を詰めて、塔子はその人物を観察した。

頭髪や体格から、男性だとわかる。上はランニングシャツ、下はトランクスという恰好で、靴下と靴は履いていなかった。顔と両腕に薬傷があるのは、東上野アパートの遺体と同じだ。だが今回の被害者は、右脚も傷つけられていた。太ももから足の甲まで、広い範囲が赤黒く爛れている。左脚は無事だった。

「わかりにくいんですが、右足のくるぶしに古傷があります。手術の痕だと思います」

「腹を見せてもらえますか」

鷹野が言うと、鑑識課員はうなずいた。白いランニングシャツが捲《まく》り上げられ、左の腹部があらわになる。黒いペンで《45》と記されていた。

――数字が変わった！

塔子はそのナンバーをじっと見つめた。前回は27、今回は45。犯人はなんらかの意図を持って、この番号を書き付けているはずだ。それは被害者の身元につながる情報なのか、それとも犯人自身に関係のある数字なのか。

ここで塔子は気がついた。姓名判断の吉凶でいえば、45画は凶数ではなかったはずだ。

だが、悪意を持って遺体に書き残された数字は、「凶悪な数」だと感じられた。被害者にとっては、最悪の凶数だと言っていいだろう。

「頸部に索条痕がありますので、窒息死だと思われます」鑑識課員が説明した。

鷹野は遺体のそばにしゃがんで、爛れた頬を調べている。

「引っかき傷はないようだ」

東上野アパートの遺体には、釘抜きで引っかいたような痕があった。今回はそれがないということだ。

続いて鷹野は、変色した左腕を調べ始めた。やがて、指先に目を近づけた。

「どうです、指紋は採れそうですか」と塔子。

「無理だな。指先が欠損している」

「え？」

塔子もその場にしゃがみ込んだ。

鷹野の言うとおり、左手の指が五本とも失われている。人差し指、中指、薬指は第二関節の辺りで切られているが、小指は第一関節、親指は爪《つめ》の辺りで切断されていた。あまり丁寧なやり方とは言えない。

右手の先も同様に、五指が切られていた。切除された指を探したが、それは見つからなかった。犯人が持ち去ったに違いない。

「あの……」塔子は振り返って、鑑識課員に尋ねた。「口の中は確認しましたか？舌を切られてはいなかったでしょうか」

「特に異状はみられませんでした」

今回、犯人は舌の代わりに手の指を切ったのだろうか。いったい何のために、そんなものを持っていったのだろう。

——犯人にとっての、戦利品？

だが、もし犯人にコレクター的な性格があるとしたら、毎回同じ部位を持ち去るのではないだろうか。コレクションとは「ある条件を満たしたものの集まり」であるはずだ。舌なら舌、指なら指だけを集めるのが普通だろう。それとも、「人体の一部」という曖昧《あいまい》な条件で蒐集《しゅうしゅう》を行っているのか。

「殺害の手口はほぼ同じですね」徳重が口を開いた。「同一犯の仕業とみて間違いないでしょう」

「ええ。細かい部分に違いはありますが、犯人は同じだと思います」うなずいたあと、鷹野は鑑識課員のほうを向いた。「遺留品はどうでした？　ここにピンク色の粉が落ちていませんでしたか。それから、宗教画が印刷されたポストカードは……」

「いえ、そういったものは発見できませんでした」

「狩猟者としての意思表示は、最初の一回だけだったんでしょうか」塔子は首をかしげる。

それには答えず、鷹野は鑑識課員に問いかけた。

「この被害者の身元がわかるような品は、ありましたか？」

「免許証、身分証などはありません。ただ、衣服を脱がされたときに落ちたのか、こんなものが見つかりました」

鑑識課員は証拠品保管袋を差し出した。中に入っているのは、コンビニのレシートを幅広にしたような感熱紙だ。昨日の日付と、午前十時十三分という時刻、《最高血圧》《最低血圧》《脈拍数》などの項目と、それに対応する数値が印字されている。

「血圧測定器ですな」徳重が言った。「血圧が高めなので、私もよく使います」

「昨日の十時十三分……」日付を読み取ってから、塔子は先輩たちの顔を見た。「血圧を測る場所といったら、普通、病院とか調剤薬局とかですよね」

「そうだね。個人用の測定器は、印字できないタイプが多いから」と徳重。

鷹野はしばらく思案しているようだったが、やがてこう言った。

「早瀬さんに連絡して、所轄の人間を動員してもらいましょう。どこまで捜索範囲を広げるかという問題はあるが、まずはこの近辺の病院、薬局で聞き込みをしていく。昨日の十時十三分に血圧測定をした人物を捜すんです。もしそれが病院なら、カルテが保管されているはずだから、身元の特定が早まる可能性がある」

塔子は特捜本部にいる早瀬係長に電話をかけた。鷹野からの依頼事項を伝え、何かわかったら連絡をもらうことにした。

念のため、鑑識課員の案内で母屋の中もチェックした。ガレージから建物まで、鷹野はすべてカメラに収めていく。

「早瀬さんたちが調べてくれている間、我々は周辺で聞き込みをしましょう」

手分けして、近くの家で情報を集めることになった。すでに所轄の人間が聞き込みを始めているだろうが、重ねて質問することで、重要な情報が得られる場合もある。落ち合う時刻を決めて、鷹野組、徳重組は事件現場を出た。

塔子は鷹野とともに情報収集を進めていった。

昼ごろになると雲が出て、気温が下がり始めた。真夏の捜査もつらいが、冬には冬の苦労がある。こうした聞き込み捜査では、屋内に入れてもらえることはほとんどない。玄関先で話を聞くのだが、寒いものだから相手は早めに切り上げようとする。その結果、大事な話が出る前にドアを閉められてしまうおそれがあった。手短に、しかしポイントを外さないよう、話を聞かなければならない。

風の中、塔子は体を震わせた。捜査中にマフラーなどは使えないから、首の辺りがひんやりする。メモをとるから、手袋を使うこともできない。

せめてこれぐらいは、と思って塔子は立つ位置を工夫した。すると、鷹野が露骨《ろこつ》に顔をしかめた。

「なんで俺の風下に立つんだ」

「……え？」

「え、じゃないだろう。人を風よけに使うなよ」

企《たく》みがばれて、塔子は風上に立つよう言われてしまった。

周辺で聞き込みを続けるうち、いくつかの情報が得られた。事件現場となった家は、二ヵ月ほど前から空き家になっていたそうだ。住人は埼玉県に転居した。いずれ取り壊すことになるが時期ははっきりしない、と不動産業者が言っていたらしい。

まだ死亡推定時刻はわからないが、事件が起こったのは、昨夜遅くから今日の未明までの間だろう。自動車の目撃証言はなく、エンジン音を聞いた者もいない。犯人が車で来たとすれば、どこか離れた場所に駐車したのだと思われる。あるいは、この近くに住んでいる人間が犯人だという可能性もあった。

七軒ほど先の、生け垣に囲まれた二階家にやってきた。からからと音がするので屋根を見ると、風見鶏《かざみどり》が取り付けられていた。ときどき強まる風のせいで、風車が勢いよく回っている。

表札には《黒木《くろき》》とあった。チャイムを鳴らすと、インターホンから「はい」とだけ返事が聞こえた。相手は男性らしい。

「警視庁の者ですが、少しお話を聞かせていただけませんか」

「……警視庁のどなたですか」

「如月と申します。この先にある空き家のことで、近隣のみなさんから話を聞いています。ちょっと出てきていただけませんか」

ややあって玄関のドアが開き、小太りの男性が現れた。おや、と塔子は思った。四十代と見えるその男性は、スウェットの上にどてら——いや、丹前を着ていたのだ。

やはり見栄えのいいものではないな、と思いながら、塔子は警察手帳を呈示した。

「この路地の奥に空き家がありますが、ご存じですよね？」

「あそこにいた人は、たしか二ヵ月ぐらい前に引っ越していきましたよ。……何かあったんですか？　辺りが騒がしいみたいだけど」

いずれニュースなどで伝わることだ。塔子は説明した。

「その空き家で、男性の遺体が見つかったんです」

え、と黒木は言った。さすがに驚きを隠せないようだ。

「あんなところで事件が……」

「それでお訊きしたいんですが、昨日の夜、不審な人物を見かけなかったでしょうか」

黒木は少しためらっているようだったが、そのうち小声で言った。

「関係あるかどうかわかりませんけど、夜中に、路地の奥から出てくる人を見ましたよ」

「何時ぐらいです？」

「二時半ぐらいだったかな。トイレに起きて水を飲んだあとに、窓から見たんです。

黒っぽいジャンパーを着て、リュックサックを背負っていました」

やった、と塔子は思った。ついに当たりを引いたかもしれない。

「年齢や性別、顔はわかりませんか」

「うしろ姿だったので、年齢や顔はちょっと……。でも体つきからすると、男だと思います。ぱっと見た感じ、身長は百六十センチから百八十センチぐらいかな」

「ほかに何か、気がついたことは？」

「あとは……そうだ。手に何か持っていました」黒木は記憶をたどる表情になった。

「ええと、たしか右手ですね。棒のようなものを持っていました」

「大きさは？」

黒木は左右の手で、長さを測《はか》るような仕草をした。

「三、四十センチだと思います。暗くて、はっきり見えなかったけど」

「長さが三、四十センチというと……たとえば金槌《かなづち》とか、そんな感じでしょうか」

「そうかもしれません」

黒木宅の前には街灯がなかった。もう少し明るい状態であれば、さらに情報が得られた可能性がある。その点は残念としか言いようがない。

しかし午前二時半ごろ不審者が歩いていたこと、棒のようなものを持っていたことは、きわめて重要な手がかりとなるはずだ。

「念のため聞かせてください。黒木さん、お仕事は何をなさっているんですか」

「ドラッグストアに勤めています。今日は休みだからゆっくり寝ていようと思ったんですけど、まさかそんな騒ぎが起こっていたなんて」

何か思い出したら連絡してほしい、と頼んで、塔子は電話番号のメモを差し出した。礼を述べてから、黒木宅を辞した。

「身長百六十から百八十センチ……。鷹野主任が、たしか百八十三センチでしたよね」

自分よりはるかに高い位置にある鷹野の顔を、塔子は見上げた。

「誤差が二十センチか。深夜のことだから、仕方ないとは思うが……」鷹野は考え込む。

「三、四十センチの棒というのは、遺体損壊の道具でしょうか」

「第一の遺体は舌を切られ、頬に釘抜きで引っかいたような傷が残されていた。しかし今回は、指の切断だけだ」

「ノコギリがひとつあればいいんですよね。ノコギリの柄《え》の部分って、三、四十センチじゃないですか？」

「刃はどうしたんだ」

「刃の部分は、暗い色をしていて、見えにくかったのでは？」

納得がいかないのか、鷹野は首をひねっている。

さらに塔子が説明を続けようとしたとき、鷹野の携帯電話が鳴った。

「何だろう。早瀬さんからだ」

あ、と思って塔子はバッグの中を探った。自分の携帯電話は、マナーモードにしてしまっていたのだ。

「はい、鷹野です」立ち止まって、彼は電話に出た。「何かありましたか？」

しばらく話を聞いていたが、やがて鷹野は「了解しました」と言って電話を切った。

そのままボタンを操作し、メールを受信したようだ。画面を見ながら彼は言った。

「さっきの被害者の身元が割れたぞ。昨日の午前中、西日暮里《にしにっぽり》にある病院で血圧を測ったらしい。医師に尋ねたところ、右足のくるぶしの手術痕から本人だと確認できたそうだ。……大月雄次郎《おおつきゆうじろう》、五十七歳。事務機販売会社の経営者で、住所は足立《あだち》区千住《せんじゅ》東《あずま》一丁目。妻の名は保子《やすこ》だ。電話してみよう」

鷹野は再び携帯電話を耳に当てた。じきに相手が出たらしく、話し始めた。

「大月さんのお宅ですか？　私、警視庁の鷹野と申します。大月雄次郎さんについて少しうかがいたいことがあるんですが、これからお邪魔してもよろしいでしょうか。……ええ、住所はわかっています。……はい？　ああ、それについては、お会いしたときに説明させていただきます。……では、よろしくお願いします」

通話を終えたあと、鷹野は数秒、携帯の液晶画面を見つめていた。それから、小さなため息をついた。

「大月は昨夜、会社を出たまま自宅に戻っていないそうだ。何か事件でもあったのかと訊かれたが、電話で込み入った話はできないからな」

「今の人は奥さんですか？」

ああ、と鷹野はうなずいた。それから渋い表情を浮かべた。

「感情的な人のようだ。俺の苦手なタイプだよ」

4

徳重組と合流し、ＪＲ日暮里駅へと急いだ。

立ち食い蕎麦屋を見つけ、大急ぎで昼食を済ませる。ゆっくり味わっている暇《ひま》はなかったが、これで体が温まった。ちょうどホームに滑り込んできた常磐線快速に乗り、三駅移動する。塔子たちは北千住駅に到着した。

千住東は、工場と住宅が混在する町だった。表通りには倉庫や町工場などが建っているが、一本裏に入ると、そこは民家の密集する一画だ。アパートや賃貸マンションもみられるが、三階建てぐらいの小規模なものが多い。

大月雄次郎の家は、住宅街の中ほどにある二階家だった。周囲の家に比べると敷地が広く、車庫も大きめだ。壁は純白で、庭にはよく手入れされた芝生《しばふ》と花壇があった。

鷹野の指示を受け、塔子がチャイムを鳴らした。インターホンにはカメラのレンズが付いている。屋内のモニターには、塔子の顔が映し出されているはずだ。

スピーカーから、「はい」という女性の声が聞こえた。

「先ほどお電話を差し上げました、警視庁の者ですが」

「ああ、今行きます」

応対の声に不自然なところはなかった。鷹野の話では取り乱しているようだったが、その後、少し落ち着いたのだろうか。

だが、玄関のドアが開いたとき、塔子は誤解していたことに気がついた。出てきたのは二十代後半ぐらいの女性だったのだ。

「大月さんの娘さんですか？」

「はい、仁美《ひとみ》といいます。南千住《みなみせんじゅ》に住んでいるんですが、母に呼ばれて、さっき着いたところです」

彼女は塔子たちを家に招き入れた。

玄関の中は、自転車が数台入りそうなほど広かった。廊下の幅も、塔子の家の倍ぐらいある。大月は事務機販売会社を経営していたというから、裕福だったのだろう。

塔子たちを応接室に通すと、仁美は一旦、廊下に出ていった。

応接セットは六人掛けの大きなものだ。絨毯《じゅうたん》は柔らかく、壁には少女の肖像画が掛けられていた。その隣、造り付けの棚にはゴルフやボウリングのトロフィー、簿記や英語検定の合格証書が並んでいる。窓際にはテーブルとふたつの円椅子が置かれていた。その辺りだけ、カーペットが毛羽立っているようだ。

塔子たちはソファに腰掛けて、家人がやってくるのを待った。天井近くのエアコンから、暖かい風が流れ出ている。

数分後、ドアがノックされた。現れた人物を見て、塔子ははっとした。五十代半ばと見える女性だが、化粧っけのない顔に赤い口紅だけを塗っている。顔色が悪かったから、口紅の色がよけいに目立っていた。

彼女が大月保子だろう。塔子たちはソファから立ち上がり、頭を下げた。

しかし保子はドアのそばに立ったままだった。カーディガンに付いた毛玉をいじりながら、四人の警察官を観察している。

塔子が話しかけようとしたとき、湯飲みを載せた盆を持って、仁美がやってきた。

「お母さん、何してるの。座ればいいじゃない」

「ああ……そうね。そうよね」

小さくうなずきながら、保子はそろそろと前へ進み、空いていたソファに腰を下ろした。両手はまだ、カーディガンの裾《すそ》をもてあそんでいる。

仁美が順番にお茶を出してくれた。塔子は礼を述べてから、メモ帳を開いた。

「私たちは警視庁に所属していまして、現在、ある事件を捜査しています。特徴的な手口なので、その人物の犯行は見分けがつきます。今日、谷中三丁目で、同じ犯人の仕業とみられる事件が起こりました。現場は、住む人のいなくなった民家のガレージで……」

「ちょっと。ねえあなた」話の途中で、保子が言った。「前置きはいいから、結論を言ってもらえないかしら」

塔子はためらった。遺族に被害者の死を伝えるのは、とても難しいことだ。事実を知って悲しむ人たちの姿は、過去に何度も目にしている。できることなら、こんな仕事は誰かに任せてしまいたかった。だが今日、塔子は鷹野からこの役目を命じられたのだ。徳重にも異存はないようだった。

どのように話しても結局、遺族は悲しむ。それは避けられないことだった。ならば、保子もこう言っていることだし、ストレートに話してしまおう、と塔子は考えた。

「申し上げにくいことですが、見つかったご遺体は大月雄次郎さんだと思われます。このあと、奥さんにそのご確認をお願いしたいと思いまして……」

と、そこで塔子は異変に気がついた。一瞬のうちに保子の人相が変わっていた。真《ま》っ赤《か》な口から、思いがけない言葉が飛び出した。

「何なの、あなた。いきなり訪ねてきて、おかしなことを言って。……あの人が死んだ？　どうしてよ。なんで死ななくちゃいけないの！」

塔子はたじろいだ。相手を宥めるように言った。

「もちろん、まだ断定されたわけではありません。ただ、現場で血圧の測定結果票が見つかりまして、病院を調べたところ、大月さんの名前が挙がったものですから……」

保子は、首を強く振った。

「それが何だっていうの。誰かと間違えたのかもしれないでしょう」

「ええ、そうですね。そうかもしれませんが……」

「いい加減なことを言わないで。私は認めないから。あの人が死んだなんて、絶対に認めないから」

保子はテーブルを叩いた。何度も叩いたせいで、湯飲みのお茶があちこちにこぼれた。

「奥さん、どうか落ち着いてください」

「あなたなんかに、そんなことを言われたくない！」保子は塔子を睨んだ。「警察がしっかりしていれば、おかしな事件は起こらないはずでしょう。なんで、あなたみたいな人が刑事なの？　もっとしっかりしてよ。悪い奴を捕まえて、どんどん死刑にしてよ」

「お母さん、もうやめて」仁美が言った。

「何よあんたは。どっちの味方なの」

「やめてってば」仁美の目から涙がこぼれた。「急にこんな話をされて、私だって訳がわからないんだから……」

何か言いかけたが、保子はそのまま黙り込んだ。

「すみません、刑事さん」ハンカチを目に当てながら、仁美が詫びた。「母は今、混乱しているんです。許してあげてください」

とりあえず保子は静かになった。しかしこんな雰囲気の中、どうやって情報を聞き出せばいいのだろう。

――なんとかしないと……。

考えあぐねていると、徳重が口を開いた。

「あの絵は、娘さんを描いたものじゃありませんか」彼は、壁の肖像画を指差していた。「もしかしたら、大月さんがお描きになったのでは？」

壁に目をやってから、仁美はうなずいた。

「私が小学生だったころ、父が描いてくれたものです。よくわかりましたね」

「そこ、窓際にテーブルがありますが、あれに円椅子は似合いませんよね。よく見ると、その周辺だけカーペットが毛羽立っています。たぶん、テーブルは絵の道具を置く場所で、大月さんはその近くにイーゼルを立てていたんじゃないでしょうか」

「そのとおりです」仁美は驚いているようだ。「父は、趣味で絵を描いていました」

「いいご趣味だと思います。その一方で、社会人としてはとても真面目で、几帳面な方ですよね。簿記や英語の資格をいろいろ取っていらっしゃる。私なんかには、とても真似《まね》できないことです。尊敬しますよ」

下を向いていた保子が、徳重のほうをちらりと見た。

徳重はそれに気づいたのだろう。今度は娘ではなく、保子に向かって言った。

「何事にも一生懸命な方だったんでしょうね。ゴルフやボウリングの大会で、あれだけトロフィーを手に入れるのは大変なことですよ。……奥さん、ボウリングをなさったことはありますよね？」

保子は小さくうなずいた。

「奥さんは私と同じ年代でしょうから、ずいぶんおやりになったと思います」そう言ってから、徳重は塔子のほうを向いた。「今の若い人はあまりやらないだろうけど、昔はボウリングがすごく流行っていたんだよ。懇親会といえば、まずボウリング大会だったからね」

「そうなんですか？」と塔子。

「でも私なんかは、ちっともスコアが伸びなかったな。それを考えると、大月さんの成績はすごい。……ですよね、奥さん？」

保子はじっと考える様子だったが、やがて低い声で答えた。

「あの人、凝り性だから……」

「なるほど」と徳重は言った。

徳重はすごい、と塔子は思った。相手の心を開かせ、それでいて馴れ馴れしいとは思わせない、絶妙の距離感だ。塔子を会話に引き込んでくれたことにも感謝すべきだろう。

早口にならないよう注意しながら、塔子は質問を再開した。

「昨日、大月さんから何か連絡はありませんでしたか。どこかへ行くとか、誰かと会うとか、そういった話は……」

保子が返事をしないのを見て、仁美が促した。

「ほらお母さん、ちゃんと答えようよ」

「……六時半ごろ電話があって、今日は知り合いと飲みにいくから夕食はいらない、と言っていました。誰と会ったのかは知りません」

「最近、何か気になることはなかったでしょうか。ご主人に何度も電話がかかってきていたとか、帰りが遅くなっていたとか」

塔子がそう訊いたとき、明らかに保子の顔色が変わった。この機会を逃してはいけない。薄氷を踏む思いで、塔子は尋ねた。

「何かあったんですね？」

「……三週間ぐらい前から、うちの近くで妙な人を見かけていたんです」

「どんな人ですか」

「黒っぽい服を着た、男の人。うちに訪ねてきたわけじゃないけど、たびたび見かけるから、なんだか気になって……。インターホンのカメラで道路を見ていたら、うまくその人が通りかかったんです。それで慌てて、映像を録画したのよ」

無意識のうちに、塔子は拳《こぶし》を握り締めていた。おそらくこれは、重要な手がかりになる。

「その映像、見せていただけませんか」塔子は言った。

保子の案内で、一同は台所に移動した。

ドアの横にインターホンのモニターと受話器が設置されている。保子の話を聞きながら、仁美が装置を操作してくれた。

「これですね。……三日前の夜九時過ぎです」

街灯のおかげで、なんとか人影を捉えることができた。通りを右から歩いてきた人物が、辺りを見回したあと、この家の敷地を覗き込んでいる。そのまま何をするわけでもなく、左の方向へと通り過ぎていった。わずか五秒ほどの映像だ。

今度はスローで再生してもらった。たしかにその人物は男性のように見える。黒っぽいジャンパーを身に着けていた。

その人物がカメラの前を通り過ぎるとき、気になるものが映った。

「そこ、止めてもらえますか」

塔子が言うと、仁美が停止ボタンを押した。

「主任、これを見てください」塔子は画面の一部を指差した。

鷹野はその部分に目を近づける。

「リュックサックを背負っているのか。……谷中で目撃された人物と、特徴が一致するな」

犯人は情報収集のため、大月宅の近くをうろついていたのではないだろうか。大月の行動パターンなどを調べてから、犯行に及んだ可能性がある。

「この映像データ、お借りすることはできませんか」鷹野が尋ねた。

よくわからないというので、取扱説明書を持ってきてもらった。機械に強いという徳重の相棒が、ページをめくって調べ始める。十分ほどで、映像データを外部メディアに出力することができた。

このデータを分析すれば、犯人の情報がつかめるかもしれない。科学捜査研究所なら何か見つけてくれるのではないか、と塔子は思った。

最後に、大月の書斎を見せてもらった。壁際に大きな書棚があり、本や雑誌がジャンル別に収められている。机の上もきれいに片づいていた。

許可を得て、塔子たちは日記や手帳などを探し始めた。しかし大月はかなり慎重な性格だったらしく、手がかりになりそうなものはほとんど出てこない。とりあえず手紙やノートなど、見つかったものだけ借用することにした。

そろそろ辞去するかというころになって、塔子はふと思い立ち、机のうしろを覗いてみた。狭い隙間に、レシートとメモ用紙が落ちているのが見えた。

「鷹野主任。あそこに紙が落ちているんですけど……」

「本当だ。このままでは取れないな」

みなで協力して、机を数十センチ移動させた。

体の小さい塔子が隙間に入り込み、レシートとメモ用紙を拾い上げる。広い場所に戻って、内容を確認した。メモ用紙にはこんな走り書きがあった。

《目薬、風邪薬》《通勤定期継続》《背広オーダーメイド》《調査KU同行、CD》

塔子はその紙を保子のほうに差し出した。

「これは大月さんの字でしょうか」

「ええ、そうです」

日常的なメモ書きだと思われるが、最後のひとつについては意味がわからないという。

何かを調査するため、大月がKUという人物に同行したということだろうか。それとも、KUという場所に行ったということか。CDは、普通に考えればコンパクトディスクのことだろう。

室内をもう一度チェックしてみたが、音楽を聴く趣味はなかったのか、CDは見当たらない。データが保存されたCD－ROMなども見つからなかった。

塔子はメモ用紙を手にして、ひとり考え込んだ。

徳重たちはこのあと、保子と仁美を連れて遺体の確認に行くという。その足で、科捜研に先ほどの映像データを届けてくれるそうだ。

「トクさん、さっきはどうもありがとうございました」

保子たちから離れた場所で、塔子は深く頭を下げた。徳重は苦笑いしながら、小さく首を振った。

「いや、よけいなことをして、鷹野さんの出番を奪ってしまったんじゃないかな」

「そんなことはありません」鷹野は言った。「お見事でした」

塔子たちは徳重組と別れた。

山手線の電車に乗り、神田《かんだ》駅に移動する。塔子と鷹野は、大月雄次郎が経営していた事務機販売会社を訪ねた。コピー機やファクシミリ、パソコンなどを企業に販売する会社らしい。

いくつか質問をして、やはり大月は几帳面なタイプだったことが判明した。特に、契約書や帳簿関係にはうるさかったそうだ。誰かと頻繁に連絡をとっていた、という証言があったが、相手の名前は特定できなかった。

神田駅に向かって歩きながら、塔子は大月という人物について想像を巡らした。彼はなぜ殺害されなければならなかったのだろう。

この事件もまた、猟奇殺人だと考えるべきなのだろうか。徳重の言うように、何かの儀式が行われ、大月はその犠牲となったのか。それとも、猟奇殺人と見えるこの事件の裏には、誰かの強い恨みが隠されているのか。

大月のことを考えているうち、妻の保子の顔が頭に浮かんだ。あの真っ赤な口紅と、魂《たましい》の抜けたような表情。そして塔子に向けた強い敵意。

保子がぶつけてきた言葉は、塔子にとって厳しいものだった。それを思い返すと、胸の奥がちりちりした。

「どうした。この寒さで、元気が出ないか」鷹野が話しかけてきた。

軽くため息をついたあと、塔子は鷹野の顔を見上げた。

「私、大月保子さんに言われてしまいました。『なんで、あなたみたいな人が刑事なの』って。それがずっと引っかかっているんです」

「……そのことか」

「あのあと私、トクさんの話を思い出しました。ホームレスになってしまった知り合いが、『あんたは、なんで刑事なんかをやっているんだ？』と訊いてきたんですよね。トクさんは『この仕事が性に合っているから』と答えたそうです。……じゃあ、私の場合はどう答えればよかったんだろう、と思って」

「如月は、この仕事は性に合わないと感じているのか？」

塔子は少し考えてから、

「やり甲斐《がい》のある仕事だし、ずっと続けていきたいと思っています。でも、本人のそういう気持ちと、一般市民の感覚とは別ですよね。実際、あの奥さんは私を見て、頼りない人間だと感じたわけでしょうし」

鷹野は首を横に振った。

「それは如月だけの話じゃない。女性の刑事はそういうふうに見られがちなんだ」

「だからです。こちらが女だということが、相手に不信感を与えてしまうんじゃないかと、気になってしまって……。たとえば今日、私の代わりに尾留川さんが聞き込みをしていたら、あんな言われ方はしなかったはずですよね」

「わからないぞ。『こんな、ちゃらちゃらした刑事は嫌だ』と言われたかもしれない」

「そうでしょうか」

「門脇さんだったら、『こんな、無愛想な刑事は嫌だ』と言われたかもしれない」

珍しく、鷹野は塔子を励《はげ》ましてくれているようだった。しかし、今ひとつ話の内容に説得力がない。

どうしようかと迷ったあと、塔子は言った。

「捜一の仕事は凶悪犯との戦いですよね。ガサ入れでも取調べでも、腕力《わんりょく》のある捜査員のほうが役に立ちます。そんな中で、私はどう行動していったらいいんだろう、と今さらながら考えてしまうんです」

鷹野は困ったような顔をしていたが、やがて足を止め、人差し指を立ててみせた。

「ほかの捜査員と比べても意味がない。目的地が違うんだよ。今は並んで走っていても、いずれ必ず、進路は分かれる。如月は警視庁の中で、俺とも尾留川とも違うコースを進むはずだ。そうなればもう、誰とも比較することはできない。自分のやり方でゴールを目指すしかないわけだ。そうだろう？」

たしかに、入庁した直後はみな横並びだが、年月がたつと進路は変わる。特に女性の捜査員は数が少ないから、誰かを真似ればうまくいく、というものではない。

「もう少し、考えてみようと思います」塔子は頭を下げた。「今の話を聞いて、いくらか気が楽になりました。ありがとうございます」

「無理に男と張り合う必要はない。そのことだけ、わかってくれればいい」

「でもお荷物扱いされるのは嫌ですから、頑張るところは頑張ります」

「まあ、如月の意気込みは評価しよう」鷹野はうなずいた。

気を取り直して、塔子は捜査のことを考え始めた。第二の事件で中断してしまったが、もともと塔子たちは、第一の事件の被害者を調べていたのだ。早く彼の正体を突き止めなければ、事件解決は望めない。

「ここから、どう捜査を進めるかですよね」

事件現場を頭に思い浮かべてみた。第一の事件、そして第二の事件。ふたつに共通する大きな特徴は、やはり皮膚に負わされた薬傷だ。被害者は、それまで健康だった皮膚を、短時間のうちに赤黒く汚されてしまったのだ。

――今まで、硫酸のことばかり気にしてきたけど……。

薬傷という現象を分析するなら、「発生前」だけではなく、「発生後」にも目を向けるべきではないだろうか。そこから関係者が浮かぶ可能性がある。

「主任、上野に戻りませんか」塔子は顔を上げた。「私、調べてみたいことがあるんです」

5

塔子は携帯電話を使って、上野駅周辺にある医療施設を検索した。

救急指定病院が五、六ヵ所、小さな診療所クラスが数十ヵ所見つかった。画面を見せながら、塔子は鷹野に説明した。

「犯人が薬傷にこだわっているのは、過去に自分自身か、自分に関係の深い人物が、毒劇物で負傷したからじゃないでしょうか。そうだとすると、以前、医療施設を訪れた可能性が高いですよね。記録を探してみようと思うんです」

「なるほど、いい着想だ。まずは救急病院から調べたほうがよさそうだな」

鷹野が賛成してくれたので、塔子は自信を持った。資料ファイルから地図のコピーを取り出し、先ほど調べた医療施設を書き込んでいく。

効率のいいルートを考え、順番に訪ねていった。

皮膚科がある施設は直接、担当の医師を訪ねる。それがない場合は整形外科、形成外科で話を聞く。

「硫酸ですって？」ある皮膚科医は、怪訝そうな顔をして言った。「普通、化学薬品の事故は、工場や実験施設で起こりますからね。このへんにはそういう場所はないから……」

「理科の実験なんかでは使いませんか？」

「使うかもしれないけど、硫酸は劇物でしょう。どこも管理は徹底していると思います」

ふと思いついて、塔子は訊いてみた。

「もし硫酸をかぶってしまった場合は、どうすればいいんでしょうか」

「あまり想像したくないことですが、とにかく水で洗い流すことです。絶対に擦ったりしては駄目ですよ」

午後四時半。救急指定病院を調べ終わった塔子たちは、個人が経営する診療所を回っていた。

「次はあそこです」

塔子は行く手を指し示した。この辺りは東上野地区の一画で、最初の事件があった籐潤会アパートからは徒歩五分ほどの位置だ。

灰色の古びた建物に、《上野外科クリニック》という看板が掛かっている。診療科は外科、内科、皮膚科だ。小さな診療所だが、皮膚科があるなら薬傷には詳しいに違いない。

正面玄関のドアを開けると、ぎい、と軋《きし》んだ音がした。それを聞いて、待合室にいた中年女性が本から顔を上げた。塔子は軽く会釈をしてみせた。こちらのことが気になるのだろう、女性はちらちらと塔子たちを見ている。

待合室にいるのはその女性ひとりだったが、三和土《たたき》にはパンプスのほか、スポーツシューズがあった。診察室にもうひとり患者がいるようだ。

靴を脱ぎ、緑色のスリッパを履いて待合室に入った。中はエアコンがよく効いていて、少し暑いと感じるぐらいだ。

受付を覗いてみたが誰もいない。白いカーテンが掛かっていて、奥は見えなかった。

「こんにちは。すみません」

そう声をかけると、肉付きのいい女性看護師が現れた。ぴっちりした、ピンク色のナース服を身に着けている。

「はい、こんにちは」腰を屈めて、看護師は塔子の顔を見た。「初診ですか?」

塔子は警察手帳を呈示した。待合室に女性患者がいるので、控えめに告げる。

「警視庁の者です。ちょっとお話をうかがいたいんですが……」

「え。警察?」看護師は大きな声を上げた。「ちょっとお待ちください」

彼女はカーテンの奥に引っ込んだ。

今の声で、塔子たちの正体はばれてしまったようだ。待合室にいた女性が、興味津々といった顔で鷹野に尋ねてきた。

「おたく、刑事さん? 籐潤会アパートの事件を調べてるの?」

「ええ、まあ……」鷹野は曖昧な返事をする。

「ニュースで見たわよ。どうなの、犯人は見つかりそう?」

「現在捜査中ですので」

「驚いたわよねえ。まさか、あのアパートで殺人事件が起こるなんてね」

「東上野アパートをご存じなんですか」

「私、あの先に住んでいるから、アパートの前をよく通るのよ」

それを聞いて、鷹野の表情が少し変わった。

「アパートの近くで、リュックサックを背負った男を見たことはありませんか。身長は百六十センチから百八十センチぐらいです。黒っぽい服を着ていたかもしれません」

「いいえ、見たことないけど。……なに、そいつが犯人なの?」

「それは現在捜査中ですので」

診察室のドアが開いて、高校生ぐらいの少年が出てきた。風邪をひいたのか、ごほごほと咳をしている。

少年に続いて、白衣を着た男性が現れた。このクリニックの医師だろう。眼鏡をかけた線の細い人物で、歳は四十前後だと思われる。

塔子は彼に向かって頭を下げた。医師は軽くうなずいただけで、すぐに女性患者に目を向けた。

「山田《やまだ》さん、お入りください」

医師と中年女性はドアの向こうに消えた。

診察が終わるまで、もうしばらく待たなくてはならないようだ。

塔子は待合室の中を見回した。ベンチには、女性が読んでいた本がそのまま残されている。塔子も知っている作家の小説で、カバーには淡い色調の装画があった。

ベンチの横にカラーボックスが置いてあり、七、八十冊の本が並んでいる。小説ばかりでなく、よく見るとノンフィクションや実用書などもあった。診療所のスタッフが、書店で適当に選んできたのかもしれない。

女性患者が読んでいた本はクリニックの蔵書だろうか。それとも患者自身が持ってきたものなのか。カラーボックスに戻すべきかどうか塔子が迷っていると、ぎい、と音がした。冷たい風が流れ込んでくる。

正面玄関を見ると、白衣を着た男性が入ってくるところだった。白髪交じりの頭髪、皺の刻まれた額《ひたい》。年齢は五十代の後半だろう。

「どうもお待たせしました。院長の赤城庄一《あかぎしよういち》です」

なるほど、と塔子は納得した。このクリニックにはふたりの医師がいたのだ。

「自宅のほうにいたんですが、看護師に呼ばれましてね。……ああ、すぐ隣に家があるので、行ったり来たりしているんです。決してサボっていたわけじゃありませんよ」

赤城は屈託《くったく》のない顔で笑った。気さくな感じの人物だ。

「お忙しいところ申し訳ありません」塔子は警察手帳を相手に見せた。「警視庁の如月と申します。こちらは鷹野警部補です」

塔子の横で、鷹野が頭を下げる。

「奥で話しましょうか。どうぞこちらへ」

三人は診察室に入った。部屋はふたつに分かれていて、《1》《2》という番号が貼ってある。赤城が使っているのは第一診察室だそうだ。塔子は患者用の椅子を、鷹野はパイプ椅子を勧められた。

「あの……診察のほうはよろしいんですか？」気になって、塔子は訊いてみた。

「小さな診療所なので、外科のほうは暇でしてね」

「さっきの先生が、別の科をやっているんですね」

「ああ、末次《すえつぐ》くんと会いましたか。彼には内科と皮膚科を担当してもらっています。末次くんがいなかったころは、私が内科もやっていたんですが」

なるほど、とうなずいたあと、塔子は事件の話を始めた。

「先生、この先にある東上野アパートで、殺人事件があったのはご存じでしょうか」

「知っています。こんな場所で殺人が起こるとは思いませんでした。昨日今日と、別の刑事さんがやってきましたよ」

地取りのメンバーが、すでに訪問したのだろう。大勢の捜査員が行動しているから、こういうことはよく起こる。

「繰り返しになりますが、いくつか質問させていただきたいと思います」

「いいですよ。一般市民として、捜査には全面的に協力します」

塔子はメモ帳を取り出し、あれこれ尋ねていった。その過程で、赤城と、このクリニックに関することがわかってきた。

「もとは義理の父が開業した診療所なんです。ふたりで診察していたんですが、義父が亡くなったあとは私が引き継ぎました。この先どうしようかと考えていたら、六年前に末次義道《よしみち》くんが来てくれまして」

塔子は、先ほど見た医師を思い出した。赤城とは対照的なタイプで、いくぶん神経質そうな印象があった。

「彼は以前、台東区の救急指定病院に勤めていたんです。腕はたしかですよ。知り合いに紹介してもらったんですが、こんな診療所によく来てくれたものだと感謝しています」

そこまで言って、赤城はふと口を閉ざした。壁のほうに顔を向け、耳を澄ましているようだ。

隣の診察室から、こんなやりとりが聞こえてきた。

「いや、だからね、痛くはないんですよ」先ほど山田と呼ばれた女性の声だった。

「でもほら、ここ。ぽつぽつと赤いのが見えるでしょう？　もう、ずっと治らないのよ」

「塗り薬を処方しますから、もう少し様子を見てもらってですね……」

「この前もそうだったじゃない。ちゃんと診察してくださいよ。食べ物に原因があるとか、何かわからないの？」

「アレルギーの可能性もありますが、普通こういう症状にはならないので……」

「だって、普通じゃないからこうなっているわけでしょう？」

赤城は渋い顔をしている。「ちょっと失礼」と言って立ち上がり、カーテンの向こうに姿を消した。ふたつの診察室は奥でつながっているらしい。

壁の向こうから赤城の声が聞こえてきた。

「末次先生、何か問題がありましたか？」

「あ、いえ、大丈夫です」末次は、慌てて取り繕《つくろ》う様子だ。

「ねえ。できれば私、赤城先生に診《み》てもらいたいんですけど」と山田。

「山田さん、わがままを言っちゃ駄目だよ」赤城が諭《さと》した。「末次先生は優秀な皮膚科医なんです。それは私が保証します。患者さんのために、一番いい治療法を考えてくれているはずだよ」

「そうなの？　まあ、赤城先生がそう言うんなら……」

カーテンの隙間から、赤城がこちらの部屋に戻ってきた。

「失礼しました。……今の話、聞こえましたよね？」

「ええ、少し」

塔子がうなずくと、赤城は腕組みをした。声をひそめるようにして言う。

「私がこんな性格だからでしょうね、患者のほうも遠慮がなくなっているようです。生真面目な末次くんには申し訳ないという気持ちがありますが……」壁のほうをちらりと見てから、赤城は続けた。「しかしああ見えて、末次くんもなかなか行動的なんですよ」

「何か、あったんですか？」

「『娘さんをください』なんて言い出しましてね。四年前、娘の佳奈子《かなこ》と結婚してしまいました。いや、あれには驚きましたよ」

「そうだったんですか」

　赤城の表情は穏やかだった。一緒に仕事をして、末次のことはよくわかっていたのだろう。娘の結婚相手として、ふさわしいと考えていたに違いない。

「じゃあ、ゆくゆくはこの診療所を任せることに？」

「そのつもりです。私がここで働き始めてから、もう二十七年になります。そろそろ引退して、のんびり温泉にでも浸《つ》かりたい気分ですよ」

　妻は八年前に亡くなったそうだ。その四年後には娘も結婚して家を出たという。ひとりで行く温泉旅行というのは寂しいものだろうな、と塔子は思った。

「東上野アパートの話に戻りますが、先生はあの周辺には詳しいですか？」

「じつは若いころ、あのアパートに住んでいたんです」

　思いがけない話だった。興味を感じて、塔子は尋ねた。

「おひとりで？」

「いえ、結婚したあとです。じきに佳奈子が生まれましたから、ずっと三人で暮らしていました。研修医の間もあそこにいましたね。修業期間が終わって、ようやく義父のクリニックで働けるようになったので、賃貸マンションに引っ越したんです」

「苦労なさったんですね」

するると、赤城は顔の前で手を振ってみせた。

「義父が学費や生活費を出してくれましたから、アルバイトもしなかったんですよ。援助がなければ医者にはなれませんでした。私は運がよかったと思います」

「東上野アパートに決めたのはなぜですか。三人で暮らすなら、もっと広いアパートのほうがよかったのでは」

「家賃が安かったし、診療所から近くて便利でしたからね。義父たちがよく孫の顔を見に来ましたよ。なかなか帰ってくれなくて困りましたが」

赤城はなつかしそうな顔で言った。

「最近、アパートの近くには行っていませんか？」

「町内会の役員をやっているので、今でもときどきあのへんを歩きますよ。歴史のあるアパートですから、写真を撮っている人がいますね」

「リュックサックを背負った男性を見たことはありませんか？」

塔子はその人物の特徴を説明した。しかし赤城はすぐに首を振った。

「いえ、覚えがありません」

そうですか、とつぶやいて塔子は考え込む。ここで鷹野が口を開いた。

「ニュースでご覧になったかもしれませんが、遺体には硫酸がかけられていました。

医師の立場から、何かアドバイスしていただけることはないでしょうか」

「だったら、末次くんを呼びましょうか。皮膚の専門家に訊いたほうがいいですよね」

赤城は、隣の診察室から末次を連れてきた。山田の診察はもう終わったらしい。

塔子たちを紹介したあと、赤城は末次に硫酸のことを尋ねた。

「そうですね」末次は壁の一点を見つめた。「硫酸は揮発《きはっ》しないから、自然に消えてなくなることはないんですよね。希硫酸の場合、水分は蒸発しますが硫酸自体は残ります。皮膚に付いてしまったときは、とにかく水で洗い流せと教わりました。……でも、危険度で言うと、酸より怖いものがありますよ」

「何ですか」

「アルカリです。水酸化ナトリウムとか水酸化カリウムの水溶液は危ないですね。あれは酸と違って、タンパク質を分解しますから。わかりやすく言うと、酸が外側から破壊していくのに対して、アルカリは組織に染み込んで内側から壊す、という感じです」

どちらにせよ、人体にとって非常に危険だということは間違いない。

そういえば、と赤城が言った。

「昔、女性歌手が舞台の上で塩酸を浴びせかけられた、という事件があったなあ」

「たしか、犯人は公演を見に来ていた女性ですよね」と鷹野。

「そんな恐ろしい事件があったんですか」塔子は眉をひそめる。

「犯人の女性は、その歌手の熱烈なファンだったんだ。ところが、心の中で何がどうなってしまったのか、その歌手を激しく憎むようになった。顔を狙っていたらしい」

芸能人の顔に塩酸をかけるなど、昔読んだホラー漫画のような話だ。小学生だったころ、仲のよかった友達が、塔子にその手の本を貸してくれた。爛れた女性の顔が大きく描かれているのを見て、夜トイレに行けなくなったことを覚えている。

「美しい顔を傷つけたいという気持ちは、いったいどこから出てくるんでしょうね」

塔子は首をかしげた。

みな、思案の表情になった。そのうち、思い出したという顔で赤城が言った。

「考えてみれば、今回の被害者は男性ですよね。女性歌手の事件と比べても意味はないでしょう。変なことを言って、すみませんでした」


一通り話を聞いたあと、塔子と鷹野は腰を上げた。赤城が見送りにきてくれた。

待合室に、もう患者の姿はない。ベンチの上に、山田が読んでいた本が残されていた。赤城はそれを手に取った。

カラーボックスに戻すのかと思っていたら、彼はその本を塔子のほうに差し出した。

「刑事さん。これ、ご存じですか」

「読んだことはありませんが、有名な作家さんの本ですよね」

「ええ、そうなんです。……じつはね、この表紙の絵は、うちの娘が描いたんですよ」

「本当ですか？」

受け取って、塔子は表紙を見つめた。幻想的な雰囲気を感じさせる、女性らしいイラストだ。色づかいにも特徴があって、人目を引く仕上がりになっている。

「ここにある本は全部、娘がカバーの絵を描いたものなんです」

小説やノンフィクション、実用書など、ジャンルがばらばらなので不思議に思っていた。じつは、同じイラストレーターが手がけたものだったのだ。ページをめくると、赤城の言うとおり、どの本にも《赤城佳奈子》という名が印刷されていた。

「名前は結婚前のまま、赤城でやっていましてね」

「こんなにたくさん描いているんですか。すごいですね」

塔子が言うと、赤城は顔をほころばせた。

「親馬鹿だと笑ってください。……美大を出たあと、娘が就職したデザイン会社がつぶれてしまったんですよ。フリーのイラストレーターになったんですが、なかなか仕事がなくてね。あきらめかけていたとき、ある人に紹介されて本の装画を手がけたんです。そこから仕事がつながって、あちこちの出版社から依頼が来るようになりました。六、七年前から、この仕事で食べていけるようになったんです」

末次夫妻は今、徒歩五分ほどの場所にある賃貸マンションに住んでいるそうだ。

「スープの冷めない距離、というところですか」

「まあ、親のことは気にせず、佳奈子にはどんどん活躍してほしいと思っていますよ」

「そのうち、お孫さんの顔も見られそうですね」

「ええ……」

そこで会話が途切れてしまった。赤城は何か戸惑っているように見える。

まずいことに触れてしまったかと、塔子も口を閉ざした。詳しいことはわからないが、不妊や婦人科系の病気だという可能性もある。

「このところ、娘はちょっと調子が悪いもので」赤城はそう言った。

「お大事に、とお伝えください」

靴を履いたあと、塔子と鷹野は、捜査協力への礼を述べた。赤城はうなずいた。

「あの事件のことは、町内会でもみんな気にしています。悪い噂が立てば、住人がさらに減って町が荒れてしまう。私たちも協力しますので、早く犯人を逮捕してください」

わかりました、と言って塔子は頭を下げた。

6

この季節は気がつくともう日が暮れている、ということが多い。今日もあっという間に、夜になってしまった。

店頭にはクリスマスの飾り付けが並んでいる。耳を澄ますとクリスマスソングが聞こえてくる。一般市民の頭の中は、楽しいイベントのことでいっぱいだろう。

飲み屋に入っていく会社員たちを横目で見ながら、塔子と鷹野は上野警察署に向かった。新年会に花見、歓送迎会ときて、今は忘年会のシーズンだ。二次会、三次会と飲み続け、最後はトラ箱行きという人が、今夜も続出しそうだった。

夜八時から、講堂で捜査会議が開かれた。

「まず、本日発生した第二の事件、『谷中事件』について」

眼鏡のフレームに右手を当てながら、早瀬係長が言った。塔子はメモ帳を開いた。

「谷中三丁目にある空き家のガレージから、男性の遺体が発見されました。被害者は大月雄次郎、五十七歳……」概要を読み上げたあと、早瀬は補足説明をした。「遺体は顔が判別できない状態でしたが、妻と娘にくるぶしの傷などを確認してもらいました。また、歯科医からの資料提供により、歯の治療痕が本人と一致することがわかりました」

塔子は大月の妻・保子の顔を思い出していた。彼女と接したのはごく短い時間でしかなかったが、それでも塔子は、保子の感情に振り回されてしまった。

あのあと徳重は、保子を連れて遺体の確認を行っている。刑事として慣れているとはいえ、神経をすり減らす仕事だったに違いない。

「科捜研からの報告では、両手の指十本が切断されたのは、死亡したあとです。断面を調べたところ、ノコギリではなく、ナタのようなものを叩きつけて切断したことがわかりました」

ナタのようなものとは、いったい何だろう。

谷中の現場付近で、犯人らしき人物が「長さ三、四十センチの棒状のもの」を持っていたという目撃情報があった。塔子はこれを、ノコギリのような刃物だと考えていた。

しかし谷中で使われたのがナタのようなものなら、その近くで目撃されたのはノコギリではないはずだ。犯人は道具を替えたということになる。

——舌の切断と指の切断。どんな意味があるんだろう。

事件は、ますます猟奇的な色合いを帯びてきた。

「犯人は指を切ったあと、遺体に硫酸をかけたとみられます。死亡推定時刻は本日、十二月十三日の午前一時から三時の間。午前二時半ごろ、近くで不審な人物が目撃されています。……現在、東上野事件と谷中事件の関係を探っていますが、第一の被害者の身元がわからないため、これといった情報は出てきていません」

「地取りで何かつかめないのか」報告を遮《さえぎ》るようにして、手代木管理官が言った。

「被害者の身元がわからないんじゃ、鑑取りの捜査が進まないぞ。どうなんだ、門脇」

体の大きな門脇主任が、のそりと立ち上がった。地取りのリーダーである彼は、大勢のメンバーに担当区域を割り当て、上野の町を歩き回っている。

「残念ながら、まだ東上野の被害者については、情報が集まっていません。今日は谷中の現場にも捜査員を割り振りましたから、地取りの消化予定に遅れが出ています」

「遅れているのか？」手代木は眉根を寄せた。「それはまずいだろう。今回の事件で一番重要なのは、東上野の被害者が誰なのか、身元を特定することだ。そこで止まっていたのでは、最初のボタンを掛け違えるかもしれない。最初が間違っていれば、そのあとすべての捜査が無駄になる。そうなったとき、おまえは責任がとれるのか」

「ちょっと待ってください」門脇は不満げな顔をした。「なぜそれが地取りだけの責任になるんでしょうか。捜査はみんなで協力して進めるものですよね」

「個々の捜査員がきちんと仕事をしてこそ、全体の成果が出るんだ。地取りは地取りとしての責任を果たせよ」

「やることはやります。しかし鑑取り班は今、どうなっているんです？　被害者の身元がわからないんだから、彼らは聞き込みもできないでしょう。手が空いているなら、地取りに回すとかなんとか、管理官のほうで調整してくださいよ」

手代木は黙り込み、門脇をじっと見つめた。やがて、体の向きを変えた。

「徳重。鑑取りのほうはどうなっているんだ」

あ、はい、と言って徳重が立ち上がった。

「谷中の被害者については、先ほど早瀬係長からお話があったとおり、大月雄次郎と判明しています。現在はその友人、知人、会社関係を当たっているところです。大月宅で見つかったノートやメモ用紙の内容も考慮しながら……」

「谷中はいいんだよ。東上野のことを訊いてるんだ」

「そちらはまだ不明です。銭湯、理髪店、クリーニング店など、地域の情報を持っていそうなところを当たっている最中です」

「考えながら捜査をしろ。時間も人数も限られているんだからな」

「おっしゃるとおりです」

徳重が叱責されるのは珍しいことだった。幹部もかなり焦《あせ》っているのだな、と塔子が思っていると、手代木がこちらを向いた。

「鷹野組は何をやっているんだ」

ここにまで飛び火してきたようだ。塔子は隣の様子をうかがった。

鷹野が顎をしゃくるのが見えた。咳払いをして、塔子は立ち上がった。

「現在、上野界隈で不審者の目撃情報などを集めています」

「おまえは遊撃班をやるんじゃなかったのか。地取りと同じことをやっていても、仕方がないだろう」

「いえ、地取りとは異なります。今日は薬傷について情報を得るため、医療施設での聞き込みを行いました」

「事件解決につながるような手がかりはあったのか？」

「それはまだです。でも、被害者の皮膚があのようにされたことには、必ず意味があるはずです。その方向から捜査を進めるには、医療関係者の意見は参考になると思っています」

叱責されるかと心配したが、意外なことに、手代木はそれ以上追及してこなかった。

「着眼点は悪くない。効率よく捜査を進めろよ」

褒《ほ》められたわけではなかった。だが手代木に責められなかったということは、ある程度評価されたと考えていいのだろう。

　自分の役目は済んだという顔で、手代木は資料をめくり始めた。

　早瀬係長の指示を受け、捜査員たちは今日の捜査結果を報告していった。予備班のひとりから、こんな話が出た。

「これまでに同様の死体損壊事件がなかったか調べましたが、それらしいものはありません。切断事件は多いんですが、そこに薬品をかけるというのは例がなくて……」

「過去の殺人事件の模倣《もほう》、という線は消えたわけか」

　神谷課長が言った。彼は机の上を指先で叩いていたが、ひとり首をひねった。

「いや、そうとも言えないな。警察が気づかなかった事件を、ひそかに真似ている可能性もある。だとすれば、犯人はその事件の関係者かもしれないが……」神谷は別の捜査員に尋ねた。「薬品の出どころは、まだわかっていないのか?」

「薬品や毒劇物を保管している工場、倉庫、薬局などの捜査を進めていますが、今のところ当たりはありません」

　そうか、とつぶやいたあと、神谷は腕組みをした。

「犯人は用意のいい人間だ。事前に段取りをした上で、昨日、大月を呼び出したんじゃないだろうか。……知り合いと飲みにいく、と大月は妻に連絡している。俺は、この知り合いこそが犯人なのだと思う。大月の会社は神田にある。そこから上野、谷中辺りに出て、彼は犯人と会ったんだろう。そして深夜に殺害された、というわけだ」

「今、大月の行動を追わせています。足取りがつかめるといいんですが」と早瀬。

「大月の家で、インターホンのカメラの映像データを借りたそうだな」

「現在、科捜研で解析中です」

「事前に自宅を調べていたとなると、大月雄次郎がターゲットだったとみて間違いないだろう。猟奇的な事件か、怨恨による事件かは不明だが、少なくとも無差別殺人という線は消える。おそらく東上野の被害者も、なんらかの理由で『選び出された人間』なんだ」

よし、とうなずくと、神谷はみなを見回した。

「徳重組は、大月周辺の鑑取りに力を入れろ。もしかしたら、ふたりの被害者はどこかでつながっているかもしれない。細かいところまで徹底的に調べ上げるんだ。鷹野組はこのまま遊撃班として、臨機応変に活動すること。門脇たち地取り班は、リュックの男の目撃情報にも注意しろ。みんな、気を引き締めていけよ。いいな？」

はい、という返事があちこちから聞こえた。

早瀬は、手代木と何か言葉を交わしていたが、やがて捜査員たちに告げた。

「マスコミ対応ですが、本日十六時からの記者発表で、大月が殺害された件を公表しました。頭部や手足に残された薬傷のこと、腹部の45という数字のことも報道されています。一方で、この前の舌と同じく、今回指が切断されたことは一切説明していません。情報が漏れないよう注意願います」

「そうだった。あの数字のことも引っかかる」神谷は首をかしげた。「27から45に増えたのはどういうわけだ？　誰か、それについての意見はないか。思いつきでもいい」

捜査員たちは顔を見合わせている。ややあって、尾留川が右手を挙げた。

「ちょっと思ったんですが、あれは個人のＩＤ番号じゃないでしょうか。たとえば会員ナンバーだとか」

「何の会員だ」

「趣味の会か、何かの団体か……。とにかく、あのふたりは同じ組織に所属していたんだと思います。犯人も、その一員だったのかもしれません」

そうだろうか、と塔子は思った。どうも、ただの番号ではないような気がする。あれこれ考えるうち、嫌な想像をしてしまった。報告する価値があるだろうかと迷っていると、神谷課長と目が合った。

「如月、何か意見があるようだな。言ってみろ」

「え……。どうしてわかったんですか」

「おまえはすぐ顔に出るからな」

予想外の指摘にどぎまぎしたが、心を落ち着けて立ち上がった。

「27と45は、何かの進行状況を表しているんじゃないでしょうか」塔子は言った。

「進行状況？」

「はい。前回、聖エウスタキウスのカードを残していますよね。犯人は、自分を狩猟者になぞらえているんじゃないかと思うんです。綿密な計画に従って、犯人は『狩り』を進めている。……だとすると、次にまた事件が起こったとき、あの数字はさらに大きくなっている可能性があります」

捜査員たちがざわついた。神谷は眉をひそめて、塔子を見つめている。

「次の数字はいくつだ？」

「それはわかりませんが、最後の到達点は100でしょう。100点、100パーセント。たぶんそこがゴールです。この事件は、数字が100に達するまで続くんじゃないでしょうか」

言ってしまってから、塔子は少し後悔した。

口にすることでそれが現実になってしまう、というのはずいぶん子供じみた考え方だ。だが、もしこの先あらたな事件が発生したら、塔子は責任を感じるかもしれない。自分が不吉なことを言ったために、災《わざわ》いを招いてしまったのだ、と。

殺人犯はいったいどこに隠れているのだろう。塔子は考えを巡らした。ふたつの事件は、いずれも上野駅から近い場所で発生している。確証はないが、犯人は今も上野の町に潜《ひそ》んでいるような気がする。

いつまでも思うようにはさせない。一刻も早く、犯人を捕らえなくてはならない。

——狩猟者を狩る。それが私たち、刑事の役目なんだ。

暗闇に佇む殺人犯の姿を、塔子は思い描こうとしていた。

第三章　ユニットハウス

1

特捜本部の設置から三日目。いまだに、東上野アパートで殺害された男性の身元はわかっていない。

朝の会議が終わると、塔子と鷹野は上野署を出た。薬傷について手がかりを得るため、今日も診療所での聞き込みを続けていく。地図を見て歩くうち、ふたりは上野七丁目に差し掛かっていた。

「こんなところに高校があるんですね」

塔子は塀を見上げた。上野駅のすぐそばという、じつに便利な場所だ。

「前に知り合いから聞いたことがある。ここは鉄道関係の教育をする学校だ。卒業後は、かなりの人数が鉄道会社に就職する」鷹野はデジタルカメラで、校舎の写真を撮った。「授業は本格的なものだよ。シミュレーターを使って運転実習も行っている」

「親戚の子が鉄道大好き少年で、そういうゲームを持っていましたけど……」

「ほかに、車掌の実習というのもあるらしい」

「鉄道マニアにとっては、夢のような環境ですね」

今度、親戚の子に教えてあげよう、と塔子は思った。

鷹野は角を曲がって路地に入っていく。

「トクさんから聞いたんだが、このへんは『バイク街』と呼ばれているそうだ。以前はずいぶん繁盛《はんじょう》していたが、最近は店の数も減ってしまったんだとか」

道を進むと、たしかにバイク店が何軒かあった。

前方に、首都高速の高架道路が見えた。路地を抜けると、そこは昭和通りだ。今、通ってきた道より昭和通り沿いのほうが、バイク店の数は多いようだった。

突然、男性の怒鳴《どな》る声が聞こえた。驚いて、塔子たちは辺りを見回した。

「あそこだ」

鷹野がバイク店のひとつを指差した。

店先でふたりの男性が揉《も》み合っていた。青いジャンパーを着ているのは従業員だろう。左手で自分の頬を押さえながら、ハーフコートの男に取りすがっている。

コートの男はナイフを持っていたが、壁にぶつかった弾みに、取り落としたようだ。「くそ」と叫ぶと、彼は従業員の手を振りほどき、その腹を蹴《け》った。従業員は商品の入ったワゴンとともに転倒した。

「おい、何をしている！」鷹野が強い調子で言った。

はっとした表情で、コートの男がこちらを向く。塔子は、その男の人相着衣を頭に刻んだ。年齢は二十代から三十代。面長《おもなが》。ブルージーンズに茶色のカジュアルシューズ、茶色のハーフコートを着用。

男は方向転換した。先ほど塔子たちが出てきた路地を、西に向かって走りだす。

「あいつを捕まえてくれ！」従業員が叫んだ。「何か、顔にかけられた。金も取られた」

鷹野がコートの男を追って、走り始めた。

塔子は従業員に駆け寄り、状況を確認した。外傷はないようだ。

「大丈夫ですか？　すぐに水で洗い流してください」そのあと、隣の店から出てきた女性に指示した。「救急車と警察を呼んでもらえますか。急いで！」

「は、はい」女性店員は携帯電話を取り出した。

鷹野のあとを追って、塔子は路地に向かった。

はるか前方に、コートの男の背中が見えた。T字路を右に曲がり、一方通行路に入っていく。七、八秒遅れて、鷹野が同じ角を右折した。さらに十秒ほどたってから、塔子もそこにたどり着いた。

角を曲がったところで、危うく鷹野にぶつかりそうになった。彼は路上に立ち尽くし、肩で息をしながら周囲を見回していた。

「逃げられた」鷹野は言った。「……いや、そうじゃない。あの短時間で、この道を駆け抜けるのは無理だ。奴はどこかに隠れたんだ」

ここは道幅の狭い一方通行路だ。百メートルほど先に交差点が見えるが、そこまでの間に脇道はない。通行人はひとりもいなかった。

周囲に注意を払いながら、塔子たちはその道を進んでいった。道の右手にはマンションが建ち、左手には雑居ビルが並んでいる。マンションの一階に駐車場があったので、覗いてみた。建物の中、日陰になった部分に三台の乗用車が停まっていたが、誰も乗っていない。車体の下も異状なしだ。

ビルとビルの間をチェックしながら歩いた。やがてふたりは、百メートル先の交差点に着いてしまった。

「七、八秒で、こんなところまで来られるわけがない。どこかに身を隠したはずだ」

「マンションか、ビルに逃げ込んだ可能性がありますね」

「そうだとすると厄介だな。応援を求めるしかないか……」

先ほど来た道を戻り始めたとき、塔子は人影に気づいた。バイク店のほうから、グリーンのダウンジャケットを着た男性がやってくる。塔子に向かって、軽く頭を下げていた。

近づいてみて、思い出すことができた。昨日、上野消防署で会った、中年の消防官だ。

「小柴さん、でしたよね。どうしてここに？」

「今日は非番なんです」小柴は言った。「うちの車の車検のことで、木暮オートさんへ相談に来ていたんですよ。さっき騒ぎが聞こえたものだから、飛び出してきました。バイク店に強盗が入ったそうですね」

ええ、と塔子はうなずいた。

「この路地で見失ってしまって……」

「手伝いますよ。消防官にも、この町を守る責任がありますから」

驚いて、塔子は相手の顔を見つめた。

「いえ、危険ですから、ここは私たちに任せてください」

「大丈夫です」小柴はにやりとした。「現場を離れたとはいえ、今もトレーニングを続けていますから。……犯人はどんな奴です？」

塔子は鷹野の表情をうかがった。

「犯人は茶色のハーフコートを着た男です」鷹野は言った。「この道路を駆け抜ける時間はなかった。どこかに隠れているんだと思います」

小柴は辺りに目を走らせた。それから、マンションの一階にある駐車場に入っていった。塔子たちもあとに続く。

車体の下を覗いたあと、小柴は駐車場の上部を調べ始めた。

「刑事さん！」

小柴の声がしたかと思うと、塔子の前に、誰かが飛び降りてきた。ブルージーンズに茶色のハーフコート。さっきの男だ。

そこは、建物内部に組み込まれた立体駐車場だった。見えにくい上段のパレットに、その男は隠れていたのだ。

男は道路に逃れようと、一直線に突進してきた。

「止まりなさい！」塔子は叫んだ。

だが相手は怯《ひる》まない。体当たりされ、塔子はバランスを崩した。なんとか相手の腰にしがみつく。

男は拳で背中を殴打《おうだ》してくる。やぶれかぶれで、塔子は地面を蹴った。勢い余って、男もろともコンクリートの上に倒れ込んだ。

「抵抗をやめろ！」

鷹野がこちらへ回り込んできた。ようやく男の動きが止まった。

息を切らしながら、塔子は男とともに立ち上がる。小柴も近くにやってきた。

「バイク店から金を奪ったな？　出してみろ」鷹野が尋問した。

男はためらう様子だったが、鷹野に急《せ》かされ、くしゃくしゃになった紙幣を取り出した。千円札が三枚。それだけだ。

「あの人に何をかけたんだ」厳しい口調で、鷹野は尋ねた。

「しょ……消毒液だよ」

男はコートのポケットから、小さな容器を取り出した。中身がラベルのとおりなら、たしかにそれは消毒液だ。

「なぜそんなものを持ってきた？」

「テレビで見たんだよ」男は体をふらつかせながら言った。「な……なんか知らねえけど、死人に硫酸がかけられてたんだろ？　あれを真似したら、みんな金を出すだろうと思って」

鷹野の表情が険しくなった。もともと彼は、薬傷などの件を公表することには賛成していなかったのだ。こうして真似をする人間が出てくることを、危惧《きぐ》していたのだろう。

「模倣犯とも言えない、稚拙《ちせつ》な犯行だ」鷹野は男を睨んだ。「だが、これは立派な強盗傷害だからな」

「うるせえな、たかが三千円ぽっちでよ」男は吐き捨てるように言う。

それを聞いて、塔子は眉をひそめた。相手の目を見つめて問いかけた。

「その三千円ぽっちのために、あなたはナイフを振り回したんですよね。相手のことは考えなかったんですか？　下手《へた》をすれば、あの人は大怪我をしていたかもしれないのに」

「黙ってろよ、チビ」

この一言には、かちんときた。

「そのチビに捕まったのは誰よ！　白昼堂々あんなことをして、逃げられると思ったの？　うまくいくわけないでしょう」

「おまえには関係ねえだろ。すっこんでろ」

男が身を乗り出すのを、鷹野と小柴が押しとどめた。鷹野はそのまま相手を観察していたが、やがて何かに気がついたようだ。塔子にこう指示した。

「上野署に連絡してくれ。尿検査が必要だ」

え、と言って塔子はまばたきをした。それから、鷹野の考えを察して、署に電話をかけた。

鷹野は、この男が薬物使用者ではないかと疑っているのだ。たしかに、明るいうちから強盗を働くというのは普通ではない。この男の挙動には不自然な点もある。一発決めて気分を高揚《こうよう》させたあと、犯行に及んだのかもしれなかった。

「小柴さん、どうもありがとうございました。ご協力に感謝します」

塔子が礼を言うと、隣で鷹野も深く頭を下げた。

「いえ、当たり前のことをしただけですよ」小柴はうなずいている。

やがて、パトカーと救急車のサイレンが聞こえてきた。先ほどの女性店員が通報してくれたのだろう。

小柴が走っていって、パトカーを誘導してきてくれた。鷹野は男を制服警官に引き渡す。連行される直前、男がこちらを睨んだので、塔子は睨み返してやった。

一段落したところで、鷹野が言った。

「その意気は買うが、あまり無茶をするなよ」

「私だって刑事です。みんなのお荷物にはなりたくありませんから」

「それはわかる。だが、前に話しただろう。俺の相棒のことを……」

そうだった。以前、鷹野とコンビを組んでいた刑事が何者かに刺され、命を落としているのだ。その事件があったため、鷹野は一度、塔子の指導役になることを断ったという。

鷹野は塔子の身を案じてくれているらしい。これは素直に嬉しいことだった。気にかけてもらえるということは、鷹野の中に塔子の居場所があるということだからだ。

だが、その状態に甘んじてしまっていいのか、という疑問もあった。このままずっと先輩たちに守られていては、なかなか一人前とは認めてもらえないだろう。「ほかの捜査員と比べても意味がない」と鷹野は言っていた。しかし組織の上層部は、もっとシビアな見方をするはずだ。いつになっても一人前に育たないなら、捜査一課にいる意味はないと言われてしまうかもしれない。

鷹野の顔を見上げながら、塔子は言った。

「できる限り、自分の身は自分で守ります。……でも、もし危ない場面があったら、そのときは助けていただけますか？」

軽く息をついたあと、鷹野はうなずいた。

「わかったよ。しかし、自分からトラブルに飛び込むようなことだけは、やめてくれ」

鷹野と塔子、小柴の三人は、バイク街のほうへ戻っていった。

「本当に助かりました」塔子は小柴に話しかけた。「あの駐車場は一度調べたんですが、頭の上までは気がつきませんでした」

「消防の仕事でマンションにも出入りしますから、立体駐車場には馴染《なじ》みがあるんです」そう言ったあと、小柴は硬い表情になった。「しかしあの男は許せませんね。消毒液とはいえ、目に入ったら危険ですよ」

先ほどのバイク店の前で、警察官たちが事情聴取を行っていた。消毒液をかけられた従業員が、真剣な顔で証言をしている。どうやら、救急車に乗るほどではなかったようだ。

「あそこから駆けてきたんですよ」小柴は前方を指差した。

昭和通り沿いに《木暮オートサービス》という看板が見える。建物の作業スペースに、自動車整備用のリフトやジャッキ、コンプレッサーなどが設置されていた。

店先に、灰色の作業服を着た男性が立っている。昨日消防署で会った桐沢だ。

「桐沢さん、待たせてすみませんでしたね」小柴は声をかけた。

「もう戻ってこないんじゃないかと心配しましたよ」桐沢は苦笑いを浮かべたあと、塔子たちに会釈をした。「昨日はどうも。刑事さん、さっきの強盗は捕まりましたか？」

はい、と塔子はうなずく。

「小柴さんにご協力いただいて、無事逮捕できました」

「本気を出せば、こんなもんですよ」小柴は自慢げな顔をする。

「次は、こっちで本気を出していただけますか」桐沢は、持っていた書類を掲げてみせた。「早く打ち合わせを済ませないと」

そうでしたね、と言いながら小柴は腕時計に目をやった。

「桐沢さん、今夜の予定、大丈夫なんでしょう?」

「ええ、うかがいますよ」と桐沢。

小柴は塔子のほうを向いた。

「刑事さんたちも忘年会なんてやるんですか?」

「今年は忙しくて、どうなるかわからないですね」そう答えたあと、塔子は尋ねた。

「今夜は消防署の忘年会なんですか?」

「消防署ではなくてね、業種をまたいだ、横のつながりがあるんです。東上野で働く人たちのコミュニケーションの場になっていまして……。よかったら刑事さんも一緒にどうです? 可愛い女性が増えると、みんな喜びますよ」

「いいですね。……と言いたいところですが、私は仕事がありますので」

「まあ、そうでしょうね。仕事のほう、頑張ってください。じゃあ、私はこれで」

小柴は軽く頭を下げ、桐沢とともに建物の入り口に向かった。

「ずいぶん話が弾んでいたな」鷹野がぼそりと言った。「如月も忘年会に行きたかったんじゃないのか」

「え……。なんでそうなるんです?」

行くぞ、と言って彼は踵《きびす》を返した。

なぜだか鷹野は、いつもより速いペースで歩いていく。塔子は歩幅が狭いから、ついていくのに苦労した。

2

小さな診療所も含めて、医療施設での聞き込みはほぼ終了した。

犯人は薬傷にこだわっているはずだ、と塔子は確信していた。だが今のところ、これといった成果は挙がっていない。ここから先は、別の切り口を探さなくてはならなかった。

十一時四十五分、塔子たちは東上野アパート方面に向かっていた。

途中で《煉瓦堂《れんが》》という洒落た看板を見つけた。古い造りの喫茶店で、窓から中を覗くと、客はカウンター席に女性がひとりいるだけだ。

「少し早いが、昼飯にするか」

そう言って鷹野はドアを開けた。からんからん、と鐘が鳴る。

「いらっしゃいませ」

カウンターの向こうに、五十代と見える男性がいた。この店のマスターだろう。

出入り口付近に小さな展示スペースがあった。《ミニギャラリー》と書かれたプレートが貼ってあり、高さ十五センチほどの抽象的な彫刻が、十数個並んでいる。いずれも金属製で、表面はきれいに磨《みが》かれていた。

ギャラリーのすぐ隣のテーブル席に、塔子たちは腰を下ろした。

すぐにマスターがやってきて、お冷《ひ》やをテーブルに置き、メニューを差し出した。鷹野は海老《えび》ピラフを、塔子はハヤシライスを頼んだ。飲み物は、ふたりとも温かいコーヒーにする。

鷹野はデジタルカメラを取り出し、店の主人に尋ねた。

「この彫刻、写真を撮ってもいいですか」

「ああ、どうぞどうぞ」マスターは嬉しそうな顔をした。「それね、私が趣味で作っているんです。こう見えても美大の出身でしてね。昔は油絵を描いていたんですが、今はこういう彫刻や彫金をやっています」

彼はこの店の経営者だそうで、金内《かねうち》と名乗った。作品に関心を持ってくれた客を前にして、かなり饒舌《じょうぜつ》になっているようだ。

「店が休みのとき、こつこつ作っているんですがね。そこにある二番の作品なんかは、トータルで一ヵ月ぐらいかかったかなあ。最後に全体を磨き上げるんですが、金属ですから、これまた手間がかかりましてね。まあ、どの作品にも愛着がありますよ」

「なるほど、大変なんですね」塔子は相づちを打つ。

「そこにある小冊子は作品リストですので、差し上げます。展示してある品はすべて販売していますから、気に入ったものがあればおっしゃってください」

マスターが去っていくと、鷹野は早速、写真を撮った。塔子は小冊子を手に取り、テーブルの上でページを開いた。

《金内喜久雄《きくお》作品集》というタイトルで、一ページに二作品ずつ解説が載っている。価格を確認してみて、塔子は目を見張った。安いものでも、七万円もするのだ。ここにある作品が全部売れたら、百万円ぐらいになるということだ。

有名な人なのかと思って携帯電話で検索したが、特にヒットしない。本人が言ったとおり、一般人が趣味でやっているらしかった。だとすると、相当強気な価格設定だと言える。

「その中では、どれが好きです？」

前方から声が聞こえた。カウンター席にいた女性がこちらを見て、にっこり笑いかけている。年齢は三十歳を少し過ぎたぐらいだろうか。柔らかい印象の人物だった。

「そうですね。この中では、私はこの八番が……」塔子は答えた。

何をかたどった作品かは不明だが、あちこち尖っているところが面白いと思った。小冊子を見て、鷹野が目を円くしている。八番の価格は十万円だった。

「さすがですね」その女性はうなずいた。「八番はこの中で、もっとも評価が高い作品なんです。十万円と書いてありますけど、安心してください。私が頼めばマスターは値引きしてくれると思いますから」

え、と塔子は思った。この人はいったい何を言っているのだろう。じつは、金内というマスターとグルなのだろうか。

「いえ、けっこうです。そんなお金は持っていないので……」

すると彼女はまた笑って、

「じつはマスターの作品、ひとつしか売れたことがないんですよ。でもそれが、大変な傑作で……」

塔子と鷹野が顔を見合わせていると、金内が料理の皿を持ってやってきた。

「佳奈子ちゃん、よしてくれよ。お客さん、困ってるじゃないか」

「でも金内さん、いい線行ってたのよ。この方、八番に興味を示してくれたもの」

「これ以上、値引きはしないって言っただろう。もともと二十万円だったのを半額にしたんだから」

思わず、塔子はその彫刻作品を凝視してしまった。もしかして、見る人が見たらこの作品にはそれだけの価値があるのだろうか。

海老ピラフとハヤシライス、コーヒーがテーブルに並んだ。塔子たちは食事を始めた。

　佳奈子と呼ばれた女性は、スケッチブックに何かを描いている。トイレから戻るとき、塔子はうしろからそれを覗いてみた。イラスト作品のラフスケッチのようだ。

　塔子の視線に気づいたのだろう、佳奈子は振り返って尋ねた。

「興味あります？」

　またセールスが始まるのかと塔子は身構えたが、そんなことはなかった。佳奈子はカウンターの脇にある壁を指差した。そこには、淡い色調の人物画が掛かっている。

「あれ。この絵はたしか……」

「ご存じですか？　嬉しいな。私が描いた絵なんです」

　考えるうち、塔子は思い出した。そうだ、佳奈子という名前も記憶に残っている。

「この先の診療所で、本を見せてもらいました」

　彼女は、上野外科クリニックの院長・赤城庄一の娘だったのだ。

「初めまして、赤城佳奈子です」

　彼女は名刺を差し出した。名前の横には凝ったイラストが入っていた。

「本当は、結婚して末次佳奈子というんですけどね」彼女は言った。「金内さんには子供のころからずっとお世話になっているんです」

「内心、忸怩《じくじ》たるものがありますよ」カウンターの中で、金内が難しい顔をしていた。「親戚の子みたいに思っていた佳奈子ちゃんが、今ではプロのイラストレーターですからね。私は完全に置いていかれた恰好です」

「でもほら金内さん、私たち、ジャンルが違うから」

佳奈子が言うと、金内は首を振って、

「創作をして食べていきたいという目標は、同じだったんだ。それなのに、これほど差がつくことになるなんて……。まったく、世間は見る目がないよ」

「失礼ですが、値段が高すぎるんじゃありませんか?」横から鷹野が問いかけた。

「よくそう言われますが、こういう作品は安売りしちゃいけないと思うんですよね。芸術家には譲《ゆず》れないものがあるんです」

「譲れないもの、ですか……」

わかっているのかいないのか、鷹野は神妙な顔でうなずいている。

カウンター席で、佳奈子が軽く咳き込んだ。呼吸を整えたあと、コップの水を飲んで落ち着いたようだ。風邪でもひいているのだろうか。

ドアの鐘が鳴った。

入り口に姿を見せたのは、眼鏡をかけた生真面目そうな男性だ。上野外科クリニックの末次医師だった。

「ああ、やっぱりここだったんだ」末次は表情を和らげて、佳奈子に声をかけた。

「赤城先生が呼んでいるよ。お昼に出前を取るから、佳奈子も一緒に食べないかって」

塔子たちに気づいて末次は、おや、という顔をした。双方、頭を下げて挨拶をする。

「気分転換に、ここでアイデアを出していたの」スケッチブックを閉じながら、佳奈子は言った。「それから、彫刻のセールスも少し」

「え……。まさか、その彫刻が売れたのかい？」末次は驚いている。

「残念ながら、これ以上の値引き販売は認められないんですって」

彼女はいたずらっぽい目をして笑った。

コーヒーの代金を払うと、佳奈子は塔子たちのほうを向いた。「どうぞごゆっくり」と言って、外に出ていく。

ドアが閉まるのを見届けてから、塔子は鷹野に話しかけた。

「なんだか、楽しい感じの人ですね」

「いつも思うんだが、如月はいろんな人から話しかけられるよな」

「歩いていても、よく道を訊かれるんですよ。なぜでしょうね」

そんなことを喋《しゃべ》っていると、金内が空いた皿を下げにやってきた。お冷やを足してもらいながら、塔子は尋ねた。

「佳奈子さんは、このお店の常連なんですか？」

「週に二、三回は来ていますね。ここでラフスケッチをして、家に戻ってから仕事に取りかかるそうです」金内は、壁に掛かっている額に目をやった。「あの佳奈子ちゃんが、今や売れっ子ですからねえ。感慨深いものがあります。と同時に、嫉妬《しっと》も少々」

どう答えていいのかわからず、塔子は相手の表情をうかがった。

「なんてね」金内は笑って、佳奈子のコーヒーカップを片づけ始める。

お冷やのコップを見て、塔子はふと思い出した。

「佳奈子さん、ちょっと咳き込んでいましたね。大丈夫でしょうか」

昨日赤城を訪ねたとき、娘は調子が悪いのだ、という話を聞いている。

「いや、今日はむしろ、普段より具合がよかったんじゃないかな。……ここだけの話ですが、あの子、心臓が悪いんです」

え、と言って塔子は相手を見つめた。

「四年前に末次先生と結婚したんだけど、その翌年に倒れてしまって……。赤城先生から聞いたところでは、臓器移植を待つしかないんだそうです」

「そんなに悪いんですか」

明るい雰囲気の人だから、病気だとはまったく気がつかなかった。本人は、あえてそのように振る舞っていたのだろう。

「佳奈子さんは今、何歳なんですか」鷹野が訊いた。

本人の前でないとはいえ、女性の年齢を問うのはデリカシーのない行為だと言える。しかし鷹野は、そういうことをあまり気にしない。

「たしか、三十七歳です」

金内がそう答えるのを聞いて、塔子は驚いた。

「三十歳を少し過ぎたぐらいかと思っていましたけど」

「あの子はお母さん似で、若く見えますからね。……『親馬鹿だけど』なんて笑っていますけど、赤城先生は佳奈子ちゃんの仕事に、すごく期待していますよ。近所の人たちも、みんな彼女を応援しているし」

「佳奈子さんのお母さんは、亡くなったそうですね」と鷹野。

「裕子《ゆうこ》さんですね。先代の院長の娘さんでしたが、八年前に病気で亡くなりました。佳奈子ちゃんのお祖父《じい》さん、お祖母《ばあ》さんもずいぶん前に亡くなっています。近い親戚はいないらしいので、何かあれば、私と妻が相談に乗っているんですけど」

佳奈子が頼れるのは夫と父のふたりだけ、ということになる。しかしそのふたりはどちらも医師なのだから、これ以上、心強いことはないだろう。

そうした話が一段落したあと、塔子は金内に尋ねた。

「この近辺で殺人事件が起こったのはご存じですよね？」手早く警察手帳を呈示す

る。「じつは私、警察の者なんですが」

それを見ても、金内はまったく驚かなかった。

「そうじゃないかと思っていました」

「金内さん、東上野アパートに行ったことはありますか」

「あの前の道はよく通りますけど、中に入ったことはないですね」

「アパートの周辺で、不審な人物を見かけたことはないでしょうか」

金内は記憶をたどる様子だったが、ややあって、ひとつうなずいた。

「不審者というのかどうかわかりませんが、一ヵ月ぐらい前、ホームレスのような男性がうろついていましたよ。塀のそばに立って、建物を観察しているみたいでした」

「この人でしょうか」

資料のファイルから、塔子は写真を取り出した。あのアパートで最初に遺体を発見した、島尾泰明の顔が写っている。

「どうです？」

「いや、違いますね」

塔子が軽くため息をついていると、金内は意外なことを言った。

「私が見たのは、上野公園のそばで雑誌を売っている人ですよ。こう、裾の広がった帽子をかぶっていたので、アパートのそばでも気がついたんです」

はっとして、塔子は鷹野の顔を見た。

「その帽子というのは、チューリップハットですか？」鷹野が尋ねた。

「そうそう、それです」

上野公園のそばで雑誌を販売していた、橘久幸のことだ。まさかこんなところで、彼の存在がクローズアップされるとは思わなかった。

「どうも、ごちそうさまでした」

代金を払って、塔子と鷹野は煉瓦堂を出た。

3

信号が青に変わるのを待ってから、塔子たちは道路を渡っていった。

歩道に立って、辺りを見回した。昨日、父子が車に接触しそうになった場所の、すぐそばだ。しばらく捜してみたが、橘の姿は見当たらなかった。

「場所を替えたんでしょうか」

「いや、雑誌を販売する場所は決まっているはずだが……」鷹野も首をかしげている。

そのまま歩道を進んでみたが、やはり橘はいない。毎日、販売しているわけではないのだろうか。それとも、今日は都合が悪くて早めに引き揚げたのか。

上野公園に上がる階段の途中に、似顔絵職人たちがいた。観光客などを相手に、パステル画を描く人たちだ。手前にいた初老の職人に、塔子は話しかけた。

「いつも、あのへんの歩道で雑誌を売っている人がいますよね」

「ああ、今日も午前中はいたよ」

「捜しているんですけど、あの人のこと、何か知りませんか」

「前に少し話したことがある。普段は山谷のドヤにいるって言ってたから、そっちじゃないの？」

そうだった。橘は山谷に住んでいる、と話していた。

「宿の名前まではわかりませんよね？」

「いや、わかるよ」事もなげに、彼は言った。「知り合いと同じ名前だったから覚えている。坂本《さかもと》旅館ってところだ」

「助かりました。ありがとうございます」

塔子と鷹野は階段を下りていった。歩道から大きく手を振って、タクシーを停める。後部座席に乗り込みながら、塔子は言った。

「山谷のドヤ街まで、お願いします」

タクシーの運転手によると、現在、山谷という地名は存在しないのだそうだ。

「この道の左側が日本堤《にほんづつみ》、右側が清川《きよかわ》です。簡易宿泊所が多いのはこのへんですけどね」運転手はウインカーを左に出した。「私も詳しいことはわからないんで、あとは交番で訊いてもらえますか」

タクシーを降りると、塔子たちは雑居ビルのような建物に近づいていった。これが、警視庁浅草警察署の日本堤交番だ。

以前、先輩の刑事から聞いたことがあった。かつて山谷地区では何度も暴動が起こり、警察官が殺害される事件まで発生したという。今では考えられないことだが、そういう時代がたしかにあったのだ。

ガラス戸を開け、交番に入った。こちらが所属を明かすと、若い制服警官は敬礼をした。

「ドヤ街の中に、坂本旅館というのはありますか」

「歩いて五分ほどのところです」制服警官は地図を示した。「この辺りの人間はサツカンにいい印象を持っていませんから、絡んでくることがあります。注意してくださ い。まあ、寒い時期ですから、外をうろついている者は少ないと思いますが」

「わかりました。気をつけます」

塔子たちは交番を出て、路地に入った。

教わったとおりに歩いていくと、じきに《旅館》とか《ホテル》といった看板がみられるようになった。建物のそばに自転車がずらりと並んでいる。おそらくこれは、宿泊客たちの所有物だろう。簡易宿泊所といっても、長期滞在する人が多いのだ。夜はここで寝て、日中は肉体労働などで金を稼ぐ。橘も、以前は建設現場で働いていたということだった。

「英語で書かれた案内板もありますね」

塔子がそれらを指差すと、鷹野はうなずいた。

「最近、外国からの旅行客を受け入れる宿が増えた、と聞いたことがある。バックパッカーというんだったか？　安く泊まりたい人がやってくるんだ」

「町の環境は、あまり気にしないんでしょうか」

貼り紙や壁の落書きなどを見ると、塔子などは少し警戒してしまう。

「治安さえよければ問題ないんだろう。外国と比べると東京は物価が高いそうだから、宿代だけでも節約したい、ということだな」

通り沿いに大衆食堂があった。ガラス戸越しに中の様子を見ると、昼間から一杯やっている客が何人もいる。

店に入るだけの金がないのか、酒屋の前に座り込み、カップ酒を飲んでいる男たちがいた。何か話して笑い合っていたが、塔子たちが通りかかるとみな黙り込んだ。珍しいものを見るような目で、こちらを観察している。

一番若い男でも五十代半ばぐらいで、ほかは六十代、七十代に見えた。今は日本中、どこの町でも高齢化が進んでいる。この山谷も例外ではないらしい。

「くそ、こんちくしょう！」

突然、ニット帽の男が叫んだ。びくりとして、塔子は身を固くした。

「あそこでな、あそこで外してなけりゃ二十倍だったんだよ。ふざけんなって。当てりゃ、飲みにいけたのによ」

かなり酔っているようだ。男は歩道に寝転んでしまった。周りの仲間は、にやにやしながらその様子を眺《なが》めている。

「おい姉ちゃん」ひげを生やした男が言った。「ふらふらしてると、さらわれちまうぞ」

「何か捜してんのかい」マフラーを巻いた男が言った。「よし、俺が案内してやる。その代わり、ちょっと金を貸してくんねえか」

「せこいんだよ、おめえは」ひげの男がマフラーを引っ張った。

「こんちくしょう！」ニット帽の男がまた吠《ほ》えた。「だからね、なんであそこで外すんですかって、俺は訊きたいの」

うるせえなあ、と仲間を小突いてから、ひげの男はこちらを見た。

「冗談抜きで、どこに行くんだよ」

塔子が答える前に、鷹野が口を開いた。

「坂本旅館に用があってね」

「ガイドブックでも見てきたのか？　あそこはお勧めできないぞ」

「人を捜しているんだ」

ひげの男は眉をひそめた。鷹野を見て、それから塔子を見た。

「あんたら、警察の人間か？」

それを聞いて、男たちはみな険しい顔をした。ニット帽の男も跳《は》ね起きて、親のかたきでも見るように、塔子を睨みつけている。

「前に、俺は路上生活をしていたことがある」ひげの男が言った。「バブルが弾けて、もうどうにもならなくなったときに、段ボールハウスで寝ていたんだ。かろうじて雨はしのげたが、寒くて仕方がなかった。だから俺は焼酎をがぶがぶ飲んだ。そうでもしないと、体が冷えて仕方がないからな」

見せつけるように、男はカップ酒を呷《あお》った。

「ところがだ、お巡りは俺を見つけると犯罪者みたいに扱った。それから、段ボールハウスの撤去だ。東京都の連中は警察とグルになって、毎月見回りに来やがる。だから俺たちは、その日になると大慌てでハウスを片づけるんだ。奴らが帰ったあとには、また一から組み立て直さなくちゃいけない。……俺たちは、段ボールの家にさえ落ち着いて住めなかったんだよ。なあ、この屈辱《くつじょく》があんたらにわかるか？」

ひげの男は、酒のカップをアスファルトの上に置いた。

彼らにとって警察官とは何なのだろう、と塔子は思った。そして、自分たち警察官にとって、彼らはどういう存在なのか。

相手が一般市民であるからには、塔子たちは彼らの相談に乗り、彼らの安全を守らなくてはならない。しかし保護対象であるはずの彼らは、警察官を憎んでいるのだ。もし山谷で昔のような暴動が発生したら、自分は警察官としてどう振る舞えばいいのだろう。そんなことを考えて、塔子は複雑な気分になった。

「行くぞ」塔子にささやいて、鷹野は路地を歩きだした。

「おい、逃げるのかよ」

男の声が聞こえたが、鷹野は振り返らなかった。そのまま足早に進んでいく。

塔子は小走りになって、彼のあとを追った。


数分歩いて、坂本旅館に到着した。

一階の共用スペースにはいくつかのテーブルと椅子、煙草と飲み物の自動販売機、テレビなどが置かれている。

カウンターの向こうで、パーマをかけた中年の女性がパソコンをいじっていた。

「ちょっとよろしいですか」

鷹野が警察手帳を差し出すと、女性は何度かまばたきをした。

「え、警察？　何かあったんですか」

「ここに橘久幸という人が泊まっていますよね。チューリップハットをかぶった、五十代後半ぐらいの男性です」

「すみません、お客さんのプライバシーに関わるようなことはちょっと……」

鷹野は腰を屈めて、相手に顔を近づけた。声をひそめて言う。

「殺人事件の捜査なんです。ご協力いただけませんか」

「殺人、ですか……。わかりました」

彼女は宿泊者カードを確認し始めた。やがて、該当の人物を見つけたようだ。

「二一〇号室です」

「今、部屋にいますか」

「ええ、たぶん。お昼ごろ戻ってきましたから」

鷹野は靴を脱いで、廊下に上がった。

「あの、刑事さん」腰を浮かして、女性は言った。「うちも客商売なので、騒ぎを起こすのだけは勘弁してください」

黙ったまま、鷹野はうなずいた。足音を立てずに廊下を歩きだす。

狭い階段を通って二階に上がった。掲示された部屋番号を見ながら進んでいく。二〇号室は、奥から二番目の部屋だった。

木製のドアを、鷹野は勢いよくノックした。

「橘さん、ちょっとお訊きしたいことがあります」

返事はない。ドアを開けようとしたが、鍵がかかっていた。鷹野はしつこくノックを続けた。

「橘さん、警察です。ただちにドアを開けてください。重要なお話があります。橘さん、ここを開けてください」

ややあって、錠《じょう》を外す音が聞こえた。建て付けの悪いドアが開いた。

「なんだよ。そんな大声を出さなくても……」そこまで言って、橘久幸ははっとした表情になった。「あんたたち、どうしてここに？」

「お話を聞かせてください。今、よろしいですよね？」

有無を言わせぬ調子で、鷹野は尋ねた。橘は困ったような顔をしたが、帰れとは言わなかった。

三畳の和室に布団が敷いてある。橘はばたばたと布団を片づけ、こちらを向いた。

「まあ、適当に座って」

部屋に入り、鷹野は畳の上にあぐらをかいた。塔子はその横で正座をする。

部屋の正面には腰高の窓があったが、日当たりは悪そうだった。設備としては小さめのテレビと、古いエアコンがあるだけだ。部屋の隅にキャリーバッグとショルダーバッグ、レジ袋、雑誌などが置かれている。針金で出来たハンガーにジャンパーなどが掛けられ、壁に吊《つる》してあった。

「悪いけど、ご覧のとおりだからお茶は出せないよ」

「気にしないでください。話をうかがったら、すぐに引き揚げます」はっきりした口調で、鷹野は言った。

橘は渋い表情を浮かべていたが、咳払いをしてからこう尋ねた。

「なんでここがわかったの？」

「上野公園辺りでは、あなたは有名人らしいですよ。いつも同じ場所で雑誌を売っているから、目立つんでしょう」

「今日は午前中だけで店じまいしたんだけどね。……で、わざわざ山谷まで来たのはどうしてだい。もしかして、あれか。『知り合いにも話を訊いてくれ』っていう件の結果を聞きに来たのかな。だとしたら、まだ早いよ」

「違います。一ヵ月ぐらい前、あなたが東上野アパートを観察していた、という証言が出てきたんです」

「え？」

「昨日あなたは、そんな話をしませんでしたよね。正直に話してください。あなたはあのアパートのそばで、何をしていたんです？」

鷹野は相手の顔をじっと見つめた。

その視線に耐えられなくなったらしく、橘は目を逸らした。

「俺は人殺しなんかしてないって……」

「じゃあ、なぜアパートを見ていたんです？　どうしてそのことを黙っていたんですか」

「五十代ぐらいの女が出てくるのを見たんだ。それが別れた女房と似ていたものだから、気になってしまって……。変に疑われると嫌だから、昨日は黙っていたんだよ」

「実際には、奥さんではなかったんですか」

「別人だった。でもあの顔を見たら、妻のことを思い出してしまってね。それで何度か出かけて、アパートを覗いていたんだ」

塔子はバッグからアパートの図面を取り出し、畳の上に置いた。一一五号室を指差す。

「女性が出てきた部屋は、ここですか」

「……たぶん、そうだと思う」

「その後、何回か女性を見かけましたか」

「いや、見たのはその一回きりだった。たまたまタイミングがよかったのかもしれない」

図面を見ながら、鷹野は何か考える様子だった。やがて、こう言った。

「この部屋には、いろいろな人が出入りしていたらしいんです。アパートの住人からも、五十代ぐらいの女性を見たという話が出ています」

そう証言したのは東上野アパートの住人、二木だ。三ヵ月ほど前に見た、という話だった。

「その女は、あの部屋に住んでいたのかな」橘は首をかしげた。

「部屋を借りていた人はいます」鷹野はうなずいた。「しかし、誰かが住んでいたという気配はないんです。橘さんがその女性を見たとき、何か気がついたことはありませんでしたか」

「青っぽいダウンジャケットを着ていたと思うよ。眼鏡はかけていなかった。髪はショートでね。それが女房に似ていたんだ」

二木も、髪が短めの女性だったと話していた。

「男性が出入りするのは見ませんでしたか」

「見なかったね。寒いから、そんなに長い時間立っていたわけじゃないし」

質問を重ねたが、それ以上の情報は得られなかった。

ノックの音がした。

橘は立ち上がり、塔子の横を通って応対に出た。ドアの外には、顔色の悪い男性が立っていた。おそらく橘と同年配だろう。

ぼそぼそと小声で何か話したあと、来訪者は引き揚げていった。

「近くの部屋の奴が、様子を見に来たよ」元の場所に腰を下ろしながら、橘は言った。「あんたが大声で、警察だなんて言うから、心配になったらしい」

「ほかの宿泊者の方と、交流があるんですね」

塔子が訊くと、橘は苦笑いを浮かべた。

「交流なんてものはないよ。誰かと話したいって人は、そのへんの大衆食堂に行くからね。部屋にこもっているのは、他人と関わろうとしないタイプだ」

「でも今の人は、心配して声をかけてくれたんでしょう?」

「違う違う。俺のことを心配しているんじゃなくて、自分に火の粉が降りかからないか、たしかめに来たんだ。もしこの部屋から怒鳴り合う声でも聞こえていたら、絶対に訪ねてこなかったはずだよ」

先ほどの男性を批判しているようにも聞こえるが、橘の顔に険しい表情はなかった。そういうものだと割り切っているのだろう。

「橘さんは、ほかの方と飲みにいったりはしないんですか」

「あまりやらないね。何か買ってきて、ひとりで飲んで、ひとりで食べることが多いよ。だって、そのへんにいる酔っぱらいとは話が合わないから」

酒屋の前にたむろしていた男たちのことが、頭に浮かんだ。たしかに、同じホームレスの男性でも、橘と彼らとでは少し雰囲気が違う。

「橘さんなら、山谷から出てアパートを借りる日も近いんじゃないですか」塔子は言った。

「まあね。あの雑誌を売り続けていれば、そのうちチャンスが来るかもしれない。……でも、ときどき虚《むな》しくなるんだよな」

「どうしてです？」

「家族もない、蓄《たくわ》えもない、いつ病気になるかもわからない。そんな状態でアパート暮らしを始めても、あっけなく孤独死で終わりになるんじゃないだろうか。……あんた知ってるかい。アパートで暮らすより、こういう簡易宿泊所にいるほうが孤独死は少ないんだってさ。狭い場所にみんなで住んでいるから、何かあれば誰かが気がつくってわけだ。まあ、どっちみち身寄りがないから、死ねば無縁仏ってことになるんだけどね。骨の引き取り手もいないから、公共の墓地に埋葬《まいそう》されて、はいおしまい、だ」

自虐的ともいえる話しぶりに、塔子は戸惑いを感じた。相づちを打っていいのかどうか、わからなくなってきた。

「こんな生活をしていると、いつ死んでしまっても不思議はないんだ。俺の知り合いで、鞄ひとつだけ残して死んだ奴がいた。所持金は七十六円しかなかった。……そういうのを見ると、人間は何のために生きているんだろうって、疑問が湧《わ》いてくるよ。実際、俺が死んでもこの世界には何の影響もないだろう。まあ、歳をとったから、よけいにそう感じるのかもしれないけどね」

迂闊《うかつ》なことは言えない、と思った。だがこのまま黙っていてはいけない、という気もした。言葉を選びながら、塔子は言った。

「人間は、いつも誰かに影響を与えながら、生きているんじゃないでしょうか。橘さんがこうして話をしてくれることで、私の記憶も増えていくわけですから」

橘はこちらをじっと見つめている。塔子は胸の前で小さく手を振って、

「すみません。うまく言えないんですけど……」

彼に向かって頭を下げた。

「お嬢ちゃん。あんた、なかなか見どころがあるよ」橘はひとりうなずいた。「そんなふうに言ってもらえると、俺も後悔しなくて済む。たとえこの世に、何も残せなくてもさ」

「あの……橘さんは昔、建設現場で働いていたんですよね。そのころ造ったものが、この世にずっと残ると思うんです。それが、自分の記念品だとは言えませんか？」

橘は記憶をたどる顔になった。しばらくそうしていたが、やがて「なるほど」と言った。

「バブルの時期、俺たちは体を張って、いろんなものを造ってきたんだよな。それが勲章《くんしょう》ってわけか。……でもそんな俺たちが今、仕事も家もなくして簡易宿泊所に住んでいる。何なんだろうなあ、この理不尽な現実は」

たしかにそうだ、と塔子は思った。これまで多くの高層ビルなどを造ってきた人たちが、この狭い宿泊所で老後の生活を送っている。誰に看取《みと》られることもなく、ひっそりと息を引き取っていく。

「いや、ごめんな。湿っぽい話になっちゃった」橘は苦笑した。

彼はレジ袋の中から、リンゴと十徳《じっとく》ナイフを取り出した。

「これ、便利なんだよ。ナイフだろ、栓抜《せんぬ》きだろ、缶切りだろ、ドライバーだろ、そういうものが全部ひとつになってるんだ。言ってみれば、ホームレスの必需品だね」

橘は段ボール箱の上でリンゴを四つに切った。それから、十徳ナイフを器用に使って、皮を剝き始めた。レジ袋の上に、彼はリンゴを並べていく。

「お嬢ちゃん、リンゴ食いな」

そう勧められたとき、塔子は一瞬躊躇《ちゅうちょ》した。一秒の何分の一か、ごくわずかな時間だったと思う。だが橘は、塔子の表情が変わったことに気づいたようだった。

「ああ、そうだよな」橘は笑って、レジ袋を自分のほうに引き寄せた。「俺が剝いたリンゴなんて、食えたもんじゃないよな。……こんなに薄汚れていちゃ、嫌われても仕方がない。はは、まいったな。このあと床屋に行って、風呂に入るつもりだったんだけどさ」

塔子は慌てて、首を横に振った。

「いえ、いただきます。ひとつください」

「いいよいいよ。無理すんなって」

橘は、剝いたリンゴを体で隠すようにした。そうして、黙って食べ始めた。

——どうしよう。私は、ひどいことをした。

塔子の胸に後悔が広がった。

橘は積極的に社会とつながろうとしている。塔子はそれを理解しているつもりになっていた。だが実際のところ、自分は橘を一段低い存在と見なしていたのではないか。その気持ちが、行動に出てしまったのではないだろうか。

「すみません」塔子は言った。「そんなつもりじゃなかったんです」

「まったく、あんたみたいな人が、なんで警察なんかにいるんだろうな」

だ。

「いや、けなしているわけじゃないんだよ。ただ、不思議に思っただけでね」

橘はリンゴを食べている。こちらに目を向けてはくれない。

「私は、東京で起こる犯罪の数を減らしたいんです」塔子は言った。「犯人を捕らえて、動機を明らかにして、似たような事件が起こるのを防ぎたいんです。私は私のやり方で、それを果たしていきたいと思っています」

リンゴを呑み込んだあと、橘はようやく塔子のほうを向いた。

「なんというんだっけ、あんたのアイ……アイデン、ティー？　目標を持つのはいいことだよ。でもきついことを言うようだけど、人間の心なんて、そう簡単にわかるものじゃない。だってさ、わかっているんなら、なぜ毎日のようにひどい事件が起こるんだ？」

何も言えないまま、塔子はリンゴの皮を見つめていた。

風に吹かれて、窓枠がかたかたと音を立てた。

「そんなに小さいのに、無理して刑事になってさ」

塔子は橘の横顔を見つめた。昨日、大月の妻からも、そんなふうに言われたばかり

「……え？」

宿泊所を出ると、外の空気はひどく冷たかった。コートを着ていても、まるで役に立っていないような気がする。塔子は襟をかき合わせ、身震いをした。

「わかっていると思うが、こういうことはあまり考えすぎないほうがいい」鷹野が言った。

黙ったまま、塔子は鷹野の顔を見上げる。

「世の中が不公平なのは、如月のせいじゃない。これは、どうしようもないことなんだ」

塔子は小さくうなずいた。

「ええ、わかっています」

そうだ、と塔子は思った。これは心で感じるべきことではない。おそらくは、頭で「理解」すべきことなのだ。

4

午後十時半、塔子は先輩たちとともに上野駅に向かっていた。

メンバーは門脇と徳重、尾留川、それに鷹野と塔子。いつもの五人だ。夜の捜査会議を終えて、これから打ち合わせを行い、食事をしようという話になっていた。

前方で、からんからんと鐘の音がした。

あれは喫茶店・煉瓦堂だ。ぞろぞろと客が出てきて、たちまち二十人ほどになった。

「どこもかしこも、忘年会か」門脇がぼやいた。「一般人は気楽でいい」

「門脇さんだって忘年会は好きでしょう？」と尾留川。

「他人が楽しそうにしているのを見ると、心がもやもやするんだ」

「要するに、彼らがうらやましいということですね」鷹野がぼそりと言った。

「うるさいんだよ」門脇は顔をしかめた。「ちくしょう、早くビールを飲ませてくれ」

店の前にたむろする人たちの中に、知った顔があった。喫茶店の経営者・金内と、上野消防署の小柴主任だ。通りかかった塔子に気づいて、小柴は声をかけてきた。

「刑事さん、まだ仕事をしているんですか？」

「いえ、食事に行くところですが。……みなさんは忘年会ですね？」

「そうです、東上野振興会とでもいいますかね。ほとんど、このへんで働く人たちです」小柴は参加者のひとりを呼んだ。「おーい桐沢さん。こっちこっち」

木暮オートサービスの桐沢がやってきた。いつもは作業服だが、今はダッフルコートを着ている。

「二次会から、刑事さんたちも参加ですか？」と桐沢。

「はは、そんなわけないでしょ。警察の人が、忘年会なんかしませんよねえ」アルコールのせいだろう、小柴はやけに陽気だ。

「この忘年会は、小柴さんが呼びかけたものなんですか？」

塔子がそう訊くと、急に小柴は真顔になった。

「あの、今日は仕事絡みじゃないですよ。あくまで個人的なつきあいで忘年会をやっているわけでして。会計は、きちんと割り勘にしましたから」

警察ほど厳しくはないだろうが、消防でも、業者や一般人と親密になりすぎることは問題視されるのだろう。

「如月、あれを……」

鷹野が塔子の腕をつついた。

参加者の中に意外な人物がいた。保坂明菜だ。東上野アパートの一一五号室を管理している種山不動産で、お茶を淹れてくれた女性だった。

「あ、刑事さんじゃないですかぁ」明菜がこちらにやってきた。「どうしたんですう？　もしかして二次会から参加するの？」

「しないって、明菜ちゃん」小柴は笑った。「警察官ってのは、堅い職業なんだから」

「保坂さんが、小柴さんと知り合いだったとは知りませんでした」

塔子が言うと、明菜はうなずいてみせた。

「今、どこでも火災報知機を付けなくちゃいけないんですよぉ。ビルの火災予防指導とかもあるしぃ、小柴さんにはお世話になってます」

明菜が電話で、火災報知機がどうのと話していたのを思い出した。その関係で、予防課の小柴と面識があったわけだ。

うしろから一際大きな笑い声が聞こえた。振り返ると、喫茶店の金内が例のパンフレットを客たちに見せているところだった。

「いや、みなさん笑ってますけどね、十万円という値段にはちゃんと理由があるんです。形が出来たあと、きれいに磨くのに相当時間がかかるんですよ。だってこれ、金属ですから」

「なるほどね。でもマスター、もとは油絵の画家になりたいって、言ってなかったっけ?」

「油絵は今でもときどき描きますよ。まだ完全にあきらめたわけじゃないので」

「なんか気になるなあ。お店の料理をするとき、絵の具が付いてたりして……。『今日のスパゲティーは、ちょっと赤味が強くなってます』とかさ」

「そんなことありませんよ。ちゃんと絵の具を落とす方法はあるんですから」

苦笑いを浮かべながら、金内は説明している。

「ところで刑事さん、その後、捜査のほうはどうです?」真面目な顔で、小柴が訊いてきた。「もし何だったら、ここで情報収集してみますか」

「……え？」

塔子の返事を待たずに、小柴は忘年会の参加者たちに呼びかけた。

「すみません、みなさん聞いてください。この先にある東上野アパートで、一昨日事件がありましたよね。今、刑事さんが来ているんだけど、あの事件について情報を持っている人がいたら……」

「あの、小柴さん。お気持ちは嬉しいんですが、ここではちょっと」

塔子はストップをかけた。情報はほしいが、こんな場所で話すような内容ではない。

しかし参加者たちは、好き勝手にアパートのことを喋り始めた。

「昔あそこに何かの事務所が入っていたよね。機械を持ち込んでいたけど、あれ、何だったんだろう」

「そういえば昔、犬が迷い込んだことがあったなあ」

「幽霊が出るって誰かが言ってたよ。屋上や階段を、ふらふら歩いていたって」

収拾がつかなくなってきた。

振り返ると、門脇や鷹野は腕組みをしてこちらを見ている。まずいな、と塔子は思った。警察官としては、路上に集まったこの集団をすみやかに解散させなくてはならない。

自転車が通りかかって、ちりんちりんとベルを鳴らした。塔子は声を張り上げた。

「みなさん、通行の邪魔になりますから、ここから移動してください。ええと、二次会があるんですよね？　だったら早く行かないと。はい、動いて動いて」

幹事が二次会の場所を説明した。参加者たちは徐々に移動を始めたが、塔子のそばでは、まだ数人が話を続けている。

「アパートの人に聞いたけど、遺体を見つけたのはホームレスなんだってね」ループタイをつけた男性が言った。「上野公園のほうには大勢いるけど、駅のこっち側にまで遠征してくるとはね」

「知ってます？　ときどき具合の悪くなったホームレスが、赤城先生のところに来るんですって」

「え……。だって彼ら、健康保険なんかに入ってないだろう。診療費はどうしてるの」

「お金があるときでいいって、先生が言ってるみたい。立派よねえ」

「それ、私も聞いたことありますぅ」保坂明菜が話に加わった。「『あれは現代の赤ひげだ』なんて、誰かが言ってましたけど。……赤ひげって何だろう？」

それを聞いて、年配者たちは笑っている。そういう映画があるのだと、ループタイの男性が説明していた。

「ただねえ」腕組みをしながら、小柴が言った。「同僚たちとも話したんですが、もともと診療費を払う気がないような人もいるんですよね。そういう患者まで診てあげるのは、どうかと思うんです。ほかの病院ではホームレスの診察を断るケースもあるそうですが、仕方ないと思うんですよね。患者さんの間で、不公平だという意見が出てきますから」

その話を聞いて、塔子は小さな違和感を抱いた。

ホームレスの人たちがああなったのは自業自得だ、ということだろうか。たしかに、ただ怠けていてそうなった人もいるだろう。しかし、中高年労働者の集まるドヤ街を見たあとでは、それればかりが理由ではないという気がした。そんなふうに考えてしまう塔子は甘いのだろうか。

「ほら、そこの人たち。もう行きますよ」幹事が彼らに呼びかけた。

じゃあまた今度、と言って小柴たちは去っていった。

派手にクラクションを鳴らして、タクシーが交差点に差し掛かった。横断歩道を渡りきれずにいた男性が、何か怒鳴っている。

上野駅の近くには、いい具合に出来上がった会社員が大勢いた。足下のおぼつかない人も多く、信号など気にせずに道を渡ろうとする。それで車の運転手たちが苛立《いらだ》ち、クラクションを鳴らすというわけだ。

「今日はここにしましょう」

尾留川が選んだのは、例によってファミリーレストランだった。看板を見て、門脇は不満げな顔をした。

「またこんな、健康的な店か」

「あきらめてください。この時期、飲み屋はどこも混んでいるから、打ち合わせはできないんです」

「くそ、会社員たちめ」

出入り口付近の席に案内されそうになったが、徳重が奥の席を指差して、「あそこがいいですよね」と言った。「おお、あそこがいいな」と門脇が賛成し、「うん、あそこがいいでしょう」と鷹野もうなずいた。

その席を使わせてもらえるよう、尾留川が交渉してきた。こういうことは得意なのだ。

隅のテーブル席を確保して、みなコートを脱いだ。塔子の隣の席には、たちまちコートの山が出来上がる。

ドリンクバーを利用することにして、各人、飲み物を持ってきた。出入り口付近は客が行き来するが、このテーブルの周囲には誰もいない。大きな声を出さなければ、事件の話ができる。

「結局、夜の捜査会議でもたいした報告は出ませんでしたね」尾留川が言った。「バイク店の強盗傷害事件ですが、犯人が従業員にかけたのは市販の消毒液だと判明しています。模倣犯というには、あまりにもお粗末ですよ。ちなみにその男は、麻薬の常用者でした」

「新聞やテレビであれだけ報道すれば、真似する者も出てくるでしょうな」徳重が応じた。「しかし最初の被害者の身元はいまだにわかっていません。身元を特定するためには、遺体の状況などを世間に知らせて情報提供を待つしかない。……神谷課長の考えには、私も賛成です」

「ここまでの問題点をまとめようか。如月、ノートを出せ」門脇が言った。

塔子ははっとして、

「え……はい？」

「どうした。いつものノートを出してくれ」

「あ、そうですよね。すみません」

塔子はバッグの中を探って、捜査用のノートを取り出した。最新のページを開いて、テーブルに置く。

門脇の指示に従って、あらたな問題点を書いていった。以前の項目に対して、いくつか変更も加えられた。

■東上野事件（被害者……不明）
（一）被害者は誰か。
（二）なぜ遺体の頭部、両腕に硫酸をかけたのか。★被害者の身元を隠すため？
（三）遺体に記された27という数字の意味は何か。
（四）なぜ遺体の舌を切断したのか。何を使って切断したのか。★長さ三、四十センチの棒状のものを使用？　ノコギリ？
（五）頰の引っかき傷は、どのようにして出来たのか。
（六）ピンク色の手洗い洗剤は、犯人と関係があるのか。
（七）聖エウスタキウスのポストカードの意味は何か。★犯人は自分を狩猟者になぞらえている？
（八）東上野アパート一一五号室を借りていた五十嵐と、保証人の郷田はどこにいるのか。★どちらも存在しない？
（九）一一五号室に出入りしていた五十代の女性、四十代の男性、二十代の男性は誰なのか。部屋で何をしていたのか。

■谷中事件（被害者……大月雄次郎）
（一）なぜ遺体の頭部、両腕、右脚に硫酸をかけたのか。★身元を隠すため？
（二）遺体に記された45という数字の意味は何か。
（三）なぜ遺体の指を切断したのか。何を使って切断したのか。★長さ約三、四十センチの棒状のものを使用？　ナタ？
（四）大月宅の玄関先で撮影された人物は、一連の事件の犯人か。
（五）大月宅のメモ《調査KU同行、CD》は事件と関係あるのか。

門脇は煙草を吸いながら、ノートを眺めていた。やがて顔を上げ、尾留川に尋ねた。

「ブツ捜査のほうで、硫酸の出どころはまだわからないのか」

「販売店や保管している会社を当たっていますが、今のところ手がかりはありません」

「ほかに、遺留品としてピンク色の手洗い洗剤があったよな。あれはどうだ」

「すみません、そちらもまだです」

ひとつ唸ってから、門脇は尾留川を見つめた。

「そろそろ成果を出さないと、また手代木さんが騒ぎだすぞ。責任がどうのと言われるかもしれない。どうする？　鷹野組に証拠品捜査を手伝ってもらうか？」

尾留川は鷹野の顔をちらりと見た。それから門脇のほうに視線を戻した。

「いえ、俺が任された仕事ですから……。もう少し、今のナシ割りのメンバーだけで頑張ってみます」

「そうか。必要があれば、俺から早瀬さんに頼んでやる。早めに言えよ」

「了解です」

煙を吐き出したあと、門脇は灰皿を引き寄せた。

「今回の事件は本当に厄介だ。腹に書かれた数字のことも、まだわかっていないしな」

「いくつかの考えは出されていますよね」おしぼりで額をぬぐいながら、徳重が言った。「何かのメッセージではないかという説。被害者を特定するナンバーではないかという説。それから、如月ちゃんが考えた、何かの進行状況を表しているんじゃないかという説」

「……鷹野はどう思うんだ？」と門脇。

鷹野は、指先で細い顎を掻いている。

「数字が進行状況を表す、という如月の考え方には興味を感じます。しかし今の段階では、妥当《だとう》かどうか判断できません。それがわかるのは、次の事件が起こったときですね」

「27、45と来たら、次は60とか70になるということか」

「ええ。もしそうなれば、如月の説はかなり信憑性《しんぴょうせい》が高くなります」

袖をまくって、門脇は腕時計を見た。

「今、午後十一時二十分か。幸い、今日は誰も殺害されなかった。しかし明日には、第三の事件が起こるかもしれない……。まったく、縁起でもない話だがな」

門脇は苛立った様子で、煙草を灰皿に押しつけた。

「谷中事件の項番五、このメモは何なんでしょうね」徳重が言った。「大月雄次郎はどんな調査に同行したのか。まあ。事件には関係ないのかもしれませんが……」

「東上野事件の項番九、アパートに出入りしていた三人は何者だったんでしょう」尾留川がノートを指差した。「この中に、事件の犯人がいるんじゃないですか？」

「五十代の女、四十代の男、二十代の若い男……。大月が殺害された谷中の現場付近で、棒のようなものを持った人物が目撃されていたよな。如月、あれは男性だったんだろう？」

急に問いかけられ、塔子は戸惑った。

「え……。あ、そうです。目撃者によると、男性らしいということでした」

塔子の反応を、門脇は不審に思ったようだ。

「どうかしたのか？　おまえ、さっきから変だぞ」

「……すみません」

「どうも如月ちゃんらしくないね」徳重も首をかしげている。「何かあったのかい」

塔子は黙っていた。どう説明したらいいのか、自分でもよくわからなかった。

それはきわめて個人的な問題であって、捜査とは関係のないことなのだ。しかしあの山谷での出来事は、今も塔子の心に影を落としている。

「聞き込み先で、ちょっとありましてね」横から鷹野が言った。

「どうした？　一般人と、何か揉めたのか」

「山谷のドヤ街で、労働者たちの実態を見てきたんですよ。それでまあ、いろいろと考えさせられたらしくて……」

「なんだよ、そんなことか」門脇は新しい煙草に火を点けた。「おまえもサツカンなら、社会の汚い部分も知っているだろう。いちいち同情なんかしていたら、きりがない」

おそらく門脇の言っていることは正しい。ホームレスの人たちの扱いは難しく、所轄署時代には塔子も手を焼いたことがあった。もともと、一般市民と同じように接するのは無理なのだ。しかし、そうだとわかっていても割り切れないものがある。

「おっしゃるとおりだと思います。……でも、彼らを『汚い』と表現することには抵抗があります」

「おまえは何を気にしているんだ？　今は捜査に専念すべきときだろう。よけいなことを考えていると、ミスをするぞ」

「そういうことにならないよう、気をつけます」目を伏せたまま、塔子は言った。

門脇はため息をついた。

「あまり話したくないんだが、仕方がない。……若いころ、俺も悩んだことがあるんだよ。コンビニでおにぎりを盗んだ奴を捕まえたら、もう三日も食べていないという失業者だった。ひったくり犯を捕まえたら、生活保護世帯の子供だった。そういうことを山ほど経験して、俺は彼らに同情してしまった。その結果、捜査の途中でミスをした」

「門脇さんが、ミスを？」

「ああ。……俺がまだ所轄にいたころだが、置き引き未遂の中年女を捕まえたところ、ホームレスだとわかった。男に騙されて借金を負わされ、体を壊して働くこともできないらしい。どうやって暮らしているのかと訊いたら、ホームレス仲間の男にあれこれ『サービス』をして、食い物を分けてもらっているというんだ。俺は同情せずにはいられなかった。本人も反省しているようだったから、俺ひとりの判断で、諭すだけにして帰らせた。

ところがしばらくして、その女は空き巣狙いで逮捕されたんだよ。ホームレスだというのは事実だったが、それ以外はすべて作り話だった。そいつはあちこちの家に忍び込んで、盗みを繰り返していたんだ。一般市民への恨みがあったのか、家の中をめちゃくちゃに汚していくというのが、その女の手口だったそうだ。……さすがの俺も、人間不信に陥ったよ。それ以来、犯人の境遇には一切同情しないことにしている」

初めて聞く話だった。だが一本気な性格の門脇なら、過去にそういうことがあってもおかしくはない。そう思えた。

「如月には失敗させたくないから、あえて言っておく」門脇は続けた。「社会のひずみは、個人の力で解決できるものじゃない。そこは放っておくしかないんだ。……いいか、おまえは警察官としての職務をまっとうしろ。それができないというなら、この仕事には向いていないということだ」

「……すみませんでした」塔子は頭を下げた。「よく考えてみます」

今の話を聞いてもなお、いろいろなものを切り捨てながら行動するのは、難しいだろうと感じる。しかしこの仕事を続けていくのなら、いつまでもきれいごとを口にしてはいられない。少なくとも組織の一員としては、足並みを揃えることが要求される。

　はたして、自分にできるだろうか。

　――いつか私は、この組織からはみ出してしまうんじゃないだろうか。

　そんなことを、塔子は思った。


　打ち合わせが終わり、尾留川がウエイトレスを呼んだ。五人はそれぞれ、ビールとセット料理を注文した。

「明日も早いぞ。がっと飲んで、さっと引き揚げよう」門脇が言った。

　尾留川と徳重は、明日の空模様について話し始めた。ここ数日吹いている北風は、このあとさらに強まりそうだという。

　塔子がノートを見つめていると、鷹野が話しかけてきた。

「まあ気にするな。誰にも、そういうことはある」

「でも、いろいろ考えてしまいます。私、適性がないんでしょうか」

「自信を持て。背が低くたって、試験には合格したんだろう？」

「……ひどいですね。ここで身長のことを言いますか」塔子は鷹野を軽く睨んだ。

「すまない。冗談のつもりだったんだが」

　珍しく鷹野が困惑しているようだ。彼なりに気をつかってくれているのだろう。

遠くから救急車のサイレンが聞こえてきた。塔子は腕時計に目をやった。午後十一時三十五分になるところだ。

救急車は、店の前をかなりのスピードで通過していった。そのうちパトカーのサイレンも聞こえてきた。救急車と同じ方向へ走っていく。

「何かあったんですかね」徳重が不安そうな顔をした。

近くのテーブルにほかの客はいない。鷹野の指示で、塔子は早瀬係長に電話をかけてみた。大きな事件が起こったのなら、特捜本部に連絡が入っているはずだ。

「お疲れさまです、如月です。今、救急車とパトカーが通っていったんですが、何かありましたか？」

「今、こちらでも確認しているところだが……」

背後で捜査員たちが言葉を交わしている。五秒ほどして、再び早瀬の声が聞こえた。

「墨田《すみだ》区本所《ほんじょ》一丁目で発砲事件が起こった。詳しいことがわかったら、すぐに連絡する。……そこに門脇たちもいるのか？」

「はい。さっき打ち合わせが終わって、これから食事をするところですが」

「門脇に伝えてほしいことがある」

通話を終えると、塔子は門脇のほうを向いた。ちょうどウエイトレスが、生ビールのジョッキをテーブルに並べたところだった。

「早瀬係長からの伝言です。『まだビールを飲むな』だそうです」

「このタイミングでか！」門脇は目を見張った。

「発砲事件が起こったらしいんです。本所一丁目と言っていましたから、そう遠くないですね」

ジョッキをそのままにして、塔子たちは連絡を待った。三分ほどで、携帯電話が鳴った。

「はい、如月です」

「悪いが、食事は中断してもらいたい」早瀬は言った。「被害者がわかった。撃たれたのは赤城庄一という男性だ」

一瞬、相手が何を言ったのか理解できなかった。

ややあって、塔子は赤城の姿を思い出した。白衣を着た、穏やかな表情の男性。この町で二十七年間も診察を続けてきた、上野外科クリニックの院長だ。娘の話をするときの誇らしげな顔。彼は、佳奈子のイラストが表紙になった本を指して、自分のことのように喜んでいた。

あの赤城が、いったい誰に撃たれたというのだろう。

「それで、係長……」塔子は携帯電話を握り直した。「赤城先生の容態は？」

「病院に搬送されたが、心肺停止状態らしい」

心肺停止。自発呼吸がなく、心臓も動いていないということだ。その言葉が指し示すのは「死」だった。今は人工呼吸などが施《ほどこ》されているとしても、所詮、一時しのぎでしかない。このあと病院で、死亡の確認が行われるだけではないのか？

「如月、聞こえているか」電話の向こうから早瀬の声が響いてきた。「赤城庄一の体には、薬傷があったらしい。そして、腹にはナンバーが記されていた」

「……いくつなんですか、そのナンバーは」

「63だ」

塔子は息を呑んだ。

赤城の体に薬傷があった。腹部に数字が書かれていた。彼もまた、連続殺人犯の手にかかって、凶数を与えられてしまったのだ。

だが、どうして？　なぜ、赤城が殺害されなくてはならなかったのか。

いまだに身元がわからない第一の被害者、そして二番目に殺害された大月雄次郎。彼らと赤城の間には、何か関係があったのだろうか。

赤城庄一の顔が、また頭に浮かんだ。次いで佳奈子の姿が浮かんできた。

――このことを、娘さんにどう説明すればいいんだろう。

どうかしたのか、と鷹野が尋ねてきた。

混乱の中、塔子はうまく言葉を発することができなかった。

5

タクシーに乗って、塔子たちは墨田区本所一丁目に急行した。

春日《かすが》通りを東に進むと、前方に厩橋《うまやばし》が見えてきた。隅田川を渡ったところで左折すると、そこに警察車両が集まっていた。

首都高速の高架下にユニットハウスがあった。工場で組み立て、トラックで運んでくるタイプの小屋だ。その出入り口付近にブルーシートが張られていた。

《捜一》の腕章をつけ、白手袋を嵌める。立ち番の制服警官に所属を告げてから、塔子は高架下へ進んだ。鷹野や門脇たちがそれに続く。

頭上の高速道路から、車の走行音が聞こえてきた。十数メートル先の春日通りにも、一定の交通量がある。にもかかわらず、この高架下は誰からも忘れられたような場所だった。この時刻、付近を歩く人の姿はない。

ユニットハウスのそばに鑑識課の鴨下主任がいた。こちらの姿を見つけたのだろう、いつものように右手を挙げて合図をした。塔子は小走りに近づいていった。

「発砲事件だと聞きました。状況は？」

「午後十一時半ごろ、『頭から血を流した人が倒れている』という匿名の一一九番通報があったそうだ。携帯電話からの架電だったらしい」

鴨下は、塔子たちをユニットハウスへ案内した。

中はライトで明るく照らされていた。物置代わりに使われていた場所らしく、壁際に土嚢《どのう》や工具類、猫車《ねこぐるま》などが置かれている。

その手前の床に、赤黒い血溜まりがあった。救急隊が被害者を介抱したせいだろう、あちこちに擦れた血の痕や、赤い靴跡が残されている。

「拳銃は発見されていない。薬莢《やっきょう》もない」鴨下は言った。

「どこを撃たれたんですか」

「頭だ。犯人は銃口を押しつけて発射したらしい。救急隊が駆けつけたときには、まだかろうじて心臓が動いていたが、処置をしているうちに心肺停止に陥ったそうだ。心臓マッサージをしながら運んでいったが……たぶん、駄目だろうな」

塔子は床の血痕を見つめて、唇を嚙《か》んだ。その様子に気づいたらしく、鴨下が尋ねた。

「どうかしたのか、如月？」

「昨日、聞き込みをした相手なんですよ」鷹野が説明してくれた。「面倒見のいい外科医で、ホームレスの診察も引き受けていたとか」

「それは気の毒だったな」鴨下は声のトーンを落とした。「大丈夫か？　如月の性格からすると、ちょっと引きずりそうだが……」

塔子は顔を上げ、はっきりした口調で言った。

「発見時の状況を詳しく教えてください。なんとしても手がかりを見つけたいんです」

赤城庄一は良識のある、善良な市民だった。利益にならないのに、ホームレスの人たちの診察まで行っていたのだ。その行動が、ほかの患者に不公平感を与えることはあったかもしれない。しかし病人を助けたいという考えが「ルール違反」だと責められるのだとしたら、それは悲しいことだと塔子は思う。

「赤城先生のような人は、世の中に必要なんです。先生を殺害した犯人を、私は絶対、許しません」

塔子の決意を聞いて、みな驚いたようだった。鴨下ばかりでなく、鷹野や門脇までが深刻な表情になっている。

鴨下は資料を開き、塔子たちに写真を見せてくれた。

「救急隊が蘇生処置をしたので、被害者は少し動かされているが……」

一枚目には、東京消防庁の救急隊員が写っていた。搬送先の病院を探す間、呼吸、心拍などバイタルサインの変化を調べているのだろう。被害者の体は、二枚目以降で確認することができた。

「マル害はアンダーシャツ、トランクス姿で倒れていた。頭部、両腕、両脚に薬傷があったが、今までと同じで、現場に薬の瓶《びん》などは残されていない」

「腹部の写真はありますか?」

「これだ」

腹部がアップで写されていた。一瞬《E9》と見えたが、回転させると《63》だとわかった。これまでとは数字を書く方向が異なっているが、拳銃を使ったために犯人が焦ったのかもしれない。

「救急隊と少し揉めたんだが、身元確認を急ぐ必要があった。緊急で、指紋を採取させてもらった。それを前歴者のデータベースで照合したところ、赤城庄一だと判明したんだ」

驚いて、塔子は顔を上げた。

「データベースに登録されていたということは……過去、赤城先生は事件を起こしていたんですか?」

「そうだ」鴨下はうなずいた。「十九歳のとき、傷害容疑で逮捕されている。まあ、傷害といっても殴り合いの喧嘩をしただけらしいが」

利益とは無関係に、患者の診察を行うような人だ。若いころから義侠心《ぎきょうしん》が強かったのかもしれない。

「念のため、娘さんの夫の末次という人から、赤城庄一が使っていたボールペンを借りてきた。その指紋を確認したが、やはりデータベースと一致している。末次さんには、親族として身元の確認もお願いした。被害者は、赤城庄一に間違いないよ。それから……」

鴨下は別の写真を差し出した。

「そばにあったスラックスのポケットに、臓器提供の意思表示カードが入っていた」

塔子もどこかで見たことがある。自分が死亡したあと臓器を提供する、という意思表示のためのカードだ。

「この部分、《脳死後及び心臓が停止した死後のいずれでも、移植の為《ため》に臓器を提供します》の項目に丸が付いている。提供する臓器は心臓以下すべて。そして特記欄には《親族優先》と記入してあった」

それを聞いて、塔子ははっとした。

「たしか赤城先生の娘さんが、心臓の病気なんです」

「そうらしいね。自宅にもう一枚、意思表示カードがあったんだが、同じ内容だったそうだ。父親がこんなことになって娘さんはかなり取り乱していたが、末次さんから事情を聞くことができた。末次佳奈子さんは移植希望の登録をしていて、順番を待つ身だという。……被害者は一度、近くの救急病院に運ばれたが、医師が臓器移植ネットワークに連絡をとった。その結果、心臓の移植手術が可能な東都大学病院に、あらためて搬送された」

「ということは……赤城先生は今、脳死状態ということですか？」鷹野が尋ねた。

「判定はこれからだが、たぶんそういう結論になるだろう。頭をひどくやられて、自発呼吸ができないわけだからね。機械を使って、なんとか延命しているという形だ」

塔子は被害者の様子を想像した。

ベッドの上に横たわっている赤城。その顔や両腕、両脚は薬品でひどく爛れてしまっている。頭に包帯を巻かれ、体にいくつものチューブを挿されて、彼は人工呼吸器で息をしているのだ。脳が破壊されてしまった以上、もはや回復の見込みはないだろう。

門脇が携帯電話を耳に当てていた。通話を終えると、彼はこちらを向いた。

「今、早瀬さんと話をした。このあと俺とトクさん、尾留川の三名は機動捜査隊と一緒に、周辺で聞き込みを行う。鷹野と如月は東都大に行ってくれ。赤城庄一の親族から話を聞いてきてほしい。赤城が何かトラブルに巻き込まれていなかったか、確認するんだ」

「ご親族は大学病院にいるんですね？」と鷹野。

「上野署の刑事が付き添っているから、そいつと合流してくれ。携帯番号はこれだ」

うなずいて、鷹野はメモ用紙を受け取った。

塔子はタクシーを停めるため、春日通りに向かって走りだした。


東都大学医学部付属病院は、本郷キャンパスの東側にある。路線バスなども走る道路に面しているから、深夜でもタクシーで乗り付けることができた。

塔子と鷹野は、敷地の中を進んでいった。この時刻、病院の正面玄関はもちろん閉まっている。建物を左手に見ながら、夜間受付に向かった。駐車場に、テレビ局の車が何台か停まっているのが見えた。耳の早いテレビクルーが、すでに集まっているのだろう。

救急搬入口の隣に夜間受付の窓口があった。近くでふたりの男性が立ち話をしている。おそらくマスコミの人間だろう。

塔子は窓口に歩み寄り、係員に警察手帳を呈示した。

「警視庁の如月と申します。赤城庄一さんの件で捜査をしています。ご親族がここに来ていると思うんですが」

「少々お待ちください」

係員はどこかに内線電話をかけた。相手と話をしながら何度かうなずき、やがて受

話器を置いた。Ａ４判の紙を取り出して、

「ご親族の待合室はここ、記者会見の場所はここです。……お手数ですが、入館申込票に所属とお名前を書いていただけますか。それから、院内ではこのバッジをつけてください」

申込票を提出し、バッジを胸につけると、塔子たちは館内に入った。

静かな廊下に、ふたりの靴音が響いていく。見える範囲に人の姿はなかった。壁は白く、清潔で、どこかよそよそしい。

鷹野は腕時計を見た。

「午前一時か。……もう、移植の関係者は動きだしているだろうな。いつドナーが現れるかわからないから、彼らの仕事は大変だ」

「残酷な話です」塔子はつぶやいた。「事件に巻き込まれた父親の体から、臓器を移植してもらうなんて」

「佳奈子さんも相当苦しんでいると思う。だが、ゆっくり考えている暇はないだろう。移植手術は時間との闘いだ。すぐに決断して、手術を受けなくてはならない」

やがて、親族の待合室に到着した。

塔子は背筋を伸ばし、呼吸を整えた。ノックをしようとしたそのとき、うしろから声をかけられた。

「如月さん。ちょっとよろしいですか」

振り返ると、背広を着た男性が立っていた。東陽新聞の梶浦だ。受付の辺りで塔子たちを見つけ、あとをつけてきたのだろう。

「すみません。今、急いでいますから」

塔子が言うと、梶浦はドアのほうに目をやった。

「もしかして、ここが親族の待合室ですか？」

慌てて、塔子はドアの前に立った。眉をひそめて梶浦の顔を見上げる。

「駄目ですよ。記者会見の場所は向こうでしょう？」

「記者会見は、病院や臓器移植ネットワークが行うものですからね。形ばかりの発表じゃ、あまり意味がありません。取材をするなら、やはり関係者の声を聞かないとね」

「非常識です」塔子は相手を睨んだ。「この中にいるのは、被害者の親族ですよ」

「ええ。そして、その被害者から移植を受けるレシピエントでもある。……世間は今、一連の事件に関心を持っています。その被害者から臓器の提供を受けたとなれば、この移植事案には必ず注目が集まります」

「それは、あなたたち記者が騒ぎ立てるから、みんなが注目するんでしょう？」

梶浦は小さく首を振った。

「これはチャンスなんです。事件のせいで、この臓器移植はきっと話題になりますよ。自分とは無関係だと思っていた人たちが、身近な問題として考えるきっかけになるかもしれない。日本人の臓器移植に対する意識が、大きく変わる可能性がある」

東陽さん、と鷹野が声をかけた。見かねて梶浦をたしなめようとしたのだろう。だがその前に、塔子は言った。

「梶浦さん、ルールを無視するような取材方法で、いい記事が書けますか？」

首をすくめるような仕草をして、梶浦は答えた。

「それは記者次第です。駄目な記者は何をやっても駄目だし、優れた記者なら……」

「優れた記者なら――梶浦さんのような記者なら、こんな方法でスクープを狙わなくても、いい記事が書けますよね？」

梶浦は呆気にとられたような顔をした。しばらくこちらを見ていたが、やがてかすかな笑みを浮かべた。

「どうも調子がくるってしまうな。……心配はいりませんよ。私は、如月さんたちが見えたから声をかけただけです。もともと、このタイミングで親族に会うつもりなんて、ありませんでした」

梶浦は踵を返した。歩きだしながら、こう付け加えた。

「……ただ、いずれは話を聞かせてもらうつもりです。臓器移植の取材は、私のライフワークみたいなものですからね。ずっと追いかけていきますよ」

靴音を響かせて、梶浦は去っていった。

塔子はほっと息をついた。気を取り直してドアをノックし、待合室に入った。

殺風景な室内に、ベンチがいくつか並んでいる。奥のほうに、末次義道と佳奈子が座っていた。佳奈子は夫にもたれかかり、眠っているように見えた。

少し離れた場所にいた男性が、塔子たちに気づいて立ち上がった。鷹野は彼を手招きして、廊下へ連れ出した。

「お疲れさまです」彼は上野署の刑事だった。階級は巡査だという。

鷹野が状況を訊くと、巡査は背筋を伸ばし、緊張した様子で説明した。

「現在、こちらの医師が日本臓器移植ネットワークとやりとりしています。赤城庄一氏については、先ほど一回目の判定が行われまして、脳死状態であることが確認されました。明日の朝、二回目の判定を行って、状況に変化がなければ臓器移植が実施されるそうです。親族優先という希望がありましたので、心臓は娘の佳奈子さんに移植されます。ほかの臓器は、それぞれ別の患者に移植されるものと思われます」

「レシピエントである佳奈子さんも、手術の準備が必要だな」

「はい。先ほど移植条件の適合検査を行いまして、問題はないということでした」

院内で手に入れたのか、巡査は臓器移植に関するパンフレットを持っていた。

「それ、ちょっと見せてくれるかい」

「どうぞ。自分はあとでまた入手しますので、このままお持ちになってください」

ありがとう、と言って鷹野はパンフレットを受け取った。塔子は横から覗き込む。

《親族への優先提供が行われる場合》という項目があった。ここに書かれている条件は三つだ。

項番一では、ドナー本人が臓器提供の意思表示に加えて、「親族へ優先提供の意思表示」をしていることが必要、とされていた。赤城庄一の場合、自分の意思表示カードに「親族優先」と書いていたはずだから、OKだ。

項番二では、親族が移植希望登録をしていることが必要、となっていた。この親族というのは、婚姻届を出しているドナーの「配偶者」、または「子供か父母」だ。この「子供か父母」は実の親子以外に、特別養子縁組による養子、養父母でもよい、と記されていた。末次佳奈子は赤城庄一の実の娘だから、これも問題はない。

項番三の、医学的な適合条件を満たしている、という部分についても、支障はなさそうだった。

「親族の中で、この人だけにしか提供したくない、という指定はできないんですね」

塔子が訊くと、ああ、と鷹野はうなずいた。

「その場合は、親族も含めて臓器提供は行われない、となっている。自殺した場合も親族への提供はできないようだ。けっこう細かいルールがあるんだな」

　塔子は巡査のほうを向いた。

「待っている間、佳奈子さんの様子はどうでした？」

「最初のうちはかなり興奮していまして、泣き喚くような場面もありました。ご主人が一生懸命宥めていました。……今は泣き疲れて、眠ってしまったようです」

「ほかに親戚の方はいないんですか」

「親戚ではありませんが、親しい知り合いがもうじき到着する、と末次さんが話していました」

　虚脱状態の佳奈子から、赤城の情報を得ることは難しいだろう。末次から話を聞くしかない。

「こういうとき、如月がいてくれると助かるよ」パンフレットを鞄にしまいながら、鷹野は言った。「いざというときは、佳奈子さんの対応を頼む」

「わかりました」

　あらためてドアをノックし、塔子たちは待合室に入っていった。末次と佳奈子の前に立ち、深く頭を下げる。

「このたびは急なことで……。お察しいたします」いつもより声のトーンを落として、塔子は話しかけた。「今、現場付近に捜査員を展開させて、聞き込みを行っているところです。一刻も早く犯人を逮捕するため、ぜひご協力いただきたいと思います」

黙ったまま、末次はうなずいた。さすがに疲れた表情をしている。

「それで、こんなときに申し訳ありませんが、早速お話を聞かせていただけないでしょうか」

「どういったことですか」と末次。

一礼してから、塔子は近くのベンチに腰を下ろした。鷹野たちもそれにならった。

「今日、赤城先生は何時ごろ出かけたか、ご存じですか」

「わかりません。看護師がクリニックを出たのは夜六時ごろ、私が出たのは七時ごろでした。普段どおりなら、そのあと先生はクリニックの戸締まりをして、すぐ隣の自宅に戻っただろうと思います」

「先生に挨拶したとき、何か変わった様子はありませんでしたか」

「いえ、特に……。このあとどこかに出かける、という話もしていませんでした」

赤城は、夜七時まではクリニックにいた。そのあと、十一時半に一一九番通報があるまで、どこでどのように過ごしていたのだろう。

「今夜、誰かが訪ねてくる可能性はあったと思いますか」

「どうでしょう。私には何とも……」

「赤城先生が誰かに恨まれていたとか、狙われていたという可能性は？」

「それはないと思います」はっきりした口調で、末次は言った。「地域のためにあれほど尽くしてきたんです。赤城先生が誰かに恨まれるなんて、考えられません」

「大月雄次郎という名前を聞いたことはないでしょうか。あるいは数字の27、45、63に心当たりは？」

「まったく記憶にありません」

質問を重ねたが、気になる情報は出てこなかった。末次は何も知らないようだ。

眠っている佳奈子のほうを見たあと、塔子は末次にささやきかけた。

「このあと、大変ですね」

「ええ。一度にいろいろなことが起こりすぎて……。妻も私も、混乱しています」

せめて手術は成功するといいですね──。そう言おうとしたが、塔子は思い直した。

成功してほしいというのは本心だった。しかしその手術で使われるのは、佳奈子の父親から摘出される臓器だ。赤城庄一の死の上に、彼女の生がある。そう考えたとき、佳奈子は自分自身の回復を、素直に喜べるだろうか。

ノックの音がして、一組の男女が現れた。男性のほうは喫茶店・煉瓦堂の金内だ。連れているのは妻だろう。末次の親しい知り合いというのは、金内夫妻のことだったのだ。

塔子たちに会釈をしながら、金内夫妻は部屋に入ってきた。

「末次さん。これ、頼まれていたものだよ」金内は提げていたレジ袋を差し出した。「洗面用具とかティッシュペーパーとか、一式入ってる」

「ありがとうございます」

彼らのやりとりが一段落してから、塔子は金内に尋ねた。

「金内さんは赤城先生とも親しくしていたんですよね？」

「ええ。もうずいぶん長いつきあいです。親戚みたいな感じで、お互いの家を行き来していました。前に佳奈子ちゃんが言っていましたが、私の彫刻はひとつしか売れたことがないんですよね。そのひとつを買ってくれたのが、赤城先生だったんです」

「そうなんですか。……最近、赤城先生から何か相談を受けてはいませんでしたか」

「困っているという感じはありませんでしたけどね」金内は表情を曇《くも》らせた。「赤城先生が人に恨まれるなんて、ちょっと考えられません。犯人の狙いは、本当に赤城先生だったんでしょうか。たまたま襲われてしまったということはないんですか」

塔子は考え込んだ。第一、第二の事件と同じ手口で、赤城は薬傷を負わされていた。過去の二件がいずれも狩りであり、遺体の損壊が儀式なのだとしたら、今回も同様の猟奇殺人が企てられたとみるべきだろう。しかし猟奇だったとしても、犯人は第二の被害者・大月をマークしていたと思われる。赤城の場合も、偶然襲われたとは考えにくかった。

「父は、いったい何をしたんでしょうか」

つぶやくような声が聞こえた。いつの間にか、佳奈子が目を開けていた。

「過去、どこかで罪を犯していたということですか？　だから復讐か何かで、こんな目に遭《あ》わされたんですか？」

「今、捜査をしているところですので……」塔子は言葉を濁した。

「父は今まで、医師としてこの町に尽くしてきたんです。診療費が払えない人だって診察していたし、生活の相談に乗ってあげたこともありました。帰りに、一食分ぐらいのお金を貸したこともあったそうです。そんな父を、犯人はなぜ襲ったんですか」

答えられなかった。塔子も鷹野も、いまだに犯人の情報をつかめずにいる。名前も、居場所も、そして殺害の動機さえも明らかになっていない。

「誰が何と言おうと、私の父は立派な人でした。……中には、父のしていることを偽善だと言う人もいたんです。私はそういう人に訊いてみたかった。『偽善でも何でも、とにかく行動を起こしている人を、どうして他人が批判できるんですか』って。『批判しているあなたは、誰かのために指一本さえ動かしていませんよね』って」

末次が佳奈子の背中をさすっていた。小さな声で、彼女に話しかけた。

「佳奈子、落ち着かないとね。もうじき手術だから」

「お父さんが死んでしまうのに、私だけが生き延びるなんて……。どうしてなの？そうまでして、私、長生きなんかしたくないのに」

静かな部屋の中に、彼女のすすり泣く声が響いた。

末次の許可を得て、塔子たちは赤城の自宅を調べさせてもらうことにした。

一連の事件では、すでに三人の被害者が出ている。これで事件が終わるとは限らず、早急に手がかりを見つける必要があった。

「鍵はここにあります。念のため、持ってきていましたので」末次は赤城宅の鍵を差し出した。「捜索は早いほうがいいんですよね？」

「ええ、可能でしたら、今すぐにでも……」

末次は金内に向かって言った。

「ひとつお願いしてもいいでしょうか。義父の家の捜索に、立ち会ってほしいんです」

「俺でいいのかい？」

「親戚同然につきあってきた金内さんなら、安心して頼めますから」

「わかった。ここには、うちのかみさんを残していくよ」

話はまとまったようだ。

「じゃあ、家の鍵は金内さんに預けるということで……」塔子は立ち上がった。「早速ですが、出かける準備をしていただけますか」

金内を連れて、塔子と鷹野は待合室を出た。

6

静まりかえった深夜の町を、タクシーが走り抜けていく。

塔子たちが上野外科クリニックに到着したのは、午前二時を少し回ったころだった。

診療所の左隣に、赤城の自宅があった。狭い庭の付いた、こぢんまりした二階家だ。佳奈子が子供だったころに遊んだのか、植木の脇にふたり乗りのブランコが見えた。車庫には軽自動車が停まっている。

立会人の金内が玄関を開錠した。塔子と鷹野は、持参した白手袋を嵌めた。

「失礼します」と一声かけて、鷹野が先に入っていく。

壁を探って明かりを点ける。それから彼は、靴を脱いで廊下に上がった。塔子と金内も、あとに続いた。

一階には洋室が三つと台所、風呂、トイレがあった。勝手口はない。二階に上がると、こちらも洋室が三つだった。塔子と鷹野は、赤城の居室から調べ始めた。

そのうち表に車の停まる音がして、玄関のチャイムが鳴った。

「遅くなってすまなかったね」

徳重が所轄の刑事たちを連れて、応援に来てくれたのだ。塔子たちは総勢六名で、屋内を調べていった。

もし赤城が誰かに狙われていたのなら、彼の所持品に手がかりが残されている可能性があった。たとえば日記に書かれている友人や知人。たとえばメモ帳に書かれている出入りの業者。そういった人物たちの中に、事情を知る者が交じっているかもしれない。

診療所には大量のカルテもあるはずだから、いずれそれらもチェックしなければならないだろう。しかし今の段階で調べるのは、赤城が残した個人的なメモ類だ。

塔子と鷹野は、赤城の部屋を調べ続けた。

手伝うわけにもいかず、金内は所在なさそうな顔をしている。作業を続けながら、塔子は金内に話しかけてみた。部屋の捜索を行いつつ、事情聴取ができれば一石二鳥だ。

「金内さんは、この家に上がったことはあるんですか?」

「ええ、何度も。町内会の打ち合わせのあと、何人かでお邪魔することが多かったですね。結婚前、佳奈子ちゃんがまだ同居していたころは、つまみを用意してくれまして……。先生にとって、佳奈子ちゃんは自慢の娘でした」

思い出したのか、金内はしんみりした表情になった。

「佳奈子さんが末次先生と結婚したのは、今から四年前ですよね」

「彼女が結婚したあと、赤城先生はちょっと落ち込んでいましたよ。でもまあ、家は近くですから、ときどき佳奈子ちゃんを呼んで一緒にお昼を食べていました。……佳奈子ちゃんが病気で倒れたときには、かなり自分を責めたようです。医者なのに、なぜ早く気づいてやれなかったんだろう、とね。いずれ心臓を娘に譲れるようにと、先生はドナーカードを作りました。一度なくしてしまったとかで、慌てて作り直した、なんて話していましたけど」

「もともとこの場所で診療所を開いたのは、赤城先生の義理のお父さんだったとか……」

「先代の院長は中原《なかはら》さんという人でした」金内は記憶をたどっているようだ。「赤城先生はたしか十六歳のとき、地方から東京に出てきたんですよ。ええと、今から四十一年前になりますかね。私も地方出身の人間ですから親しみを感じまして、酒を飲みながら、赤城先生からいろんな話を聞きました。……二十歳のとき、先生は中原裕子さんと親しくなって、この病院へ結婚の挨拶にやってきたそうです。じつはそのときにはもう、お腹には佳奈子さんがいたんですって」

「え？　そうだったんですか」

塔子は手を止めて、金内のほうを見た。書棚を調べていた鷹野も、意外そうな顔をしている。

「ご両親にはずいぶん怒られた、と赤城先生は笑っていましたよ。しかし、出来てしまったものは仕方がない、ということになったんですね。それで話は終わりかと思ったら、中原先生が信じられないようなことを言い出したそうです。『娘と結婚する代わりに、医者になってこの診療所を継ぐように』って」

驚いて、塔子はまばたきをした。

「赤城先生はもともと医師志望ではなかったわけですか。それまで、何をやっていた人だったんです？」

「詳しいことは知りませんが、少なくとも医者を目指していたわけではないでしょう。だから中原先生の話を聞いて、『医学部の学費なんて出せません』と答えたそうです。すると中原先生いわく、『学費と生活費は出してあげるから、死にものぐるいで勉強しろ』と。びっくりしたけれども、もともと勉強は嫌いではなかったから、やってみることにしたんだ、と赤城先生は話していました」

そういえば塔子も、「義父が学費を出してくれましたから」という話を、赤城から聞いている。

もしかしたら、と塔子は思った。かつて義父に助けられた経緯があったから、赤城は末次をクリニックに雇い入れたのではないだろうか。末次は真面目で実直だが、少し気の弱そうなところがある。以前は台東区の救急指定病院に勤めていたというが、そうした職場ではうまく立ち回ることができなかったのかもしれない。赤城はそれを気の毒に思って、自分のクリニックに招いたのではなかったか。

だが今日、その赤城は事件の被害者となってしまったのだ。

なぜだろう、と塔子は首をかしげる。犯人はどのような理由で、赤城をターゲットにしたのか。彼は地域のために貢献《こうけん》していた。ほかの病院が断るようなホームレスについても、診察を受け付けていた。誰にでもできることではない。

塔子の中で、犯人への怒りが大きく膨《ふく》らんでいた。なんとしても逮捕して、厳しく取調べなければならない。赤城を襲った動機を、白状させなければならない。

――これは、私がやらなければいけないことなんだ。

捜索を続けながら、塔子はそう考えた。

書き散らしたメモなどは出てきたが、日記や手帳は見当たらなかった。ノートパソコンを起動させてみたが、そこにも手がかりになりそうなものはない。

鷹野は手紙の束を見つけたようだ。二階を調べていた徳重は、古いアルバムを発見したという。これらは特捜本部に持ち帰り、予備班に調べてもらうことになった。

「念のため、クリニックのほうも調べていいですか?」塔子は鷹野に尋ねた。「ドアの鍵は、この中のどれかだと思います」

いくつかの鍵が付いたキーホルダーを、塔子は手に取った。これは台所のテーブルに置かれていたものだ。

鷹野は腕時計を見た。

「もう午前四時になるぞ。クリニックのほうは明日の朝、人数を集めてから調べる、と早瀬さんが言っていたが」

「ざっと見ておきたいんです。どうしても気になるものですから」

何か思案する様子だったが、じきに鷹野はうなずいた。

「如月の勘は馬鹿にできないからな」振り返って、彼は金内を呼んだ。「もう少しだけつきあっていただけますか。クリニックを調べます」

三人は診療所に向かった。思ったとおり、持ってきた鍵のひとつで玄関の錠が開いた。

明かりを点けて待合室に入る。カラーボックスに、佳奈子の手がけた本が並んでいた。新しい本が刊行されるたび、赤城はみずから買い求めていたのだろう。

第一診察室に行って、机の上をチェックした。ブックエンドに挟まれて、何冊かの医学書が並んでいる。ほかには医療器具、診察に関係のあるメモ類、小銭が少々。

机の引き出しを開けてみて、塔子ははっとした。医学辞典ほどの大きさの箱が入っていたのだ。かなり頑丈な作りで、ダイヤル式の錠が付いている。四桁の数字を組み合わせて開ける仕組みらしい。

塔子はダイヤルをいじり始めた。「1111」「1234」「4321」「9999」などを試してみたが、蓋は開かない。

「主任、四桁の数字です。何だと思いますか」

「自分で数字を決められるタイプだな。だとしたら、記憶に残るものにするだろう」

このクリニックのある番地、電話番号の下四桁などを試してみたが、開かない。

「赤城先生の誕生日じゃないか？」

特捜本部に電話をかけ、捜査資料を調べてもらった。やがて生年月日がわかったので、ダイヤルをその数字に合わせてみた。これも外れだ。

「生年月日でなければ、あとは何だ？」

「いえ、待ってください。娘さんの誕生日かも……」と塔子。

金内がそれを知っていた。佳奈子が小さかったころ、誕生日にプレゼントをねだられたことがあったという。その日付を試してみると――。

「開きました！」

箱に入っていたのは、宛名の書かれていない封筒だった。切手も貼られていないし、差出人の名前もない。中から便箋《びんせん》が出てきた。手袋を嵌めた手で、塔子はそれを広げる。

ボールペンで、こんな文章が書かれていた。

《七年前、あなたは患者を死なせた。あなたには医者を続ける資格などない。私はあなたを絶対に許さない》

塔子は眉をひそめながら、鷹野の顔を見た。

「赤城先生が医療過誤でも起こしたんでしょうか」

「可能性はあるな。これが、一連の事件の鍵かもしれない」

七年前に何が起こったのだろう。病人か怪我人が上野外科クリニックに運び込まれ、赤城がそれを誤診してしまったのか。その結果、患者が死亡し、遺族が告発文を書いたということか。

塔子はうしろを振り返り、金内に尋ねた。

「今から七年前、この診療所で医療ミスがありませんでしたか？」

「いや、聞いた覚えはないですが」

──赤城先生の過去に、いったい何が……。

犯人が赤城を襲ったのは、医療過誤のせいだったのだろうか。そうだとしたら東上野事件、谷中事件とはどんな関係があるというのか。

考えを巡らしながら、塔子はその手紙をじっと見つめていた。

第四章　オフィス

1

冷え込みの厳しい朝だった。

今日は十二月十五日、特捜本部が設置されてから四日目になる。

午前七時、塔子はひとりで上野警察署を出た。朝の会議が始まるのは八時半だ。それまでに朝食をとろう、と門脇が発案し、塔子が買い出し要員に選ばれたのだった。

昭和通り沿いにはコンビニエンスストアが何軒かある。買ってくるものはサンドイッチやおにぎり、飲み物など、いつもの内容だ。どの店に行っても品揃えは変わらないだろうから、最寄《もよ》りの店に行くつもりだった。

白い息を吐きながら、塔子は歩道を進んでいった。冷気のせいで耳が痛くなったが、そのおかげで徹夜明けの頭がはっきりした。

今朝は午前四時半ごろまで、赤城庄一の自宅と診療所を捜索していた。作業終了後、借用品を上野署に運び込み、予備班とともに内容のチェックを始めた。ノート、手紙、メモ用紙、アルバムといった品を調べて、交友関係のリストを作成する。最近誰かと会っていなかったか、誰かの訪問を受けていなかったかを確認する。赤城に接触した人物は、全員が捜査の対象となるのだ。

鍵付きの箱に入っていた手紙については、すでに早瀬係長に報告してあった。おそらく赤城は、他人の目に触れることを恐れてあの手紙を隠していたのだろう。

鑑識が手紙を調べたところ、何人分かの指紋が検出されたが、データベースでヒットしたのは赤城ひとりだという。ほかの人物はいずれも前歴者ではなく、身元もわからないということだ。

「七年前、上野外科クリニックで医療ミスがなかったかどうか調べよう」明け方、早瀬はそう言った。「念のため、都内のほかの病院についても、医療過誤の有無を確認させる」

診療所のカルテ類は、午前九時ごろから、選抜されたメンバーが調べることになっていた。おそらく上野署には運ばず、診療所の中で作業をすることになるだろう。

赤城が撃たれた現場付近では、このあと聞き込みが再開される手はずになっていた。拳銃の出どころも、早く特定しなければならない。赤城の頭から取り出された弾丸には線条痕があるはずで、これが手がかりになる可能性が高かった。

　通りを歩くうち、塔子は、末次と佳奈子のことを思い出した。

　――手術、うまくいくといいけれど……。

　付き添っている巡査からの報告では、先ほど第二回の判定が行われたそうだ。その結果、赤城庄一は脳死状態であることが確認された。二度の判定を経たので、いよいよ臓器移植の準備に入ったらしい。

　東都大病院で摘出される臓器の一部は、特殊なボックスに収められ、各地の病院に運ばれる。心臓だけは東都大に残し、親族である末次佳奈子に移植される予定だ。

　彼女の姿を思い出すと、胸が痛んだ。佳奈子は悲しみを抱いたまま、麻酔で眠りに就くのだろうか。やがて目を覚ましたとき、彼女が最初に感じるのはどんな気持ちだろう。

　前方に、コンビニエンスストアが見えてきた。

　五分ほどで買い物を済ませたあと、来たときとは別のルートで上野署に戻ることにした。警察官の習性で、できるだけ多くの場所を見ていこうという意識が働くのだ。捜一の人間が上野署の管内をパトロールする必要はないのだが、こうして歩けば気分転換にもなる。基本的に塔子は、町を見て歩くのが好きだ。

　道を進むうち、何か言い争う声が聞こえてきた。トラブルの気配を感じて、塔子は足を速めた。大ごとであれば所轄の警官を呼ぶし、そうでなければ注意して場をおさめるべきだろう。いずれにせよ、何か起こっているのを見過ごすわけにはいかない。

住居を建築する予定なのか、民家の中にぽっかりと空き地が広がっていた。口ひげを生やした四十代ぐらいの男性が、一斗缶《いっとかん》のそばに立っている。二メートルほど離れた位置には、五十代と見える男性がふたりいた。

「いいから早く出ていってよ」五十代のふたりのうち、パーマをかけた男性が言った。「何かあったとき、困るのは我々住民なんだからさ」

「どうかしましたか」

空き地に入っていきながら、塔子は声をかけた。パーマの男がこちらを向いた。

「どちらさん？」

「警察の者です」

塔子が手帳を呈示すると、三人とも驚いた様子だった。

五十代のうち、眼鏡をかけた男性が塔子に訴えかけてきた。

「この人が焚き火をしてるんですよ。危ないからやめてくれって頼んでいるんだけど、聞かないものだから……」

彼の言うとおり、一斗缶の中で何かが燃えているのが見えた。空き地に落ちていた板きれや角材だろう。

塔子は口ひげを生やした男性に目をやった。髪が長く、身に着けたコートはあちこち汚れている。近くに紙バッグがあることからも、ホームレスだとわかった。

「火を点けたのはあなたですか？」できるだけ穏やかな調子で、塔子は尋ねた。

相手は警戒するような顔をしている。塔子を観察しながら、小さくうなずいた。

「寒かったから、ちょっと暖まろうと思って……」

「申し訳ありませんが、すぐに火を消してもらえませんか」

「どうして？」男性は眉間に皺を寄せた。「俺がホームレスだからか？　差別するなよ。ほかの連中が焚き火をしていても、注意なんかしないくせによ」

「相手が誰であっても同じです。東京都では原則、焚き火はできないことになっているんですよ。条例でそう決まっていますから」

「ほらみろ、禁止じゃないか」眼鏡の男性が勝ち誇ったように言った。「逮捕されないうちに火を消せよ。片づけたら、とっとと出ていってくれ」

「うるせえな、この野郎！」

ホームレスが声を荒らげた。塔子は彼を宥めた。

「ここで揉めても、いいことはないですよ。もしトラブルになれば、応援を呼んで事情聴取をしなくちゃいけません。あなたも、厄介なことには巻き込まれたくないでしょう？」

「……くそ、わかったよ」

彼はペットボトルの水を、一斗缶の火にかけた。じゅっ、と音がして煙が立ち昇る。

「あとは私のほうで見ておきますから」パーマの男性たちに向かって、塔子は言った。ふたりは顔を見合わせている。

「あちっ！」

背後で声がした。見ると、ホームレスの男性が右手の親指を舐めていた。うっかりして、一斗缶に触ってしまったらしい。

「ああもう、火傷《やけど》しちまったじゃねえか……」

パーマの男性たちを立ち去らせたあと、塔子はホームレスのほうに向き直った。

「缶はどこから持ってきたんです？」

「最初からここにあったんだよ。たぶん業者か誰かが、煙草の吸い殻を捨ててたんだろう」彼は一斗缶を指差した。「ほら、消えたよ。これでいいんだろ？　俺はもう行くからな」

彼は紙バッグのほうに近づいていく。塔子は少し迷ったが、うしろから声をかけた。

「あの、ちょっと……」

「なんだよ。事情聴取とか言い出すんじゃないだろうな」

塔子はレジ袋から、おにぎりをふたつ取り出した。

「よかったら、これ、食べてください」

馬鹿にするな、と怒鳴られるのではないかと思った。ところが彼は、意外なほどあっさり受け取ってくれた。「悪いな」と言って、嬉しそうな顔をしている。

塔子は黙ったまま、相手の様子を見ていた。ホームレスは首をかしげた。

「どうかしたのか？」

「いえ。……こんなことをしたら失礼じゃないかと、少し迷っていたんです」

「失礼も何も、普通、食い物をもらって怒る奴はいないだろう」

考えすぎていたのかな、と塔子は思った。そのとき、昨夜聞いた末次佳奈子の言葉を思い出した。

「偽善でも何でも、とにかく行動を起こしている人を、どうして他人が批判できるんですか」──彼女はそう言っていた。

そのとおりかもしれない。自分がその気になったのなら、周りのことなど気にせず、思ったとおりに行動すればいいのではないか。たとえ相手に拒絶されても、あるいは周囲に批判されたとしても、少なくとも、自分の心に嘘はつかずに済むだろう。

「なんだか気持ちが楽になりました。ありがとうございます」塔子はぺこりと頭を下げた。

　ホームレスの男性は不思議そうな顔をしている。

「よくわからないけど、まあいいや。……ああ、それにしても、しくじったな。火傷したところがぴりぴりする」

　彼は右手の親指を動かして、顔をしかめた。指先が赤くなっているようだ。

「こりゃ、しばらく痛むだろうなあ。でもまあ、硫酸で火傷をするよりは、よっぽどましだな。ほら、このところ、上野界隈でいろいろ起こっているだろう？」

　その言葉を聞いて、塔子はまばたきをした。

「今、何て言いました？」

「このところ、上野界隈でいろいろ……」

「その前です。『硫酸で火傷をする』って言いましたよね」

「ああ、言ったけど……」

　被害者の負った外傷について、塔子たちは薬傷とかケミカルバーンなどと呼んできた。しかし、あの爛れ方は、じつは火傷を模《も》したものではなかったか。

　——そういうことだったんだ。

「ご協力に感謝します！」

　ホームレスに頭を下げると、塔子は署に向かって走りだした。

　まだ七時半だったが、特捜本部には十数名の捜査員がいた。予備班を中心に構成された、証拠品確認チームだ。朝方持ち込まれた赤城庄一の所持品を調べているのだった。

　門脇や鷹野たちは、空いている机で資料の取りまとめをしていた。塔子が講堂に入っていくと、門脇がぬっと立ち上がった。

「おまえ、遅いじゃないか。どこの店まで行っていた？」

「すみません」塔子は門脇にレジ袋を渡すと、共用のパソコンに向かった。「先に食べていてください。ちょっと調べたいことがあるんです」

　徳重と鷹野が顔を見合わせている。不思議に思ったらしく、先輩たちはそのまま塔子の行動に注目していた。

　キーワードを打ち込んで、塔子はネット検索を行った。ヒットしたページを読み、そこに出てきた言葉を選んで、また検索をかける。

　五分後、プリンターのそばに行って、今印刷されたばかりの文書を手に取った。

「わかったんですよ、薬傷と数字の関係が」塔子は先輩たちを見回した。

「どういうことだ」門脇は疑うような目をしている。

「キーワードは『9の法則』です」

「9の……法則？」

ええ、と塔子はうなずいた。

「火災などでどれぐらいの熱傷、つまり火傷を負ったのか、素早く計算するための法則です。体全体を100として、頭、左腕、右腕はそれぞれ9パーセントと計算します。左脚、右脚はそれぞれ18パーセント、体幹前面、後面も各18パーセント、陰部が1パーセントです。

熱傷の重傷度は軽いほうからI度、II度、III度と分類されます。目安として、II度以上の火傷を体の30パーセント以上に負うと命が危ない、といわれているそうです。この法則を踏まえた上で、今回の被害者の状況を見ると、こうなります」

印刷された紙には、次のように記されていた。


事件一……9％（頭）＋18％（両腕）＝27％

事件二……9％（頭）＋18％（両腕）＋18％（右脚）＝45％

事件三……9％（頭）＋18％（両腕）＋18％（右脚）＋18％（左脚）＝63％

これらを指差しながら、塔子は説明した。

「犯人は火傷をさせる代わりに、硫酸で皮膚を焼いたんです。そして9の法則に従って、被害者の受傷面積を計算し、腹部に書いた。本当は火傷を負わせたかったんでしょうけど、火を使うと目立ちます。延焼のおそれもある。だから薬品を使ったんだと思います」

「何のためにそんなことをしたんだ？」門脇が首をかしげた。

「たぶん、過去に大きな火災があったんでしょう。そのとき犯人自身か、家族、友人などがひどい火傷を負った。その恨みを晴らすために、こんな手の込んだことをしたんじゃないでしょうか」

「だとすると、大月雄次郎や赤城庄一はその火事に深く関わっているわけか」鷹野が言った。「たとえば、彼らのせいで火事が起こってしまったということだろうか」

もしかしたら、と塔子は思った。

「赤城先生の机から、過去の出来事を告発する手紙が見つかっていますよね。『七年前、あなたは患者を死なせた』と書いてありました。その火事でひどい火傷を負った人が、赤城先生のところに担ぎ込まれたんじゃないでしょうか」

「そして、その患者は死亡してしまった、というわけだね」と徳重。

「たぶんこれは、猟奇殺人なんかじゃありません」塔子は計算式を指差した。「9の法則を意識した、怨恨による殺人事件だと思います」

「よし。早瀬さんに報告しよう」

強くうなずきながら、門脇は言った。


午前八時半、塔子と鷹野は上野消防署を訪れていた。

早瀬の許可を得て、朝の捜査会議は欠席した。一刻も早く情報を集めることが必要だ、と判断した結果だった。

予防課の小柴主任が出迎えてくれた。昨夜はアルコールのせいで軽口を叩いていた彼だが、今は険しい表情を浮かべている。

「驚きました。赤城先生が銃で撃たれるなんて……」

新聞報道はまだだが、テレビではすでにニュースが流されていた。もしそれがなかったとしても、小柴は消防署員だから、管内の搬送情報は入手できただろう。

「赤城先生とは面識があったんですか？」

「ええ。私は、管内の医療施設には一通り顔を出していたんです。それに、個人的にも上野外科クリニックで診察を受けたことがありましたから。……しかし、どうして赤城先生がこんなことに巻き込まれたんでしょう。信じられません」

小柴は深いため息をついた。

塔子は、メモ帳を取り出しながら言った。

「先ほど電話でもお話ししましたが、七年前、このエリアで火災があったんじゃないかと思うんです」

「調べてみました。たしかに大きな火災が起こっていますね。七年前の十二月、場所は根津《ねづ》です」

小柴は資料を開いた。上野界隈の地図があり、出火場所にマークが付いている。位置としては上野駅の北西、東都大学の北に当たる。

「改装工事のため、全員退去していたはずの雑居ビルから出火したんです。母親と娘が火傷を負って治療を受けましたが、亡くなりました。誰もいないと思われていたので、倒れているふたりを見つけるのが遅れてしまったんです」

「亡くなったのはどなたですか」

「母親のほうは井之上夏子《いのうえなつこ》さん、五十二歳。長女の真由美《まゆみ》さんは十九歳でした。関係者の証言をまとめると、こうです。……もともとふたりは、そのビルの住人でした。工事が始まるので部屋から退去する予定だったんですが、転居先のアパートを契約するときミスがあって、数日間だけ寝泊まりする場所がなくなってしまった。それで、以前借りていた部屋にこっそり忍び込んでいたらしいんです。そこへ運悪く火災が起こってしまったわけです」

ふたりはその部屋に不法侵入していた、ということだ。まさかそこで火災が起こるなどとは、予想もしていなかったのだろう。気がついたときにはすでに遅く、煙に巻かれてしまったのだと思われる。

「出火の原因は何です？」

「井之上さん親子の失火なのか、あるいは何者かによる放火なのか……。どちらも考えられましたが、結局はっきりしませんでした。いずれにしても工事関係者やビルのオーナーには責任がないので、損害保険金が支払われ、ビルは改装されてすっかりきれいになりました」

「ほかに、気になることはありませんか」

小柴は何か考える様子だったが、やがて小声で言った。

「消火活動中に柿崎《かきざき》という消防官が亡くなっているんです。……じつをいうと、私もそのとき消火に当たっていました」

柿崎は、殉職《じゅんしょく》したということになる。同僚の死を思い出したのだろう、小柴はつらそうだった。普通の会話なら、もうそのことには触れないのが礼儀というものだ。だが、塔子たちは世間話をしているわけではない。これは殺人事件の捜査なのだ。

「詳しく聞かせていただけますか？」塔子はそう促した。

「……現場での柿崎の行動が、ここに書いてあります」小柴は言った。「火災のあと、上司の命令で、私が取りまとめた記録です」

塔子はその資料を受け取った。隣から鷹野が覗き込んだ。

柿崎の行動は消防官として立派なものだった。それを確認するために、この資料は大きく役立ったことだろう。しかし塔子が注目したのは、そこばかりではなかった。読み進めるうち、関係者リストの中に、自分の知っている名前が出てきたのだ。

「主任、雑居ビルのオーナーは、種山不動産ですよ」

ダブルの背広を着た、押し出しの強い種山の姿が頭に浮かんでくる。

「何か知っている可能性があるな。話を聞きにいこう」

鷹野の指示で、塔子は種山不動産に架電した。十五秒ほど呼び出し音を鳴らしてみたが、相手は出てくれない。腕時計に目をやると、午前八時五十五分だった。

「まだ営業時間前なので、電話に出ないようです」

「直接、訪ねてみよう」

小柴に礼を述べると、塔子と鷹野は立ち上がった。

2

十分ほど歩いて、御徒町駅の近くにある種山ビルに移動した。

表のシャッターはまだ閉まっている。看板を見ると、営業時間は午前九時三十分からとなっていた。遅くとも、あと三十分ほどで事務所は開くはずだ。

近くにコーヒーショップがあったので、そこで時間をつぶすことにした。ふたりで窓際の席に腰掛け、ホットコーヒーを飲む。

鷹野はデジタルカメラをいじっていたが、そのうち顔を上げた。

「そろそろだろうか」

「まだでしょう。今、九時十五分ですから」

「いや、佳奈子さんの手術のことだよ」

「ああ……。午前中には始まるようですね」塔子はコーヒーカップを手に取った。「うまくいくといいんですけど」

「手術は成功すると思うが、問題はそのあとだろうな」

鷹野も、佳奈子の心理状態を気にしているのだ。彼女はこの先、父親の死をどう受け止めるのか。また、赤城を手にかけた犯人への憎しみを、どのように乗り越えていくのか。

「……ときどき私、どうしたらいいか、わからなくなるんです」つぶやくように、塔子は言った。「捜査を進めるそばから、新しい事件が起こってしまいますよね。結局、私たちは犯人に振り回されるばかりです」

「事件が起こってしまうのは仕方のないことだ」鷹野は言った。「我々の仕事は、医者と似ているんじゃないかと思う。医者というのは普通、具合の悪くなった患者を診察するだろう？　中には、なぜこんなに悪くなるまで放っておいたんだ、というケースもあるはずだ。しかし時間を巻き戻すことはできない。見つけた時点からスタートして、最善の手を尽くすしかない」

「でもお医者さんなら、健康診断で病気を見つけることもできますよね」

「それにしたって、患者が自主的に行動するから可能になるんだよ。我々の仕事も同じだ。犯罪の兆候を事前につかむのは難しい」

鷹野の言うとおりだった。だがそれでも、なんとかできないものかと思ってしまう。刑事の仕事を続けていく限り、その悩みはずっとついて回るに違いない。

塔子がそんなことを考えていると、突然、鷹野が立ち上がった。

「保坂さんだ」窓の外を見ながら、彼は言った。

コーヒーのトレイを片づけ、塔子たちは急いで店を出た。

「おはようございます、保坂さん」

鷹野がうしろから声をかけると、保坂明菜は驚いた様子で振り返った。

「あれぇ、刑事さんじゃないですか。今日は何ですかぁ」

「いつも、あなたが事務所を開けるんですか？」

「いえ、社長が開けますよぉ。事務所の奥は、社長の自宅なので」彼女は種山ビルを見て、首をかしげた。「……今日は、変ですねぇ。社長、どこかに出かけたのかなぁ」

明菜はスペアの鍵を渡されているという。建物の裏に回り、住居側の玄関から中に入ることになった。ところが、ノブに手を触れた明菜は、不思議そうな顔をした。

「なんで鍵が開いてるんだろう……」

塔子たちは異状を察知した。明菜をうしろに下がらせ、白手袋を嵌めた。

「中を見てきます。ここで待っていてください」鷹野が言った。

先に立って、彼は室内に入っていく。足音を忍ばせ、塔子はあとに続いた。

屋内には明かりが点いていた。廊下を進みながら、ふたりは各部屋を確認した。台所、風呂、トイレ、寝室、居間。ここまでは問題ない。廊下の奥に小さなキッチンがあり、横の通路にカーテンが掛かっていた。あの先が事務所だろう。

鷹野はするりと、カーテンの隙間を通り抜けた。追っていった塔子は、彼の背中にぶつかりそうになった。鷹野は事務所の入り口で立ち止まっていた。

どうしたのだろう、と思いながら塔子は室内に目を走らせる。そこで息を呑んだ。

カウンターのそばに、誰かが倒れていたのだ。

就寝するときのように、体には灰色の毛布が掛かっている。頭の部分だけ外に出ていたが、そこは赤黒く変色していた。薬傷だ。皮膚が爛れ、引きつれたようになっていて、人相がわからない。

鷹野が毛布を取りのけると、全身があらわになった。

その人物は全裸だった。両腕、両脚、体の前面が黒く変色している。陰部さえも例外ではない。

手袋を嵌めた手で、鷹野はその体に触れた。脈をとろうとしたが、じきにあきらめたようだ。横たわった体を動かし、背中を覗き見る。

「体のうしろも、薬傷でひどい状態だ」

「主任、見てください」

塔子は灰色の毛布を手に取った。隅の部分に、黒いペンで《100》と書いてある。

――凶数が、とうとう100になってしまった。

容赦のない損壊の手口を見せつけられ、塔子は慄然とする。息苦しいような気分になっていた。

鷹野はなおも遺体を調べていたが、そのうち後頭部に目を近づけた。でたらめに塗った油絵の具のように、赤黒い固まりがあちこちに見える。

「頭蓋骨《ずがいこつ》を骨折しているようだ。……しかし今回は、拳銃が使われたわけではないな。何かで殴られたのか？」

首に索条痕が認められた。絞殺ということだろうか。

「指先は無事です」塔子は被害者の両手を確認した。「指紋は採れると思います」

そのとき、がた、という音がした。驚いて振り返ると、カーテンのそばに保坂明菜が立っていた。遺体を直視してしまったのだろう、大きく目を見開き、唇を震わせている。

「誰なんです、それ」かすれた声で、明菜は言った。

鷹野が目配せをした。塔子は立ち上がり、明菜のそばに駆け寄った。彼女の背中に手を回し、住居スペースへと連れ出す。

「ねえ、あの人なんでしょう?」明菜は興奮した口調になっていた。「いったい何があったの?」

甘ったるい喋り方はすっかり消えていた。彼女はうわごとのように言葉を発し続けた。

「どうして? なぜあの人が殺されなくちゃいけないの? 答えてよ」

「保坂さん、落ち着いてください。このあと指紋の照合をしますので……」

「殺したのは誰? 今、新聞で騒がれている奴なの?」

「まだわかりません。……ねえ保坂さん、外の空気を吸いにいきませんか」

明菜の背中を押すようにして、住居部の玄関まで進ませた。靴を履かせて外に出る。

ひんやりした空気が頬に触れた。冬の陽光の中、吐く息が白くなった。

保坂明菜は泣いていた。自分より年上の女性が、子供のような振る舞いをしている。その様子を、塔子はただ見守るしかない。

「昨日は水曜だったでしょう?」しゃくり上げながら、明菜は言った。「うちの会社は休みだったんです」

「種山さんが昨日何をしていたか、わかりますか?」

「あの人、たぶん自分の部屋で映画を見ていたと思います。私が貸したDVDを、まとめて見るって言ってましたから。そのとき誰かが忍び込んで、あの人を襲ったんですよね? ああ、どうしよう! 私が映画を貸したりしなければ、こんなことにはならなかったのに……」

塔子の中にも、後悔の気持ちが生じていた。もっと早く話を聞きに来ていれば、種山を救えたかもしれない。第四の事件は防げたかもしれないのだ。

一昨日の夜、不動産会社の営業が終わってから今日の朝まで、四十時間近く経過しているだろうか。その間のどこかのタイミングで、種山常雄は殺害されたのだ。

検視が必要だった。塔子は明菜から離れた場所で、早瀬係長に架電した。

「如月です。今、御徒町の不動産会社にいるんですが……」

「薬傷のある遺体を発見しました」声が少し震えた。「残されていた数字は、100です」

「ああ、種山不動産だったな。どうかしたのか?」

所轄署員、機動捜査隊員、鑑識課員らが到着した。

建物の出入り口には立ち入り禁止のテープが張られ、制服警官が周囲に目を光らせている。鷹野は建物のそばで、捜査員たちに状況を説明しているところだ。

塔子は保坂明菜に付き添っていた。ほかに女性警察官の姿は見えなかったし、ここには明菜の知り合いもいない。自分が彼女についていなければ、と思った。

塔子は自販機で温かい缶コーヒーを買い、明菜に飲ませた。興奮気味だった彼女も、少し落ち着いてきたようだ。刺激しないよう注意しながら、塔子は話しかけた。

「最近、種山さんの周辺で、何かトラブルはありませんでしたか」

「……仕事柄、ちょっとした揉め事は多かったみたいです。普段は優しい人なのに、電話で怒鳴っているのを見たこともあったし」

「揉めていた相手というのは?」

「わかりません。あの人、込み入ったことは教えてくれなかったんです」

話を聞いていて、気になることがあった。言葉を選びながら、塔子は尋ねた。

「保坂さんは、種山さんとは親しいご関係だったんですね？」

明菜はこくりとうなずいた。それ以上説明しないところをみると、かなり深い関係にあったとみるべきだろう。

「種山さんは結婚なさっていたんでしょうか」

「ええ。でも何年か前から、奥さんとは別居していたんです」

「あなたは、その奥さんと会ったことがありますか」

「いえ、一度も……。あの人に言わせると、自分勝手ですごくわがままな人だそうです。だから私のようなタイプが好きなんだって、あの人は話していました」

種山のことを思い出したのだろう、明菜はまた涙を流した。

もう何点か質問を重ねてみたが、これ以上の情報を得るのは難しいようだ。

覆面パトカーが一台到着するのが見えた。後部座席から降りてきた男性ふたりを見て、塔子は驚いた。早瀬係長と手代木管理官が、揃って現れたのだ。

彼らは所轄の刑事課長から話を聞いていたが、じきに辺りへ目を走らせた。塔子に気がついたらしく、手代木が手招きをした。

「お疲れさまです」頭を下げながら、塔子はふたりに近づいていった。

「如月。おまえはいったい何をしていた」いきなり手代木に咎《とが》められた。「まったく、鷹野も鷹野だ。ここには一度、聞き込みに来ていたはずだろう？　不用意に接触したせいで、種山は口を封じられたんじゃないのか」

はっとして、塔子は相手の顔を見つめた。そんなことは、今まで考えてもみなかった。

「種山の周辺に、不審な人物はいなかったのか」

「いえ、捜査の過程では特に……」

「赤城庄一のときもそうだ。事前に会っていたのに、なぜ彼らが狙われていることに気づかなかった？　何か兆候はなかったのか」

種山や赤城と会ったときのことを、塔子は思い出してみた。気になることなど、なかったと思う。だが今、手代木に問い詰められて疑念が膨らんだ。

――もしかしたら、私は大事なことを見落としていたのでは？

犯罪者を捕らえることこそが塔子の役目だ。もし、自分の不手際であらたな被害者を出してしまったとしたら、捜査員としては失格ということになる。

悔しかった。

「おまえでは話にならない。鷹野はどこに行った？」そう言って、手代木は辺りを見回した。「……そこにいたか。おい鷹野、いったいどうなっているんだ」

手代木は建物のほうへ歩きだした。

嫌な予感がした。もしかしたら手代木は、塔子を捜査の一線から外すつもりではないだろうか。

「管理官」塔子は相手を呼び止めた。「私は、この事件の犯人を必ず捕らえてみせます。このまま捜査を続けさせてください」

足を止め、手代木はこちらを振り返った。

「当然だ。おまえを遊ばせておくわけにはいかない」

「……ありがとうございます」ほっとして、塔子は頭を下げた。

「さっきの言葉を忘れるなよ。自分で言ったことには責任を持て。必ず成果を挙げろ」

「わかりました」塔子は深くうなずいた。

鑑識課の採証活動が終わると、塔子たちは現場の捜索を行った。交友関係の一覧、賃貸物件の顧客台帳、建設会社や内装業者のリストを机の上に積み上げていく。この中に、何か事情を知っている者がいるのではないか。いや、もしかしたら殺人犯自身が紛れているかもしれない。慎重《しんちょう》に調べる必要があった。

「早瀬係長、手帳が出てきました」徳重が報告した。「種山は魚住研造《うおずみけんぞう》という男性と親しかったようですね。その名前が、手帳に何度も出てきます」

「それはまあ、親しい知り合いのひとりやふたりはいるでしょうが……」早瀬は首をかしげた。「なぜトクさんは、その人物に注目したんですか」

「研造・魚住で、頭文字がKUだからですよ」

横で聞いていて、塔子ははっとした。一昨日、大月宅で一枚のメモ用紙が発見されている。そこには《調査KU同行、CD》と書いてあった。

早瀬もそれに気がついたようだ。

「この部屋にCDはなかったか？」彼は捜査員たちに尋ねた。

「はい。ここにありますが」若手の刑事がこちらを向いた。

彼が持ってきたのはデータ保存用のCD－ROM、十数枚だった。ラベルには《物件集KU》とあり、日付が記入されている。

「よし、中のデータを調べよう」

鑑識課員のノートパソコンを使って、最新の日付が記されたCD－ROMをチェックした。保存されていたのは画像データで、さまざまな建物をデジタルカメラで撮ったものだった。

種山は不動産会社を経営していたから、この魚住という人物は仕事の関係者だったのかもしれない。また、《調査KU同行、CD》というメモを残していた大月も、それに関わっていた可能性がある。

何枚か、生活感のある室内が写されていた。ほかの写真より日付が古いから、たぶん自宅で試し撮りをしたのだろう。中に一枚、窓から外を写したものがあった。端のほうに、特徴のある茶色のマンションが写り込んでいる。

「このマンション、どこにあるかわからないか」早瀬が鑑識課員に尋ねた。

「いえ、外観だけではちょっと……」

「位置情報はどうです?」鷹野が口を開いた。「GPS搭載のデジタルカメラなら、自動的に撮影地点の情報が記録されます」

しばらくパソコンを操作していたが、やがて鑑識課員はこちらを見た。

「情報が見つかりました。撮影地点は墨田区石原《いしわら》三丁目です」

鷹野はメモ帳を取り出し、カメラの機種情報などを書き写す。

塔子のほうを向いて、早瀬が指示した。

「鷹野とふたりで、その場所に行ってみてくれ。そこが魚住研造の自宅かもしれない。こちらは大至急、CD-ROMの指紋を調べる」

「了解です。鷹野主任、行きましょう」

墨田区なら、電車よりタクシーで行ったほうが早いだろう。わずかな時間も無駄にはできない、と塔子は思った。

途中、事故渋滞があったのだが、初老の運転手は道路事情に詳しい人物だった。裏道から裏道へと抜けていき、タクシーはじきに墨田区石原三丁目に到着した。

マンションの一階で、塔子と鷹野は集合式の郵便受けを確認した。思ったとおり、魚住研造の名前が見つかった。四〇五号室だ。

エレベーターで四階に上がった。該当の部屋にたどり着く前に、塔子は異状を察知していた。ドアの郵便受けに、新聞が何部か挟まっていたのだ。考えられることはふたつだった。住人がしばらく留守にしているか、そうでなければ中で倒れているかだ。

チャイムを鳴らしたが、応答はない。ドアは施錠されている。塔子たちは一階に下りて、管理人室を訪ねた。

警察手帳を呈示すると、六十代と見える管理人は何度かまばたきをした。喉が悪いのか、しわがれた声で尋ねてきた。

「何かあったんですか？」

「四〇五号室に魚住研造さんという方がいますよね。新聞が溜まっているんですが、ずっと出かけているんでしょうか」

「さあ、私のほうではわかりませんが」かすれた声で、管理人は答える。

「魚住さんの勤務先をご存じじゃありませんか？」

「それは個人情報ですから……」

「もしかしたら、魚住さんは大きな事件に巻き込まれたのかもしれません。ご協力願

いると言った。声を低くして言った。

話を聞いて、管理人は心配になってきたらしい。声を低くして言った。

「魚住さんは自営業ですよ。自宅を事務所にして、個人で輸入商をやっている、と話していました」

「お詳しいんですね。親しくしていたんですか？」

「社交的な人でしたので……。『食品から家電、アート作品まで何でも扱っているから、ほしいものがあれば相談してほしい』と言われました。一度、外国製の高い健康食品を勧められて、断ったことがあります。なんといいますか、すごく口の達者な人ですよ」

「魚住さんのご家族は？」

「奥さんとは十年ほど前に離婚して、今はひとり暮らしだそうです」

鷹野は塔子をちらりと見て、眉をひそめた。

「これはまずいぞ」

ええ、と塔子は言った。管理人に向かって、こう依頼した。

「マスターキーでドアを開けてもらえませんか。中を確認する必要があります」

「いや、でも勝手にドアを開けるなんて……」

「緊急事態です。放っておいたら、取り返しのつかないことになりますよ」

「……わかりました」管理人はうなずいた。「鍵を持ってきます」

三人でエレベーターに乗り、四階に移動する。管理人はマスターキーで四〇五号室のドアを開錠した。

管理人を外で待たせ、塔子たちは手袋を嵌めて玄関に入った。

「魚住さん、こんにちは」鷹野が声をかけた。「警察です。いらっしゃいませんか？」

返事はない。

「失礼します」と言って、鷹野と塔子は靴を脱いだ。

各部屋を覗いていったが、誰もいない。居間の窓から外を見ると、特徴のある茶色のマンションが目に入った。

「例のマンションが見えます」塔子は鷹野のほうを向いた。「室内の様子も、写真のとおりです。やはりＣＤ－ＲＯＭに保存されていた写真は、この部屋で撮影されたんですね」

「証拠品を見つけたぞ」鷹野は未使用のＣＤ－ＲＯＭと、デジタルカメラを掲げてみせた。「種山の家で見たＣＤ－ＲＯＭと同じだ。このカメラの機種も、さっきの写真情報と一致している。魚住はこのカメラで《物件集》の写真を撮ったんだ」

「至急、鑑識を呼びます。この家に残された指紋と、東上野の遺体の指紋を比較すれば、本人だと確認できますよね」

塔子はバッグを探って、携帯電話を取り出した。早瀬に架電し、状況を報告する。

「こちらからも情報がある」と早瀬は言った。「CD－ROMの指紋は、東上野アパートの遺体と一致した。あの男がKU——魚住研造だとみて、間違いないだろう」

27という凶数を記された、最初の被害者。顔のない遺体。その人物は大月、種山とつながっていたのだ。

——やっぱり、これはただの猟奇殺人ではなかった。

謎の狩猟者に一歩近づくことができたのだ。その痕跡をたどり、情報を集めて一気に追い詰める。ここからが勝負だ、と塔子は思った。

3

簡単に昼食を済ませてから、塔子と鷹野は桜田門の警視庁本部に向かった。

科捜研を訪ねると、河上はもう打ち合わせ用のテーブルにいた。「お待ちしていました」と言ってふたりに椅子を勧め、資料を差し出した。

「預かっていた映像データの件ですが、大月雄次郎宅のインターホンのカメラで撮影されたのは、思ったとおり男性です。骨格や喉仏の状態から、そう断定されました」

「骨格までわかるんですか?」驚いて、塔子は尋ねた。

「動いていますから、違った角度から骨格を割り出すことができるんです。喉仏の部分は、拡大補整することで確認しました」

「洋服を着ているのに中がわかってしまうなんて、すごいですね」

「それから、うしろに映っているブロック塀との比較で、この男の身長は百七十センチから百七十三センチ程度だとわかりました」

「かかとの高い靴を履いていたら、多少の誤差は出るわけですよね」

「ええ。それで三センチの幅を持たせてあります。これが女性だったら難しかったでしょうね。ハイヒールを履いている可能性がありますから」

「たしかにハイヒールを履いていたら、身長はわかりづらい」そう言って、鷹野は塔子のほうを向いた。「如月にも応用できるんじゃないのか」

「どこかに潜入するときには使えそうですね。ハイヒールにドレスか何かで、パーティーに出席するとか」

「いや、如月さんなら、ドレスよりブレザーなんかのほうが……」河上がつぶやいた。

「え？」塔子はまばたきをする。

「……失礼。よけいなことを言いました」咳払いをしたあと、河上は続けた。「まもなく、男の着ている黒いジャンパーのメーカーが特定できそうです。ただ、量産品だと思われるので、流通経路を特定するのは難しいかもしれません。……それから、リュックについてですが」

「手がかりがありましたか？」

「映像を見ると、一部、布が突っ張った状態になっているんです。何か大きめのものを入れて、強引にファスナーを閉めると、ああいう感じになります。シミュレーションの結果、リュックの中には、細長い棒状のものが入っていたらしいとわかりました。長さは三十五センチ前後でしょう」

「第二の事件で、犯人が長さ三、四十センチの棒状のものを持っていた、という目撃情報があったんです」塔子は言った。「それから第一の遺体には、釘抜きのようなものの痕跡がありました。犯人はこれらの道具を、下見のときからリュックに入れていたのでは……」

「いや、それはどうだろう」鷹野が首をかしげた。「第二の事件で使われた刃物は、ナタのようなものだ。三十五センチで収まるかな」

するとと、河上はうなずいて、

「折りたたみ式かもしれませんね。第一の事件ではノコギリのようなものが使われたそうですが、それも二つ折りにできたんじゃないでしょうか」

「そういえば、四番目の種山不動産の事件で、被害者は頭に怪我をしていました。あれも何かの道具を使ったわけですよね」と塔子。

鷹野は腕時計に目をやった。携帯電話を取り出し、どこかに架電する。話を終えると、塔子に言った。

「早瀬さんからの情報だ。指紋の照合結果から、第一の被害者は魚住研造、第四の被害者は種山常雄だと断定された。……それから、今東都大学の法医学教室で、種山の司法解剖が行われているらしい。頭の傷を見せてもらうチャンスだ」

「急ぎましょう」

河上に礼を述べると、塔子たちはすぐに科捜研を出た。

何度来ても、この場所の空気には慣れることがない。

東都大学医学部本館の中で、塔子は浅い呼吸を繰り返していた。地下一階の廊下には、いつも独特のにおいが満ちている。腐敗しかかった肉体が発する臭気。そして化学薬品が発する臭気。それらは塔子の体を包んで、髪や衣服に染み込んでいく。

法医学教室の准教授・八重樫豊が、種山の司法解剖を担当していた。今日も八重樫の顔や首は、不健康なほど白く見えた。

「こんにちは」作業用のマスクを外しながら、彼はこちらにやってきた。

西欧風に塔子たちと握手を交わしたあと、八重樫は言った。

「恐れていたとおり、かなり複雑な事件になってしまいましたね。……しかし四件も連続するとは思いませんでした」

「すべて八重樫先生が解剖を行ったんですか」

塔子が尋ねると、彼は首を振って、

「二件目だけは別の者が担当しました。ただ、解剖後の遺体は私も見ています」

「今回の遺体は後頭部に傷があったと思いますが、どうでした？」鷹野が質問した。

「こちらへどうぞ」

八重樫はふたりを案内して、解剖室の奥に向かった。ステンレス製の解剖台の上に、遺体が載っている。むごい姿だった。手の指先を除いて、頭から足の先まで、皮膚という皮膚がほとんど爛れてしまっている。

「よくも、ここまでやったものだと思います」八重樫は遺体を指し示した。「全身に薬傷を負わせるには、途中で体を裏返しにしなければいけません。手間も時間もかかるのに、犯人は最後までやりきった。執念《しゅうねん》を感じますね」

彼は遺体の頭部に回り込んだ。手袋を嵌めた手で、被害者の頭を動かす。

「後頭部の傷は、尖ったものが打ち込まれた痕です」

鷹野と塔子は、遺体に顔を近づけた。たしかに、陥没《かんぼつ》した痕が見えた。

「尖ったもの、というと何でしょう」塔子は八重樫に尋ねた。

「そうですね……。たとえば、ピッケルの先とか」

「登山の道具を、頭に叩きつけたということですか？」

「断定はできませんがね。……死因は、第一、第二の事件と同じで、ロープなどで首を絞められたことによる窒息です。絶命したあと、頭に尖ったものが打ち下ろされたようです。ここと、ここと、それからここ。三ヵ所です。うつぶせにした状態で、上から振り下ろしたんでしょう。そのあとわざわざ仰向けにして、毛布をかけたんですね」

ひとつ唸ったあと、鷹野は遺体から顔を上げた。

「第一の事件では舌が、第二の事件では指が切られました。第三の事件では異状がなかったそうですが、今回の第四の事件ではどうですか」

「切断された部分はありませんでした」

「だとすると、戦利品を持ち帰ることが目的ではなかったんだろうか……」

鷹野は考え込んだ。その横顔を見ながら、塔子は言った。

「被害者の体を損壊したかっただけじゃないでしょうか。第三の事件では拳銃で頭を撃ち、第四の事件では尖ったものを頭に叩きつけていますよね。頭を破壊することで、犯人は目的を果たしたのかもしれません。第一、第二の事件とは様子が違いますが、『獲物の破壊』という意味では、共通した行動だという気がします」

「そうだな。体に硫酸をかけ、9の法則どおりの数字を残した手口も、共通している」

「9の法則？」

八重樫が不思議そうな顔をした。彼は解剖だけを担当しているから、捜査に関する情報は聞いていないのだろう。

「火傷の重傷度を判断するとき、役に立つんだそうです」

塔子が法則について説明すると、八重樫は感心したような表情を浮かべた。

「その話が事実なら、犯人は火傷に関する知識を持っていたことになりますね。もしかしたら、医療関係者じゃありませんか？」

「そうですね。可能性はあります」塔子はうなずいた。

解剖台を見つめながら、鷹野は腕組みをした。

「ノコギリ、ナタ、拳銃、そしてピッケル……。なぜ、こんなにたくさん使うんだろう。普通、連続殺人を起こすような人間は、道具にこだわるんじゃないだろうか」

「使い慣れたものを持っていく、ということですか？」

「そう。道具への愛着とか、信頼感があると思うんだよ。縁起を担《かつ》ぐことも考えられる。この凶器を使って今までうまくやってきた。だから次もこれを使う、という具合にね」

たしかに、と塔子は思った。神仏に祈ることはないかもしれないが、ジンクスを気にする犯罪者はいるに違いない。

鷹野は右手の指先で、顎を掻いた。

「目的に応じて道具を使い分けるというのは一見、効率的だ。しかし使い慣れないものを持っていけば、ミスをする危険が生じる」

「リスクを承知の上で、そうする必要があったんじゃないでしょうか」と塔子。

「どういうことだ？」

「この事件にはこの道具、と決めていたとか。あるいは、たくさんの道具があることを見せつけようとしたとか。……ええと、すみません。まだ考えがまとまりませんね」

「たくさんの道具、か」

鷹野は真剣な顔で、何かを考え始めた。

医学部本館を出て特捜本部に連絡すると、早瀬からこう言われた。

「午後四時から臨時の捜査会議を行う。第四の事件が発生してしまったから、状況を整理しなくてはいけない。……それから、如月に伝言が一件。トクさんから連絡があって、東都大の医学部付属病院にいるから、時間があれば寄ってほしいということだ」

　今まで地下にいたので、徳重からの電話がつながらなかったのだろう。

「わかりました。連絡してみます」

　早瀬との通話を切ったあと、塔子は徳重に架電した。

「お疲れさまです、如月ですが」

「司法解剖で東都大に来ているんだってね。……少し前に、末次佳奈子さんの手術が終わったよ。如月ちゃんのことだから、気にしているんじゃないかと思ってね」

　携帯電話を握り直して、塔子は尋ねた。

「どうなりました？　佳奈子さんの容態は？」

「トラブルもなく、移植は無事終了したそうだ」

「そうですか……」

　塔子は胸をなで下ろした。この事件の捜査を開始してから、初めて「よかった」と思える出来事だった。

　鷹野とふたり、医学部付属病院に向かった。

　廊下を進んでいくと、徳重と若い相棒の姿が目に入った。遠くにマスコミの記者らしい人影もあったが、この一角は関係者以外立ち入り禁止となっている。

「情報をありがとうございました。ほっとしました」塔子は徳重に話しかけた。

徳重の顔にも安堵の色がうかがえた。

「佳奈子さんは集中治療室にいる」うしろのドアを指差しながら、彼は言った。「まだ油断はできないが、今のところ問題はないそうだ」

塔子は、医療機器に囲まれた佳奈子の姿を想像した。おそらく、今はまだ麻酔で眠っていることだろう。

父親の臓器を譲り受けることには抵抗があったかもしれない。だが今日、手術は行われ、佳奈子は難関をひとつ乗り越えた。ここから彼女の新しい人生が始まると言ってもいい。

ややあって準備室のドアが開き、ひとりの男性が現れた。末次義道だった。

「成功したそうですね。おめでとうございます」

塔子が声をかけると、末次の表情が明るくなった。

「おかげさまで、無事に乗り切ることができました。本当にありがとうございました」

実直な性格なのだろう、末次は塔子たちに向かって深く頭を下げた。

「これから大変だと思いますが、まずは一安心ですね」

「……ところで刑事さん」末次は声を低めて言った。「捜査の状況はどうなんでしょうか。赤城先生を殺害した犯人は、見つかりそうですか」

「現在、全力で捜査を行っているところです」

あのあと第四の事件が起こったと知ったら、末次は何と言うだろう。警察への不信感をあらわにするか、それとも殺人犯に対して憤《いきどお》りの声を上げるか。いずれにせよ、ここで彼を刺激するのはまずい。塔子は話題を変えた。

「今日、クリニックのほうはお休みですよね」

「ええ。赤城先生があんなことになってしまったし、佳奈子は入院中ですから、やむを得ません。今朝、一度クリニックに行って、休診の札を掛けてきました。患者さんたちには申し訳ないと思いますが」

「仕方ないですよね。幸い上野には、ほかの病院もありますし……」言いかけて、塔子はあることを思い出した。「もう、別の捜査員から質問が出たかもしれませんが、七年前、赤城先生が医療ミスをしたという話は聞いていませんか？」

末次は驚いた様子だったが、すぐに首を振った。

「赤城先生がミスをするなんて、考えられません」

「可能性があるとすれば、根津で起こった火災なんです。そのときの怪我人が、上野外科クリニックで治療を受けたということはないでしょうか」

「すみません、私にはちょっとわかりませんが」

ここで塔子は、自分の勘違いに気がついた。末次が上野外科クリニックで働きだしたのは、今から六年前なのだ。

「そうでしたね。そのころ末次先生は、別の病院で働いていたんですよね」

七年前、クリニックにいた医師は赤城だけだ。当時のことを知るには、看護師に話を聞くか、診察記録を調べるしかないだろう。

昼食がまだなので、末次は院内のレストランに行くという。挨拶をして、彼は去っていった。

鷹野組と徳重組の四人は、手短に情報交換を行った。第四の遺体の損壊状況を聞くと、徳重は唸った。

「ノコギリにナタ、拳銃。そして今度は、尖った凶器ですか。まるで道具の見本市だな」

その言葉を聞いて、塔子ははっとした。

「犯人は、工具の専門店とかホームセンターに関係のある人物かも……」

「そうだとすると、絞り込むのは難しそうだね」徳重は腕組みをする。

午後四時から会議が行われるので、そろそろ上野署に戻らなくてはならない。四人は病院を出た。

「また誰かが、手代木管理官に責められそうですね」塔子は鷹野に話しかけた。「神谷課長もかなり焦っているでしょうし」

「事態がここまで悪化してしまうと、会議で叱責しても意味がないと思うんだがな」

「でも、ずっと身元がわからなかった第一の被害者は、魚住研造さんだと判明しました」塔子は徳重のほうを向いた。「いよいよ、鑑取り班の腕の見せどころですよね」

徳重は、ひとりで何か考え込んでいた。いつも愛想《あいそ》のいい彼にしては珍しいことだ。

「どうかしたんですか」塔子は尋ねた。

「……四つの事件を順番に思い出していたんだけどね、どうも、もやもやするんだよ。小骨が喉に引っかかって、呑み込みたいのに呑み込めない。かといって吐き出すこともできない。そんな気分だ」

「何か気になることがあるんですか」

「それがわからないから困ってしまう。いったい、何が引っかかっているんだろう」

徳重は首をひねった。

「凶器のことではなくて？」

「うん。私は鑑取りだから、ブツではなくて人のことだよ。どうもこの事件、人間関係が複雑に入り組んでいるような気がする」

しばらく思案していたが、そのうち徳重はこうつぶやいた。

「念のため、初歩の初歩からやり直してみるか……」

4

午後三時五十分、捜査員たちは上野警察署の講堂に集まりつつあった。

自分の席に腰を下ろして、塔子は捜査ノートを開いた。そこに書かれた多くのメモを見て、考えを巡らしてみる。先ほど徳重が言ったことが、まだ頭の隅にあった。

犯人はなぜノコギリ、ナタ、ピッケルなどに似た道具を使ったのだろう。また、これに拳銃が加わったのはなぜか。これらの道具を、犯人はどこで手に入れたのか。

上野界隈に、道具を売る店はどれぐらいあるだろうか。アメ横では、そういった店がいくつか見つかるかもしれない。山谷はどうだろう。日雇いの人が多く住んでいるから、あの近辺には道具や作業服の専門店などもありそうだ。

そのうち塔子は、以前見たある品物を思い出した。何かに似ているな、と考えているうち、まったく別のものが頭に浮かんだ。

――まさか、これが答えなんだろうか？

慌てて立ち上がり、共用パソコンのある席に向かった。マウスを操作して、ネット検索を行う。やがて、その道具について説明しているページを見つけた。画像が表示される。

やはりそうだ。その道具を使えば、あのような形で遺体を損壊することができる。

「どうかしたのか？」鷹野が近づいてきた。

「犯人は、これを使ったんじゃないでしょうか」

プリンターから出力された紙を示しながら、塔子は自分の考えを説明した。鷹野も興味を持ったらしく、いくつか質問をしてきた。裏を取るため、塔子はマウスに手をかけた。

だがそのとき、神谷課長たちが講堂に入ってくるのが見えた。時間切れだ。塔子と鷹野はパソコンから離れ、自分の席に戻った。

「臨時の捜査会議を始めます」みなの前に立って、早瀬係長が言った。「すでに聞いていると思いますが、昨夜の第三の事件に続いて、本日午前、第四の事件が発生しました。被害者は不動産会社経営、種山常雄、五十歳。妻とは別居しており、離婚の協議中でした。ロープなどで絞殺されたあと、後頭部にピッケルのようなものを三回打ち下ろされ、深さ三センチほどの傷を負っています。また、全身に薬傷があり、遺体にかけてあった毛布には１００という数字が記されていました。死亡推定時刻はまだわかっていません。……そうだな、鴨下？」

「はい。結果がわかり次第、連絡が入る予定です」鑑識課の鴨下主任が答えた。

早瀬は資料のページをめくった。

「これまでに起こった事件について、あらたな事実が判明しています。まず、第一の事件。墨田区石原の自宅に残された指紋と、遺体の指紋とを比較した結果、被害者は魚住研造だということが明らかになりました。

そして第二の事件。科捜研からの報告で、犯人らしき男が背負っていたリュックに、細長い棒状のものが入っていた可能性がある、とのこと。詳しくは資料を参照してください。

続いて第三の事件。赤城庄一を撃った拳銃の出どころを調べていますが、暴力団絡みの線が強いため、組織犯罪対策部に協力を要請しているところです」

ノコギリやナタと違って、拳銃はそう簡単に手に入るものではない。入手ルートがわかれば、犯人特定のための重要な手がかりになるはずだ。

「前置きが済んだところで、本題に入ろう」神谷課長が言った。「今までの事件を見直してみたい」

早瀬はホワイトボードを反転させた。そこには四つの事件がまとめられていた。

◆事件一（東上野事件）
・十二月十一日、22：00〜翌0：00に死亡。
・被害者は魚住研造。窒息死。

・腹部に「27」の数字。頭部、右腕、左腕に薬傷。
・ノコギリ状のもので舌を切断。

◆事件二（谷中事件）
・十二月十三日、1：00〜3：00に死亡。
・被害者は大月雄次郎。窒息死。
・腹部に「45」の数字。頭部、右腕、左腕、右脚に薬傷。
・ナタ状のもので両手の十指を切断。

◆事件三（本所事件）
・十二月十四日、23：00〜23：30に受傷。
・被害者は赤城庄一。拳銃による脳損傷。のち死亡。
・腹部に「63」の数字。頭部、右腕、左腕、右脚、左脚に薬傷。

◆事件四（御徒町事件）
・死亡推定時刻は調査中。
・被害者は種山常雄。窒息死。

・毛布に「100」の数字。全身に薬傷。
・ピッケル状のもので頭蓋骨を骨折。

「27、45、63、100ときて、事件は終わったと考えていいんだろうか……」

ホワイトボードを見ながら、神谷課長はつぶやいた。早瀬がそれに応じた。

「これらが9の法則に従っていたことは間違いないと思います。犯人は綿密な計画を立てて、数字を増やしていきました。100が出れば、この計画は終わりでしょう」

「犯人はこの数字を、自己満足のために残していったのか。それともこれは、誰かへのメッセージになっていたのか。どう思う？」

「メッセージである可能性が高いと思います。薬傷と数字のことが報道されれば、過去の経緯を知る者に意味が伝わるはずです。これは明確な脅しとなるでしょう。100と書かれるまで事件は続くと考えられる。それまで、枕を高くしては眠れないということになります。今となっては確認できませんが、第四の被害者である種山常雄も、報道を見て震えていたかもしれません」

神谷は渋い表情を浮かべた。

「我々は被害者を出しすぎた。同じ犯罪者に、四人も殺害されたんだ」

「まずいですね」手代木管理官はうなずき、捜査員たちのほうへ視線を向けた。「四人もの被害者が出た以上、じきに警察批判が始まることだろう。今回気になっているのは、あれだけ遺留品があったのに、なぜブツの捜査が進まなかったかということだ。

「証拠品捜査班、この責任についてどう考えている？」

ブツ担当の尾留川が、困惑の表情を浮かべていた。誰かが叱責されなければ、この場は収まりそうにない。

だが、そこで門脇主任が立ち上がった。

「待ってください。我々は組織で捜査をしているんですから、責任は全員が負うべきではないですか？」

「そうだな。ナシ割りばかりではなく、地取りのリーダーであるおまえにも責任がある」

「全体の指揮を執《と》っていた手代木管理官も、無関係ではありませんよね？」

場の空気が緊張した。手代木の表情が険しくなった。

「おまえは、責任を逃れるために上司を批判するのか」

「そうじゃありません。責任うんぬんの話をするのなら、ここにいる全員が責められるべきではないですかと、そう質問しているんです」

「そんなことを言ったら、誰も責任をとらなくなる。それで組織が成り立つと思うのか」

「最終的には責任の話になるかもしれません。しかし、今はそんなことを言っている場合ではないでしょう。我々は全力を挙げて、犯人を捕らえなくちゃいけないんです。ここで捜査員を萎縮させても、いい結果は出ません」

「おまえは何の権限があってそんなことを……」

「いい加減にしろ！」神谷課長が声を荒らげた。「おまえたちは、なぜいつもそうなんだ。たまには、協力して事件を解決できないのか」

門脇は口をへの字に曲げていたが、ひとつ頭を下げて着席した。手代木も黙り込む。

成り行きを見守っていた早瀬係長は、咳払いをしてから議事を進めた。

「鷹野組から報告がありましたが、七年前、根津で大きな火災が起こっています。その件を調べたところ、あらたな事実が判明しました。火災の被害者・井之上夏子には死亡した娘のほかに、慶太《けいた》という長男がいました。今年三十一歳のはずです。慶太はひとり暮らしをしていたので、火災の現場にはいなかったとのこと。当時、あれは放火だったのではないかと、警察に何度か問い合わせてきたそうです。その後、北海道に行ったという情報がありますが、現在、所在は確認できていません」

「おい、なぜ確認できないんだ」神谷はみなを見回した。「……と言いたいところだが、今はやめておこう。その慶太という奴は重要参考人だな。筋読みをするなら、こういうことか？　井之上慶太は七年前の火災を恨み、犯罪の計画を立てた。ターゲットは種山たちだ。種山は不動産会社の経営者であると同時に、火災の起こったビルのオーナーでもあった。魚住と大月は本業の傍ら、不動産データのCD－ROMを作って、種山の仕事を手伝っていたんだろうな。慶太は、種山たちのビル管理の不手際から火災が起こったと考え、この三人に報復することを決めた、というわけだ。

もしかしたら赤城もその火災に関わっていたんじゃないだろうか。……いや待てよ。赤城は医者だから、不動産会社とは関係ないか」

それについてですが、と早瀬が言った。

「医療過誤らしきものをにおわせる手紙が、赤城の診療所で発見されています。七年前、火災で負傷した患者が、その診療所に搬送されたんじゃないでしょうか。そこで医療ミスが発生したのでは……」

「いや、早瀬、それは考えにくいな」神谷は首を振った。「あそこは小規模な診療所だろう？　救急搬送は受け付けていないはずだ」

「緊急時だったので、例外的に受け入れたということはありませんか」

「ないとは言えないが、医療ミスでトラブルになったのなら、患者は重傷だったと考えられる。そんな患者が、個人のクリニックに搬送されることはないだろう」

「……たしかに、そうですね」早瀬は思案する表情になった。

七年前か、と神谷課長はつぶやいた。

「根津の火災について、赤城の周辺から何か情報は出ていないのか」

「その件は、鑑取りの徳重が調べているはずですが……」

「徳重はどこだ?」手代木が捜査員席に目を走らせた。「いないじゃないか。どういうことだ」

あの、と鑑取り班の若い刑事が言った。

「急ぎの捜査があるので会議には出られないかもしれない、と言っていました」

「なぜ、そんな勝手なことをする?」手代木は眉をひそめた。「大事な会議だと言っておいただろう。鑑取り班は、たるんでいるんじゃないのか。どうなんだ鷹野」

「え?」鷹野はまばたきをした。「私ですか」

「今回はおまえも鑑取りだろう。なぜメンバーの動向を、きちんと把握《はあく》していないんだ」

「鑑取り班のリーダーは徳重さんですよ。以前からずっとそうです」

「以前はともかく、この事件はおまえが取り仕切るべきじゃなかったのか。おまえのほうが階級は上だろう?」

「いや、それならそうと最初に言ってもらわないと」

「そうやって、言い訳をするからおまえらは……」

「やめないか！」神谷が怒鳴った。「手代木、少しは状況を考えろ」

手綱《たづな》を締めるのが管理官の役目だが、今はそういう場面ではない、ということだ。

手代木がおとなしくなったのを見て、門脇主任が嬉しそうな顔をしていた。

神谷課長は指先で机を叩いていたが、やがて立ち上がった。よく通る声で、彼は言った。

「今回、上野駅を中心としたエリアで四人も殺害されている。被害者のひとりは、地域の医療に貢献してきた赤城庄一だ。ホームレスなども診察していたことから、マスコミは『現代版の赤ひげ』だと報道している。世間は彼に同情すると同時に、警察への批判を強めてくるだろう。我々は早急に犯人を捕らえなくてはならない。……どうだ。何か手がかりをつかんだ者はいないのか？」

捜査員たちは難しい顔で黙り込んでいる。

――あの件を話すなら、今だ。

塔子は右手を挙げた。早瀬係長の許可を得て、話し始めた。

「まだ裏が取れていませんが、ひとつ気がついたことがあります。火傷の重傷度を判定するには9の法則が使われます。この法則に詳しいのはどんな人物か、というところから考えてみました。

拳銃が使われた第三の事件を除くと、犯人が死体損壊に使用したのはノコギリ、ナタ、ピッケルのようなものだとされています。目的に合わせて毎回道具を替えているのかと思いましたが、じつは、これらをひとつにまとめたものが存在するんです」
先ほどプリンターから出力した紙を、塔子は掲げてみせた。そこには、ある道具が印刷されている。柄の部分は三、四十センチ。その先端を見ると、片側には下部にギザギザの付いた、斧に似た刃がある。反対側にはピッケルのように尖った刃が付いていた。また、柄の根元の部分はバールのように、ふたまたに分かれている。

「十徳ナイフというのがありますよね。ナイフや栓抜き、缶切り、ドライバーなどがひとつになったものです」

山谷の簡易宿泊所で見たものだ。橘はそれを使って、リンゴの皮を剝いていた。

「あれに似ているんですが、大工道具など、いくつかの機能をひとつにまとめたものがあります。ここに印刷されているのは、長さ三十三センチほどの道具で、『万能《ばんのう》斧《おの》』と呼ばれています」

「万能斧？」

「この刃は斧のように使えます。このギザギザの部分はノコギリ代わりになります。尖った部分——鳶口《とびぐち》というそうですが、そこはピッケルのように使えます。ほかにバールや、釘抜きとしての機能もあるそうです。犯人はこれ一本で、遺体を損壊したんじゃないでしょうか」

「建築関係で使うのか?」と早瀬。

「いえ」塔子は首を振った。「この万能斧を持っているのは消防官です。火災現場で、やむを得ず建物を破壊するときなどに使うんです」

塔子が万能斧を見た場所は、上野消防署のミニ展示コーナーだった。高齢の男性たちが見学に来ていたとき、その道具の説明が行われていたのだ。

「第一の事件を思い出してみてください。被害者の頬には、引っかいたような痕がありましたよね。おそらく万能斧で舌を切断するとき、釘抜きのような部分で、頬に傷をつけてしまったんでしょう。第二の事件以降は、痕が残らないよう注意したんだと思います」

ちょっと見せてくれ、と神谷課長が言った。塔子は幹部席まで移動して、A4判の紙を差し出した。早瀬や手代木もやってきて、それを覗き込む。

「道具を使い分けているのかと思ったら、じつはひとつだったということか」神谷は納得した様子だ。「舌の切断面は、鋭利な刃物ではなくノコギリのようなもので、強引に切り取ったという感じだった。この万能斧なら、そういう切り口になりそうだ。第二の事件では指が切られたが、ナタではなく、この斧の部分を使ったわけだな。そして第四の事件では、鳶口をピッケルのように使用して、頭に打ちつけた……」

はい、と塔子はうなずいた。

「9の法則をほのめかしたり万能斧を使ったりすれば、現場に手がかりを残すことになります。犯人は警察が公表するのを見越して、あえてそうしたヒントを残していたんじゃないでしょうか。あの死体損壊はたぶん大月さん、赤城先生、種山さんらに対する予告メッセージだったんです。この数字が100になるまで犯行は続くぞ、という意味です」

「一点、わからないのは殺害の手口だな」神谷は腕組みをした。「第一、第二、第四の事件は絞殺だったが、なぜ第三の事件だけ拳銃を使ったんだろう」

「そこは私も気になっています。もしかしたら過去、銃を使った犯罪が起きていて、犯人はそれに巻き込まれていたのかもしれません」

一呼吸おいてから、塔子は続けた。

「とにかく、9の法則は火災と深い関係があります。それに加えて切断の道具が万能斧だとすれば、犯人は消防官、またはそれに近い立場の人物だと考えられます。絞殺に使用したのは、消防隊や救助隊で用意されているロープじゃないでしょうか。さらに、廃屋を利用するなど土地鑑を持っていることから、犯人はこの管内に詳しい人物、つまり上野消防署の署員ではないかと推測できます。このあと、きちんと聞き込みをすべきだと思います」

「如月、ひとつ大事なことを忘れているぞ」

そう言ったのは手代木管理官だった。難癖をつけられるのではないかと塔子は身構えたが、彼の指摘はきわめてまっとうなものだった。

「東京消防庁は二十四時間ずつの交替勤務だ。犯人が現役の消防官なら、二日続けて事件を起こすことはできない」

あ、と塔子は思った。

たしかに第一の事件と第二の事件は、二晩連続して起こっている。もし犯人が交替勤務をしているのなら、仕事を休むか、途中で抜けるなどして殺人を犯したということだ。綿密な計画を立てている犯人が、そんな目立つことをするとは考えにくい。

「だったら、犯人は消防官のＯＢじゃないですか?」尾留川が言った。「七年前の火災現場にいて、その後退職した人がきっといるはずですよ」

「いるはず、というのは何だ。きちんと裏を取らなくては話にならないだろう」と手代木。

「……失礼しました」尾留川は首をすくめた。

ここで推論は行き詰まってしまった。残念だが、まだ準備が足りなかったようだ。

「すみません、もう少し考えてみます」

塔子は神谷たちに頭を下げた。自分の席に戻って、ため息をつく。

鷹野に何か言われるかと思ったが、彼はこめかみに指先を当て、壁の一点を見つめていた。何かを考えているときは、いつもこんな具合だ。

今後の捜査予定について早瀬が説明する間も、鷹野はじっと壁を睨んでいた。

「では、このあとも全力で捜査に取り組んでください」早瀬が言った。

そのとき、がた、と椅子の動く音がした。捜査員たちが一斉にこちらを向く。

「そんなことができるんだろうか」鷹野が腰を浮かせていた。「……できるかもしれない。だとすれば、おそらくそれが正解だ」

「どうした鷹野。何か気がついたことがあるのか？」戸惑う様子で、早瀬が尋ねてきた。

そこでようやく、鷹野は我に返ったようだ。

「至急、調べたいことがあります。会議を抜けてもいいですか」

「話を聞いていなかったのか？　会議はもう終わりだ」

「ああ、そうでしたか。それは助かります」

起立、礼の号令のあと、鷹野はどこかに電話をかけた。ひとつ通話が終わると、すぐ別の場所へとかける。それを繰り返す。

やがて彼は席を立ち、門脇や尾留川に何か説明し始めた。このあとの段取りを打ち合わせているのだろうか。

五分ほどで鷹野は席に戻ってきた。ようやく彼は、塔子のほうを向いた。

「如月のおかげで、犯人の目星がついた」

「本当ですか？」

「暗い森に隠れていた狩猟者を、太陽の下に引きずり出してやろう。だがその前に、もう少し準備が必要だ」

鷹野は再び携帯電話を手に取り、番号をたしかめてから架電した。相手に向かって、彼はこう言った。

「そうです。今から一時間後──午後六時ちょうどにお邪魔しますので、よろしくお願いします」

5

午後五時を過ぎたばかりだが、辺りはすっかり暗くなっている。

風が強く吹いていた。塔子は頰にかかる髪をはらいながら、前方をじっと見つめている。

「少し、ぶれたかな」隣にいる鷹野がつぶやいた。

彼は先ほどから、フラッシュを焚かずに写真撮影を行っていた。シャッタースピードを遅くしているから、注意しないと手ぶれを起こすのだ。

「マル対、車で移動します」塔子はささやいた。

前方二十メートルほどの場所に、監視対象者がいた。物陰から、塔子たちはその人物をひそかに観察している。

マル対は物置小屋から何かを運び出していたが、すべてワンボックスカーの後部に積み終えたらしかった。今、運転席に乗り込むところだ。

「追尾しよう」鷹野はカメラをポケットにしまった。

塔子たちは、路肩に停めておいた乗用車に乗り込んだ。急遽、早瀬係長に用意してもらった覆面パトカーだ。

待機していると、白いワンボックスカーが公道に出てくるのが見えた。塔子は、目立たないように車をスタートさせた。

道は適度に混雑している。おかげで、気づかれることなくマル対を追尾できた。

十分ほど走ったあと、ワンボックスカーはウインカーを左に出して、駐車場に入っていった。塔子は車を停め、バッグから単眼鏡を取り出す。

「誰かと話していますね。……あ、車に戻りました。荷物を降ろすようです」

そのまま観察を続けた。五分ほどで、マル対の用事は片づいたようだ。再びワンボックスカーに乗り込むのが見えた。

「マル対、動くようです。追いますか？」

「俺はここで降りるから、如月はワンボックスを追跡しろ」

「わかりました」

鷹野は面パトから降りていった。

駐車場からワンボックスカーが出てくる。塔子はサイドブレーキを解除し、追尾を再開した。

マル対の車は寄り道することなく、十分ほど走って元の場所に戻った。どうやら、あの荷物を運ぶことだけが目的だったようだ。

面パトを降りると、塔子は物陰に身を隠した。マル対は車を敷地内に停め、建物の中へ入っていく。そのまま監視を続けたが、出てくる気配はない。

携帯電話が振動した。塔子は手早く携帯を取り出し、通話ボタンを押した。

「今、どこにいる？」鷹野からだった。

「元の場所に戻ってきました。今、マル対は建物の中です」

「こちらで、いいネタが手に入った。確認終了後、そちらに向かう。予定どおり、十八時に行動開始だ」

「了解です」

コートの襟を立てて、塔子は時間がたつのを待った。

——あの人が、犯人なんだろうか。

こうして行動確認をしていても、まだ信じられないという思いがある。鷹野はどのような情報を集め、あの人物が怪しいと睨んだのか。これから、どうやって犯人を追い詰めるつもりなのか。

腕時計は五時四十分を指している。残りわずか二十数分だったが、塔子にはひどく長い時間のように感じられた。

約束の時刻の三分前に、鷹野は現れた。

彼の表情には自信がうかがえた。塔子にはわからないことばかりだが、たぶん鷹野には、事件の全貌が見えているのだろう。

午後六時、鷹野と塔子はその人物を訪ねた。

「お忙しいところ、すみません。どうしても今日中にお訊きしたいことがあったものですから」

鷹野がそう言うと、相手は鷹揚《おうよう》にうなずいた。

「かまいませんよ。事前に連絡をいただいていましたからね」

その人物は、塔子たちを無人の部屋へと案内した。エアコンが効いていて、室内はほどよい暖かさだ。正方形のテーブルといくつかの椅子が置いてあるのが見えた。相手に勧められ、塔子と鷹野は木製の椅子に腰を下ろした。

「それで、話というのは何でしょうか」

「今、上野界隈で殺人事件が起こっています」鷹野は話し始めた。「報道をご覧になっていると思いますが、被害者は全員硫酸をかけられ、ひどい薬傷を負っていました。これは9の法則という、火傷の重傷度を判定するための法則を模したものだと思われます。

犯人はいったいどこで硫酸を手に入れたんでしょうか。硫酸は劇物ですから、個人が不自然な買い方をすれば目立つし、そういう情報は必ず聞き込みの中で出てくるはずです。にもかかわらず、いまだに出どころがわかっていない。事件の起こった上野界隈で入手したのではなく、どこか遠方から運んできたんでしょうか？

しかし考え続けるうち、私はあることに気がつきました。世の中には希硫酸というものがあって、これは案外、手に入れやすいんです。水で薄めてあるだけだから、水分を蒸発させれば濃硫酸になる。硫酸自体は蒸発しませんからね。犯人はその方法で多くの硫酸を用意したのではないでしょうか。

では希硫酸を使っていてもおかしくないのは、どんな人か。たまたま捜査の途中で、私は条件に合いそうな人物を見つけました。希硫酸は金属の表面加工などに使われるので、たとえば彫刻家などは、それを保管している可能性があります」

相手は黙ったまま、鷹野の顔を見つめている。

鷹野はその視線を受け止めていたが、やがてこう続けた。

「そういうわけで私は喫茶店・煉瓦堂の金内さんを疑いました。しかし今回の事件で使われたのは、かなりの量の硫酸です。いくら金内さんが創作に熱心だったとしても、小さな彫刻を磨くのに何リットルもの希硫酸は使わないでしょう。だから、グレーではあるけれど、あの人がクロだという確信は持てませんでした。

ほかに誰か、希硫酸を使う立場の人はいないだろうか、と私は考えました。そのうち、別の可能性に思い当たったんです。これはどこかで聞いただけの知識でしたから、専門の人間に確認をとる必要がありましたがね。……じつは自動車のバッテリーに入っている電解液が、希硫酸なんです。今科捜研で実験しているところですが、これの濃度を上げていけば、事件で使われた硫酸と同じ程度になる可能性があります。

一台分や二台分のバッテリーでは無理でしょう。しかし自動車用のバッテリーを大量に保管しているところ――別の言い方をすれば、『自動車を多数扱っているところ』であれば、それを用意することができるはずです。いったいどこでしょうか。カーディーラーか。それとも中古車販売会社か。

ここで私は、第一の事件現場に落ちていたピンク色の粉を思い出しました。犯人は日常的にそれを使っていたため、衣服かバッグに付着していたのだと思われます。微量でしたが、その粉が犯行現場に落ちてしまったんでしょう。……あれは、油汚れを落とすための手洗い洗剤です。科捜研の人間から、製造業の工場や印刷所などで使われるものだと聞いていたのですが、詳しく調べたところ、ほかの場所でも使われていることがわかりました。油をよく使うところ——ガソリンスタンドや自動車整備会社です」

塔子は先ほど見た、この建物の作業スペースを思い出していた。シャッターが開かれていたし、明るく照らされていたから、奥のほうまでよく見えた。リフトやジャッキ、コンプレッサー。そういった設備の向こうに流しがあり、そこに洗剤の箱が置いてあったのだ。それは例の「ピンク色の手洗い洗剤」のパッケージだった。

「希硫酸を扱っていて、油汚れのひどい職場に勤めている人。さらに、消防関係にも一定の知識を持っている人物は誰か。そう考えたとき、あなたのことが頭に浮かびました。我々があなたと初めて会ったのは、上野消防署の車庫でしたよね、桐沢さん？」

ここはバイク街の一画にある自動車整備会社、木暮オートサービスだった。塔子たちは桐沢を訪ね、会社の休憩室で話をしていたのだ。

作業服姿の桐沢は、首を振りながら言った。

「いきなりそんなことを言われても困ってしまいますね。長々と憶測を語って、このあとどうするつもりです？」

「このあと、事情を聞かせてもらいます。容疑が固まれば逮捕します」

「私は何もしていません。あなたは、事件とは無関係な人間に罪をかぶせるつもりですか？」

「我々は捜査のプロですよ。無関係な人に罪をかぶせたりするはずがないでしょう」

桐沢は眉間に皺を寄せた。強い調子でこう言った。

「今まさに、やろうとしているじゃないですか。『希硫酸を扱っていて、油汚れのひどい職場に勤めている人』なんて、ほかにいくらでもいるはずです。私はその中のひとりにすぎません。それなのに、なぜ犯人だということになるんですか？」

たしかに、桐沢は大勢いる被疑者の中のひとりでしかない。今のままでは、彼を自供に追い込むことは難しいだろう。

だがこのとき、鷹野の顔にかすかな笑みが浮かんだ。

「そうおっしゃるだろうと思いました。だから、あなた自身に動いてもらったんです」

「……え？」

「なぜ『今から一時間後』にお邪魔すると言ったのか、わかりませんか？　我々は一時間ほど前から、あなたの行動をずっと監視していたんです。写真も撮らせてもらいました。薄暗い中、フラッシュなしできれいに撮影するのは、なかなか難しいことでしたがね」

桐沢は黙り込んでいる。その様子を観察してから、鷹野は塔子に尋ねた。

「如月。桐沢さんはこの一時間、何をしていた？」

「ほかの社員は車の整備をしていましたが、桐沢さんだけは別でした」塔子は言った。「外回りの仕事があるから、時間の融通が利いたのかもしれません。ひとりで、使用済みバッテリーを片づけていました。そのあと、大量のバッテリーをワンボックスカーに積んで、産廃処理業者に届けました。たぶん、私たちに見られたくなかったんだと思います」

「それが何だというんですか」桐沢は声を強めた。「いつもの仕事をしただけですよ。あなた方に、とやかく言われる筋合いはない」

「門脇さん」鷹野は、部屋の外に向かって声をかけた。

ドアが開いて、ふたりの男性が休憩室に入ってきた。門脇と尾留川だ。予想外の人物を見て、桐沢の表情は強ばった。

「あのあと、バッテリーは押さえてもらえましたか？」

「もちろんだ」門脇が答えた。「廃棄せずに保管しておくよう、業者に言ってある」

「鑑識も派遣しましたよ。指紋が採れる可能性がありますからね」と尾留川。

先日、消防署の小柴がこう話していた。「木暮オートさんのおかげで、最近エンジンのかかりもいいし、車のトラブルも減りましたよ」と。あれは、念入りにバッテリーの整備をすることでエンジン始動時のトラブルが減った、ということだったのだろう。

鷹野は桐沢のほうを向いた。

「そのバッテリーを調べれば、あなたが希硫酸を取り出したことが証明できるでしょう。それほど多くの希硫酸をいったい何に使ったのか、あなたには説明する責任があります。なにしろあれは劇物ですからね」

突然、桐沢は立ち上がった。廊下へ逃げ出そうとしたが、門脇と尾留川に行く手をふさがれた。

がっしりした体軀の門脇に圧倒され、桐沢は部屋の隅に追い詰められていく。

「間違っているんだ！」桐沢は、大きく顔を歪めた。「どうして俺が捕まらなくちゃならないんだ？　悪いのはあいつらのほうじゃないか」

「桐沢さん、座ってもらえますか」鷹野は椅子を指差した。「事件の経緯を明らかにするのが、我々の仕事です。あなたには、いろいろ訊きたいことがあります」

「あいつらは死んで当然なんだよ」

「死んで当然の人間など、この世にはいません」

鷹野が言うと、桐沢は怒鳴った。

「ふざけるな！　おまえなんかに、俺の気持ちがわかってたまるか」

「まったくです。私には、あなたの気持ちなどわからない」

突き放すように鷹野は言った。

桐沢がまた悪態をつこうとした。だがそこで、鷹野はこう付け加えた。

「だからです。だから、あなたの話を聞かせてほしいんですよ、井之上慶太さん」

その言葉を聞いて、彼――井之上慶太は、はっとした表情になった。

「……調べたのか。根津の火事のことを」

「一度退去したビルに、お母さんと妹さんがこっそり戻っていたそうですね。そして火災に巻き込まれ、亡くなった」

「そうだよ。そのとおりだ」

「苦しい最期だったと思います。それを見届けたのなら、あなたにも言い分はあるでしょう。……すべて話してもらえませんか」

井之上慶太は左手を顔に押し当て、痛みに耐えるような表情を見せた。それから大きく息を吐いた。

椅子に腰掛け、井之上は話し始めた。

「父親は俺が小学生のときに亡くなった。七年前、俺は母親と少し折り合いが悪くなって、ひとり暮らしをしていたんだ。今振り返れば、つまらないことで意地を張ってしまったものだと思うけどな」

「だからあなたは、火事の現場にはいなかったんですね」

「そうだ。……母と妹が重傷を負って数日後に亡くなったとき、俺は自分を責めた。俺が一緒にいれば、ふたりを助け出せたかもしれない。いや、それ以前に、ふたりを古い雑居ビルに戻らせたりはしなかった。狭くても、俺のアパートに泊めてやればよかったんだ。そうすれば火事に巻き込まれることもなかったはずなんだよ」

井之上は拳を握って、自分の太ももに打ちつけた。二度、三度と繰り返した。

「ふたりが亡くなったあと、あなたは北海道に行ったんですね？」

「もともと自動車整備の資格を持っていたから、どこでも食っていくことはできたんだ。……北海道での生活は、それなりに充実していた。何事もなければ、俺はそのまま向こうで暮らしていたと思う。ところが三年たって、あの事件が起こった」

事件、という言葉を聞いて、塔子は眉をひそめた。その時期のことは把握していない。

「何があったんです？」鷹野が尋ねた。

「俺の住んでいるアパートの近くで火事が起こったんだ。死者は出なかったが、民家が三軒全焼した。目撃証言がいくつかあって、数日後、放火犯が逮捕された。それを知って、俺は驚いたよ。放火犯なんていうものは、絶対に捕まらないと思っていたからだ。

きちんと調べれば捕まえることができる——。それを知って、俺は勇気づけられた。根津の火災も、調べ直せば犯人がわかるんじゃないだろうか。そうだ、警察がもたもたしているなら俺が真相を調べてやろう。そう決めた。素人《しろうと》が馬鹿なことを、と思うかい？　いいよ、笑うなら笑ってくれ」

井之上は自虐的な言い方をした。鷹野はゆっくりと首を横に振った。

「ここには、あなたを笑ったりする人はいませんよ。……それで、あなたは東京に戻ってきたんですね？」

「そう、上野に戻ってきた。じつは根津の火災でも、放火じゃないかという見方は出ていたんだ。もしあれが放火だったとしたら、絶対に許せない。たとえひとりでも、事件の真相を究明してやるつもりだった。北海道で貯めた金を使って、俺は探偵を雇った。自分でも調査を進めた。そうするうち、徐々に情報が集まってきた。

東京に戻ってから二ヵ月くらいたって、俺は桐沢という名前で、この会社に勤め始めた。本来なら、自動車整備の資格証を呈示する必要があるんだろうが、名前が違っているから、そこはうまくごまかした。現場で大事なのは、免状なんかよりも技術と人柄だ。そのことは、社長もよくわかっているようだった。

偽名を使ったのは、根津の火災には何か裏がありそうだと思ったからだ。それまでの調査で、雑居ビルのオーナーだった種山が火災に関係している、と俺は感じた。上野を拠点にして、さらに調査を進めるなら、本名で行動するのはまずいと判断したんだよ。

俺は整備の仕事をしながら火災のことを調べていたが、今年になって重大な事実を知った。ある飲み会で、種山不動産の保坂明菜と知り合ったんだ」

昨夜の忘年会で明菜は井之上、つまり桐沢と同席していた。じつは昨日が初めてではなく、以前から面識があったということだ。

「明菜は種山の愛人だったが、俺が誘いをかけると、なびいてきた。俺は彼女から気になる話を聞いた。以前、種山たちが火災保険でたんまり金を儲けたというんだ。俺は明菜に酒を飲ませて、事件の概要を聞き出した。

根津の火災の前から、魚住と大月は、種山の会社を部分的に手伝っていたそうだ。魚住はいろいろな建物を撮影してCD－ROMに収め、不動産情報を提供していた。大月はときどき、それに同行していたらしい。奴らは暴力団ともつながりがあって、違法すれすれの取引など、あくどいことをやっていた。ところが、あるとき組関係のトラブルに巻き込まれて、数千万の金が必要になった。それで火災保険金を目当てに、自分たちの所有するビルに放火したというんだ」

予想外の話だった。放火の疑いがあるとは聞いていたが、まさか、そのような理由があったとは。今の話が事実なら、これは巨額の保険金詐欺だ。

「その巻き添えで、俺の家族は死んだ。一度退去したビルへ勝手に忍び込んでいたふたりにも、もちろん非はある。でも、殺されなくちゃいけないほどの落ち度だろうか。違うだろう?」

同意を求めるように、井之上は刑事たちを見回した。

「そのつもりがなかったとしても、種山たちが放火したことで母と妹は死んだ。このまま放ってはおけない、と俺は思った。だがその情報を警察に伝えても、連中はなかなか動こうとはしなかった。過去の事件を調べ直してくれなんて話は、毎月何十件も入ってくるんだろうな。……警察も司法も当てにならない。もう、最後の方法しかなかった。俺は、自分の手で種山たちを罰することにした。

ひどい火傷を負って病院に運ばれ、苦しみながら死んでいった母と妹。一時的に意識が戻ったとき、痛い、苦しいと呻いていたんだ。それなのに俺は何もしてやれなかった。だからだ! だから俺は、絶対に復讐しなくてはならなかった」

「それであなたは計画を練り、実行に移した……」

「そうだよ。母や妹の姿を思い出しながら、俺は種山たちに復讐した。やるなら、時期は十二月しかないと思った。根津の火事が起こったのが、十二月だったからだ。まず俺は魚住と親しくなって、東上野アパートで会う約束をした。あの部屋には魚住をはじめとして、種山の息のかかった連中が出入りしていたから、そこで会うのは不自然ではなかったんだ。……魚住を殺害したあと、部屋の錠を開けたままにしておいたのは正解だったよ。ホームレスの男が遺体を見つけてくれただろう？」

「鍵を開けておけば、いずれどこかの誰かが見つけてくれる、という考えだったんですか？」鷹野は首をかしげる。

「いや、ホームレスが第一発見者になったのは、たまたまだ。翌日、タイミングを計ってアパートの住人に知らせるつもりだった。自営業の奴がいるから、電話番号はわかっている。匿名で連絡して、そいつに見つけさせる予定だった」

なるほど、と鷹野は納得したようだ。

「最初の事件で俺はポストカードを用意したが、その意味はわかったか？」

「描かれていたのは、狩りの守護聖人ですね」

「あのカードを残したことには、ふたつの意味があった。ひとつは、猟奇殺人に見せかけることだ。現場にあんなものが残っていれば、警察は猟奇を疑うだろうからな。……そしてもうひとつ。エウスタキウスが炎と関わりのある聖人だった、ということだよ」

「炎？」鷹野は井之上を見つめる。

「あんたたち、彼がどんな最期を迎えたか知っているか？　エウスタキウスはハドリアヌス帝によって、ひどく残酷な方法で火炙《ひあぶ》りにされたんだ。ただの火炙りじゃない。中が空洞になった金属の牛に閉じ込められて、焼き殺された。俺にとって、それはとても重要なことだった。彼が狩りの守護聖人だということも、ただの偶然とは思えなかった。だから俺は、最初の現場にあのカードを残して、狩りの開始を宣言したんだ」

井之上の頭には、ずっと根津の火災のことがあった。だから炎と関わりのある聖者を、特別な存在だと感じたのだろう。

「殺害したあと、俺は9の法則どおりに、被害者に硫酸をかけてやった。数字を少しずつ大きくして、首謀者である種山を怖がらせてやろうとした。……魚住の指紋を消さなかったのは、そうしないと本人確認ができないからだ。正体がわからないんじゃ、種山へのプレッシャーにならないからな」

「しかし実際には、魚住さんの身元が報道される前に、種山さんを殺害してしまったわけですね」

報道が行われるよりも、計画の進行のほうが速かったということだ。

「遺体の舌や指を切断したのは、なぜですか」

「それぞれに見合った罰を与えたんだ。魚住は口が達者で、種山の不動産会社を手伝って、多くの人間を騙《だま》していた。だから舌を切ってやった」

「万能斧を使って、ですね？」

塔子がそう尋ねると、井之上は意外だという顔をした。

「気がついていたのか。まあ、警察が気づかなければ、ヒントを出すつもりだったけどな」

「最初の魚住さんの事件では、頬に引っかき傷が残っていました。あれはたぶん、斧の扱いに慣れていなくて、ミスしてしまったんでしょう。……大月さんのときは、どうして指を切ったんですか」

「奴は魚住の物件調査に同行しながら、種山の不正な仕事の事務処理も担当していた。あの指で人を騙すような書類をたくさん作っていたんだ。だから俺は、十本すべての指を切ってやった。……種山のときは、頭をぶっ壊してやるのがいいと思った。あいつはいろいろな悪事を考えた張本人だ。三人の中では『頭脳』の役割を果たしていたんだよ」

塔子は記憶をたどった。魚住は社交的な性格で、マンションの管理人にまで、外国製の健康食品などを勧めていたという。大月は几帳面で、契約書や帳簿関係にはうるさかった、と会社の部下が証言していた。三人の中で、それぞれ役割分担が出来ていたのだろう。

「これらの事件について、俺は、消防官に罪をかぶせるような偽装工作をした。消防官の仕事を調べ、奴らが使う万能斧やロープを専門店で手に入れたんだ。９の法則も、消防の奴らを連想させるヒントのひとつだった」

やはり、と塔子は思った。井之上は消防官が使うロープで、被害者を絞殺していたのだ。

「井之上さん。なぜ消防官に罪を着せようとしたんです？」塔子は尋ねた。どうしても、その理由がわからなかった。「根津の火災でも、消防官は必死に、消火や救助作業をしてくれたんじゃありませんか？」

「必死で作業をしてくれた？　誰がだよ」井之上は眉根を寄せた。「消防官たちが、もっと早くビルの中を捜していれば、ふたりは死ななくて済んだはずだ。……俺はきちんと裏を取っているんだぜ。消防署での仕事を受注してきたのは俺だからな。消防官たちと親しくなって、いろいろな話を聞いたんだ。

その結果、あの火災では、小柴が現場の指揮を執っていたことがわかった。俺の家族が死んだのは、奴の判断ミスのせいだったんだ。くそ！　何のための一一九番だ。何のための消防隊だ。俺は、奴らを放ってはおけなかった。……遺体に９の法則を模したヒントを残す。マスコミがそのことに気づけば、喜んで取り上げるはずだ。タイミングを計って、根津で救助活動のミスがあったことをリークすれば、俺にとっては意趣返しになる。俺の家族を救えなかった消防官や、放火犯を検挙できなかった警察への当て付けだ。自己満足かもしれないが、やらずにはいられなかった」

井之上は笑った。他人だけでなく自分自身をも蔑《さげす》むような、寂しい笑いだった。

「それは逆恨みじゃありませんか？」塔子は問いかけた。「消防の人たちは、全員命がけで作業をしたはずです。実際、その火事では消防官がひとり亡くなっていますし……」

「死んだ消防官は気の毒だが、消火をして人命救助をするのがあいつらの仕事だ。プロなら、必ず結果を出さなくちゃ駄目なんだ。医者だってそうだし、あんたたち刑事もそうだろう。……誰かが殉職すれば、みんな気の毒だと感じる。同情もする。でも死なないようにしながら、きちんと結果を出すのが、本当のプロってものじゃないのか？」

鷹野が身じろぎをした。少し考えて、塔子はその理由に思い当たった。以前、鷹野の相棒が、不審者に刺されて死亡しているのだ。後輩を守れなかったことを、鷹野はずっと悔いているようだった。

井之上は、そんなことには気づかない様子で喋り続ける。

「『プロの消防官が命を落とすぐらいだから、一般人が亡くなっても仕方がない』──そう言われているような気がして、俺は我慢できなかった。仕事の現場で死ぬなんて、そんなのはプロじゃないだろう。つまらないミスをするなよ、と思った。だから俺は……」

「ふざけたことを言うな」

押し殺すような声で、鷹野は言った。

彼がこれほど険しい表情を見せたのは初めてだった。それほどまでに、あの一件は鷹野を苦しめていたのだ。

「殺人に、正当な理由などない」鷹野は語気を強めた。「あるのは、わがままで自分勝手な欲求だけだ」

塔子は戸惑っていた。プロを批判する井之上の言葉は、鷹野だけでなく、塔子にとっても重いものだった。

父のことが頭に浮かんだ。塔子の父・功はある事件で犯人に刺され、大怪我をした。それが遠因となって病死したのではないかと、母は考えているようだった。だが、刺された一件について、母は生前の父を責めただろうか。あなたはプロとして失格ではないか、と。

――そんなはずはない。

塔子は井之上に向かって、ゆっくりと話しかけた。

「覚悟を持つプロならミスをすべきではない。それはわかります。でも、たったひとつミスがあったからといって、その人はプロ失格となるでしょうか。……本来これは、井之上さんに伝えるべきことではないかもしれません。でも、あえてお話しします」

井之上の表情が少し変わった。どんな話をするのかと、塔子の様子をうかがっている。

塔子は続けた。

「上野消防署の小柴主任が記録を見せてくれました。七年前、根津の雑居ビルで発生した火災は、近隣の住宅にも広がっていました。消火作業に当たっていた柿崎という消防官は、じつは延焼中の民家で、小学生の兄弟を救助していたんです。そのあと雑居ビルの消火に加わって、あなたのお母さんと妹さんを見つけた。助けようとしたけれど、建材の崩落に巻き込まれてしまったんです」

息を吸い込む音が聞こえた。井之上の表情が変わっていた。

「それは……本当なのか」低い声で、井之上は尋ねた。

「本当です。こんな話をすれば、あなたは憤りを感じるかもしれません。『どうして小学生の子たちが救助されて、自分の家族は助からなかったのか』と。でもこういう結果になったのは、柿崎さんが訓練を受けた消防官だったからです。彼はふたりの子供を救ったあと、予期せぬ事故で命を落としました。あなたの家族を救えなかったことは本当に残念です。でも柿崎さんは最後までプロとして行動しました。その彼を責めることは、誰にもできないと思います」

井之上は拳を握った。自分の太ももを、また叩いた。しばらく唇を震わせていたが、やがて彼は塔子の顔を見た。

「救助されたあと、その子供たちはどうなった？」

「数日後には、無事退院できたそうです。今も元気だと思います」

「消防官のくせに……」井之上はつぶやいた。「死んでしまったら、どうしようもないじゃないか。その子供たちに会うことだって、できないんだ」

井之上の顔つきは険しかったが、もう他人を攻撃するような台詞《せりふ》は出てこなかった。塔子の言葉は、かろうじて彼の心に届いたのかもしれない。そう信じたかった。

もうひとつ、疑問に思っていたことを塔子は口にした。

「赤城先生を襲ったのは、先生が、あなたのご家族を救えなかったからですね？」

この質問ですべての謎が解明されるはずだった。ところが、井之上は首を横に振った。

「それは違う。……ニュースでは、あの医者をやったのも連続殺人犯だと言っていたが、俺はやっていない」

「おい、井之上。嘘をつくなよ」門脇が凄んだ。

「今さら嘘なんかつかない。俺の目的はあくまで、魚住、大月、種山を始末することだった。放火事件に関わっていない人間を殺す理由は、ひとつもない」

いったいどういうことだろう。塔子は眉をひそめた。

「赤城先生に告発の手紙を送ったのは、あなたですよね？」

「何を言ってるんだ？」井之上は、塔子の顔をまじまじと見た。「俺が手紙を送った相手は、末次という医者だよ。救急病院で俺の母と妹を治療し、死なせてしまったのは、あいつなんだ」

昭和通りに数台のパトカーが停まっている。その中の一台に、井之上の姿が見えた。今彼は身元確認などを受けているところだ。声は聞こえないが、素直に受け答えしていることはわかる。

その様子を見ながら、鷹野が塔子に話しかけてきた。

「たしかに違和感はあったんだ。第三の事件だけが絞殺ではなく、拳銃を使った犯行だった。どうやら、あの一件は模倣犯の仕業だったようだな」

「でも薬傷や、腹部の数字のことは？」

「新聞やテレビで報道されていたから、現場の状況は真似することができたんだろう。ただ、あの数字が9の法則を表していることまで見抜いたのは、たいしたものだと思う」

鷹野の言うように、第三の事件は模倣犯の仕業だったのだろうか。しかし、もしそうだとすると別の疑問が生じる。赤城はどんな理由で、誰に襲われたのか。

「ああ、いたいた。やっと見つけた」

小走りでこちらにやってくる人影が見えた。布袋《ほてい》さんのような腹をした、徳重英次だ。

「トクさん、今までどこに行っていたんですか」塔子は尋ねた。

夕方の捜査会議から、ずっと姿が見えなかったのだ。

「原点に立ち返って、関係者の身元を徹底的に洗ってみたんだよ」徳重は鞄から資料を取り出した。「鷹野さん、これを見てもらえませんか。念のため、今回の被害者四名とその関係者について、住民票と戸籍謄本を取ってみたんです。早瀬係長にも見せたんですが、中にひとつ、妙な記録がありましてね」

街灯の下で、鷹野はページをめくった。やがて彼の顔に、驚きの表情が浮かんだ。

「いったい何なんです、この戸籍は……」

塔子も横から覗き込んだ。ある人物の戸籍謄本だが、十九歳から二十歳にかけて結婚、離婚、結婚、離婚、結婚と、短期間に何度も届が出されているのだ。

そこへ、メールの着信音が響いた。塔子はバッグから携帯電話を取り出し、液晶画面を確認した。早瀬係長からのメールで、件名欄には《三と四が逆》とある。同じメールが届いたらしく、鷹野も自分の携帯を見つめている。

メールの本文に、事件をまとめたものが記されていた。

◆事件一（東上野事件）
・十二月十一日、22：00～翌0：00に死亡。
・被害者は魚住研造。窒息死。

◆事件二（谷中事件）
・十二月十三日、1：00～3：00に死亡。
・被害者は大月雄次郎。窒息死。

◆事件三（御徒町事件）
・十二月十四日、1：30～3：30に死亡。
・被害者は種山常雄。窒息死。

◆事件四（本所事件）

・十二月十四日、23：00～23：30に受傷。
・被害者は赤城庄一。拳銃による脳損傷。のち死亡。

早瀬から電話がかかってきた。

「はい、如月です。今、メールを見ていたところですが……」

「よく聞いてくれ。種山の死亡推定時刻が判明して、第三の事件と第四の事件は、発生順が逆だとわかった。如月たちが種山の遺体を見つけたのは十五日の朝だが、殺害されたのは十四日の午前一時半から三時半の間だ。死後三十時間以上たってから発見されたことになる。十四日は水曜で不動産会社が休みだったから、誰も遺体に気がつかなかったんだ」

「そうすると腹部の数字は、27→45→63→100ではなく、27→45→100→63だったことになりますよね」

やはり模倣犯だ、と塔子は思った。井之上は27→45→100という数字の配置を考えていたのだろう。そこに模倣犯が現れ、赤城殺しを井之上の仕業に見せかけようとした。45のあとに63を挿入しようとしたのだ。ところが、一足早く井之上が100の犯行を済ませてしまったため、100のあとに63の事件が発生してしまったのだ。

電話を切ったあと、塔子は鷹野にそのことを説明した。

鷹野は首をかしげた。こめかみに指を当て、じっと考え込む。だがそのうち、はっとした表情になった。

「信じられないことだ！　だが、そう考えるとつじつまが合う」彼は塔子の肩を叩いた。「一旦、署に戻ろう。大至急、調べたいことがある」

鷹野は覆面パトカーに向かって走りだした。

6

二時間ほどのち、塔子は再び覆面パトカーを運転していた。

助手席には鷹野が、後部座席には徳重が座っていた。ふたりとも難しい顔で、窓外の夜景を眺めている。

この二時間、鷹野は特捜本部で資料を調べ、あちこちへ電話をかけていた。塔子も仕事の一部を手伝ったが、鷹野がいったい何に気づき、何を証明しようとしているのか、まったく見当がつかなかった。彼のほうでも、あえて説明しなかったような節がある。

「その先に停めてくれ」

鷹野に言われて、塔子は面パトを停車させた。三人は車を降り、路地へ入っていった。

強い風の中、紙くずが飛ばされていくのが見えた。行く先の街灯がちらついている。どこからか男たちの笑い声が響いてくる。

やがて鷹野は、ある建物の前で足を止めた。徳重は、玄関に掛けられた看板を見つめている。

山谷地区にある簡易宿泊所・坂本旅館だった。

鷹野がガラス戸を開けた。玄関そばの共用スペースには宿泊客たちの姿があった。缶ビールを飲む者、カップ麺を食べる者、仲間と雑談する者などさまざまだったが、塔子たちが入っていくと、彼らは遠慮のない目でこちらを見た。

カウンターの中に従業員がいた。昨日は中年の女性だったが、今は初老の男性に代わっている。鷹野は警察手帳を呈示し、用事があるので上がらせてもらいたい、と伝えた。従業員は怪訝そうな顔をしたが、どうぞ、と言った。

塔子たちは靴を脱いで廊下に上がった。鷹野は大股で進んでいく。徳重は如才《じょさい》なく、宿泊客たちに会釈をしている。

足下に注意しながら、狭い階段を上っていった。奥から二番目の部屋、二一〇号室の前で足を止める。

鷹野がドアをノックすると、「はい」と返事があった。

「橘さん、荷物が届いています」

五秒ほどして錠が外される気配があった。顔を見せたのは、サングラスをかけた男性だ。頭にはチューリップハットをかぶっている。

廊下の三人を見るなり、男性はドアを閉めようとした。

鷹野がそれを防いだ。ノブをつかみ、ドアを大きく開け放つ。男性はバランスを崩して、畳の上に腰を落としてしまった。

「お食事中……ではありませんよね」鷹野は三畳の和室を見回した。「少し、お話を聞かせていただけますか」

相手の男性は、黙ったままこちらを見ている。予想外の出来事に、どうすべきか迷っているようだ。

鷹野は畳の上に座った。ドアを閉め、徳重と塔子もその横に腰を下ろした。

しばらく男性の表情を観察したあと、鷹野は口を開いた。

「突然訪問して、申し訳なく思っています。しかし我々は、一刻も早く真相を明らかにしなければなりません。今夜、どうしてもあなたと話をしなければならないんです」

相手は口をつぐんだままだ。だが、彼がひどく緊張していることは塔子にもわかった。

鷹野は説明を始めた。

「私が確認したいのは、上野を中心とした地域で発生した連続殺人事件のことです。今回、四つの事件が起こり、現場にはそれぞれ異なる数字が残されていました。すべて9の法則に従ったものだと思われますが、じつはこれらが出現した順番に、大きな問題があります。

死亡推定時刻の順に並べると、27↓45↓100↓63となってしまうんです。犯人の計画性を考えると、これには違和感がある。もしかしたら、別の誰かが63を付け加えてしまったのではないでしょうか。

考えてみれば、本所の事件だけ拳銃が使われていたし、特徴的な手口である『体の切断、破壊』が行われていませんでした。遺体の舌や指が切り取られていたことは報道されていませんから、犯人でない人間はそれを知らなかったわけです。また、63という数字の向きが、第一、第二の遺体とは異なっていた。数字の写真などはどこにも出ていませんでしたから、犯人以外の人間には、詳しい状況がわからなかったんです。これらのことからも、63の事件は模倣犯の仕業だったと考えることができます」

100を与えられた種山の遺体は、殺害されてから三十時間以上発見されなかった。その間、「63という数字はまだ使える」と模倣犯は認識していた。だから順番がくるったのだ。

「ここで話は変わります」鷹野は相手を正面から見つめた。「失礼ですが、あなたの戸籍を調べさせてもらいました。……トクさん、この方の戸籍にはどんな特徴がありましたか？」

うなずきながら、徳重は答える。

「十九歳から二十歳の間に、ふたりの女性と結婚し、離婚していました。そのあとまた別の女性と結婚し、子供が生まれています」

「それほどの若さで二度も離婚するのは不自然です」鷹野は言った。「考えられることはひとつしかない。偽装結婚です。外国人を日本に滞在させるためとか、借金や遺産相続の問題があったとか、そういう理由で行われたんじゃないでしょうか。そして、その事実がたぶん、あなたとある人物とを強く結びつけている。……今、私が知りたいのはあなたのアイデンティティーです。さあ、教えてください。あなたはいったい誰なんです？」

数秒待ったが、相手は答えようとしない。鷹野はゆっくりと首を振ってみせた。

「ごまかすことはできませんよ。……あなたのところには、ホームレスの人がよく訪れていたそうですね。雑誌販売員だった橘さんとは、特に関係が深かったんじゃありませんか？　橘さんはあなたに『あること』をするよう、迫ったんでしょう。だが、あなたはそれを断った。その結果、あなたは生きた亡霊として、こんな場所に身を隠すことになってしまった。そうですね？」

相手の男性は身じろぎをした。小さくため息をついたあと、彼はチューリップハットを脱ぎ、サングラスを外した。

塔子は目を見張った。

その男性は上野外科クリニックの院長、赤城庄一だったのだ。

塔子は混乱した。なぜこの人が、こんな場所にいるのだろう。

「どういうことです？　ここに赤城先生がいるのなら、死亡したのは誰なんですか」

「あれは、前に俺たちが会った橘久幸さんだよ」鷹野が答えた。

「でも、被害者から採取された指紋は、赤城先生のものでしたよね？　昔、警察に登録されていた指紋と一致したって……」

「若いころに、赤城先生と橘さんは入れ替わった。いや、正確には『戸籍を交換した』んだと思う。タイミングとしてはたぶん、元・赤城庄一の指紋が警察に登録されてから、今ここにいる元・橘久幸が医師の資格を取るまでの間だ」

塔子はまばたきをした。あまりに突飛な話で、すぐには理解できそうにない。

「どうして、そんなことをしたんです？」

「理由は本人から聞くしかない。ただ、今の時点で気になるのは、二度の離婚のことだ。若いころ偽装結婚をしたのは、死亡した橘さん――元の赤城庄一のほうだったんじゃないだろうか。この離婚歴を嫌って、他人の戸籍をほしがった可能性がある。それでふたりは入れ替わった。言ってみれば、戸籍のロンダリングだ」

戸惑いながら、塔子は赤城の様子をうかがった。彼は畳に目を落とし、じっと黙り込んでいる。

「……入れ替わるといっても、もし知り合いと会ってしまったらどうするんですか」と塔子。

それはね、と徳重が言った。今回、関係者の戸籍に着目したのは彼だ。鷹野とは情報の共有ができているようだった。

「赤城先生は東北地方の出身だった。橘さんも、前に会ったとき、そう話していた。先生が東京に出てきたのは、今から四十一年前だそうだ。これは『金の卵』が流行語になった昭和三十九年から、何年かたったころだね。

高度経済成長期の日本は今よりずっと活気があったし、猥雑《わいざつ》で、大雑把で、法制度の抜け穴も多かった。社会の闇というのかな、表に出てこないような犯罪もあった。何かの事情でふたりの若者が入れ替わって、別の町で新生活を始めることもできただろう。ふたりとも地方出身だったら、成功する確率は高くなるよね」

「……身分証明はどうしたんです？」

「まだ運転免許証を持っていなかったのなら、問題はなかっただろう。顔見知りのいない土地へ住民票を移し、免許を取る。住民票と免許証、このふたつを手に入れてしまえば、それらが身分証明書になる。免許証の写真は本人の顔と一致しているから、誰も不審に思わない。……その後、元・橘久幸は、赤城庄一として医師になった。そして元・赤城だった橘さんは、紆余曲折を経て雑誌の販売員になった。そういうことだろうね」

塔子は鷹野のほうを向いた。

「いや、でも……そんなことが可能なんでしょうか」

「戸籍は重要な公文書だが、一生のうち何回使うだろうか。普通なら結婚、出産、遺産相続のときぐらいだ。あとは養子縁組や、特別な手続きのときだけだろう」

「まあ、そうかもしれませんけど……」

「普段の生活で身分証明に使うものといったら」鷹野は指を折って数えた。「運転免許証、パスポート、健康保険証、住民票といったところだろう。これらのうち、取得するときに戸籍謄本または抄本が必要なのはパスポートだけだ。そして、戸籍に顔写真などは添付されていないから、入れ替わっていても気づかれることはない。知人のいない土地に移って、一から人間関係を築くなら、いくらでも別人として生きていくことができる。親族とは縁を切って、遺産の相続も放棄すればいいんだ」

信じられないような話だった。しかし考えてみれば、アンダーグラウンドの世界では戸籍の売買があると聞いている。安い場合は十万円ぐらいで、別人の戸籍が買えるそうだ。すでに持っている戸籍を交換するのは、それよりずっとたやすいことかもしれない。

「先生、本当にそんなことがあったんですか」塔子は赤城に問いかけた。

彼の表情は複雑だった。さまざまな感情が入り混じり、整理がつかないという様子だ。

深呼吸をしたあと、赤城は過去の出来事を話し始めた。

「私の元の名前は橘久幸です。中学を卒業したあと十六になる年に上京して、大田区《おおた》にある機械部品メーカーで働き始めました。実家とは縁を切るつもりで就職しましたから、とにかく金がほしかった。毎日油まみれになって働いて、金を貯めました。

当時、唯一の趣味は映画を見ることでした。その趣味で意気投合したのが、同期で就職した赤城庄一という男です。私はどちらかというと慎重な人間でしたが、赤城は積極的で、気持ちの赴《おもむ》くままに行動するタイプでした。一度私が路上で恐喝されそうになったことがあって、彼は怪我をしながらも私を助けてくれたんです。私は彼に感謝し、親友としてつきあうことに決めました。

赤城の知り合いに中原裕子という女性がいて、私たちは三人でよく映画を見にいきました。裕子とは価値観が近かったので、私はじきに、彼女に惹《ひ》かれるようになりました。……今考えてみると、あのころが一番純粋で、楽しい時期だったような気がします。

ところが一年たたないうちに、赤城は会社を辞めてしまいました。これからどうするのかと訊くと、知人と一緒にでかいことをする、と言うんです。どうやらそれはアンダーグラウンドの仕事で、彼は暴力団の下請けのような立場になるらしかった。私は止めようとしましたが、聞き入れてもらえませんでした」

もともと生き方の方向性が違っていたのだろう。塔子にも似たような経験があった。子供のころは仲がよかったはずなのに、些細《ささい》なことがきっかけで疎遠になってしまった友達が何人もいる。

「自分で言うのも何ですが、私は真面目によく働きました。その努力が認められて社長にかわいがられ、ありがたいことに、定時制高校を卒業させてもらうことができました。子供のいなかった社長は、ゆくゆくは私に会社を継がせようと思っていたんでしょう。

そんなとき、中原裕子から連絡があったんです。赤城がいなくなってからは彼女と会う機会もなく、寂しく思っていたところでした。浮かれて出かけていったんですが、裕子の話を聞いてびっくりしました。彼女は赤城と交際していて、彼の子を妊娠してしまったというんです。赤城には責任をとるつもりがないらしい。それどころか、彼はすでに別の女性とつきあっているということでした。当時は私も若かったので、『わかった、俺が話をつけてやる』などと約束して、出かけていきました。

アパートを訪ねていくと、赤城は顔に怪我をしていました。暴力団の下働きをしていてミスを犯し、制裁を受けたのだそうです。それはそうと、中原裕子のことはどうするつもりなんだ、と私は問いただしました。すると赤城は、驚くようなことを言いました。

『橘は裕子のことが好きなんだろう？　だったら、おまえにくれてやるよ』

私はひどく動揺しました。赤城は重ねてこう言いました。

『裕子と一緒になる条件として、おまえに赤城庄一になってもらいたい』

どういうことかと、私は尋ねました。

彼は、暴力団員の指示で偽装結婚を二回行って、戸籍を汚してしまったそうです。じつは今、自分の素性を隠して、大阪の資産家の娘と交際している。彼女と結婚したいのだが、必ず戸籍を調べられるだろう。破談にならないよう、きれいな戸籍がほしいのだ、と彼は説明しました。

『頼む、橘。これは俺が真人間になるための、最後のチャンスなんだ』と彼は言いました。『戸籍の交換に応じれば、おまえは好きな女と一緒になれる。悪い話じゃないだろう？』

生まれてくる子供はどうするのか、と私は訊きました。

『おまえの子として育ててほしい。勝手な言い分だとはわかっているが、迷惑料として百万円用意する。……もしこの話を聞き入れてもらえなければ、おまえの罪を世間にばらす』

私の罪というのは、以前赤城から金の無心をされ、一時的に会社の金に手をつけてしまったことでした。数日後には金を戻しておいたんですが、そのことがばれたらクビということにもなりかねません。

だからといって、戸籍の交換などに応じることはできませんでした。私ははっきり断って引き揚げました。しかしその日以降、たびたび訪ねてくる裕子を見ているうち、心に迷いが生じたんです。……悩んだ末、私は戸籍の交換に応じることにしました。今から三十七年前のことです」

今目の前にいる人物は、元・赤城だった男から戸籍を引き継いだのだ。それだけでなく、交際相手だった女性と、お腹の子供まで引き継いだ。この話を聞いて、塔子は不快感を抱いた。所有物のように扱われた裕子という女性が、憐《あわ》れに思えたのだ。

塔子の気持ちを察したのか、赤城はこう続けた。

「もちろん、裕子自身がどう思っているかということは、私も気になっていました。

だから、正直な気持ちを話してほしい、と促したんです。すると、裕子はこう言いました。

『ずっとそばにいてくれる人が、この子にとっての父親だと思うんです。橘さん、お願いします。私とこの子の、家族になってもらえませんか』

その言葉を聞いて、私は覚悟を決めたんです。……これまで目をかけてくれた社長には何度も詫びて、私は会社を辞めました。それから必要な書類を赤城と交換し、生年月日や故郷のことなど、情報を伝え合いました。準備が整ったあと、私は裕子を連れてすぐに地方へ転居するつもりでした。ところがそのことを話すと、裕子は首を横に振りました。

両親に紹介するから実家に来てほしい、と彼女は言いました。それまで聞いたことがなかったんですが、彼女の父親は上野で診療所を開いていたんです。きちんと話せばわかってくれるから、と彼女に説得され、私は緊張しつつ出かけていきました。

彼女の両親は当然怒りましたが、裕子が買っていったベビー服などを見て、出来てしまったものは仕方がないとあきらめたようでした。そのうち、父親がこう尋ねました。君は勉強が好きか、と。この診療所を継いでくれるのなら、娘と結婚してもいい、というんです。学費と生活費は出すから、これから医大に入って医者になってくれ、と」

前に金内が話していたのは、本当のことだったのだ。

「初めて会った日に、医師になるよう言われたわけですか？」塔子は尋ねた。

「ええ。私も驚きました。しかし、もともと勉強は好きで成績もいいほうだったし、それが結婚の条件だというのなら、受け入れようと思いました。……もちろん、過去の結婚と離婚で汚れてしまった戸籍のことは、裕子の両親には秘密でした。

私たちは入籍して東上野アパートに部屋を借り、その後生まれた佳奈子と、親子三人で暮らし始めました。猛勉強の末、私は医大に合格しました。

卒業し、研修医として病院に勤務したあと、私は義父の経営する上野外科クリニックで働き始めました。曲がりなりにも給料がもらえるようになったので、しばらくして東上野アパートを引き払い、賃貸マンションに移ることにしたんです。

のちに義母と義父が亡くなり、四十歳のとき、私は上野外科クリニックの院長になりました。二度目の引っ越しをして、クリニックの隣にある住居に、親子三人で住むようになったわけです。私はずっと幸せでした。娘の佳奈子にも苦労はさせなかったつもりです。ただ、八年前に亡くなった裕子がどう思っていたかはわかりません。急に倒れたもので、何も話せないままになってしまいました。……これが、戸籍を交換したあとの『赤城庄一』の経歴です」

そこまで話すと、赤城はまた、小さく息をついた。

三畳間に沈黙が降りてきた。風を受け、窓ガラスが小さな音を立てた。

「ところが、三十七年たって橘さんが姿を現した」鷹野が口を開いた。「赤城先生、彼は『戸籍を返してくれ』と言ったんじゃありませんか？」

赤城は眉間に皺を寄せ、両目を固く閉じた。苦しそうな表情だ。

やがて意を決したという様子で、彼は目を開いた。

「そうです。おっしゃるとおりです」

「どうして、三十七年もたってからそんなことを……」塔子は眉をひそめる。

こちらをちらりと見たあと、鷹野は言った。

「元・赤城だった橘さんは、佳奈子さんが重い心臓病にかかっていることを知ったんでしょう。実の娘が困っているのだから、なんとか力になりたいと思った。今、橘さんにできること、いや、橘さんにしかできないことがありました。それは、臓器移植のドナーになることです」

あ、と塔子は思った。これまで見えていた光景が、突如として反転する感覚があった。

塔子は今、ようやく真相に気がついた。

「一方、赤城先生に何かできることはあったでしょうか」鷹野は続けた。「残念ですが、なかったと思います。血のつながった親子ではないから、おそらく条件が合わず、赤城先生はドナーになれなかった。いや、仮に条件が合ったとしても、心臓は脳死後でなければ移植できません。赤城先生にはどうすることもできなかったんです。医師であるあなたにとって、ただドナーを待つだけというのは、とてもつらいことだったでしょう。……だが、そこへ橘さんが現れて、臓器を提供したいと言い出した。赤城先生と橘さんはどちらも中肉中背ですから、顔や手足を硫酸で焼いてしまえば、入れ替わることは不可能ではなかった」

塔子は記憶をたどった。

そういえば昨日、橘は言っていた。「このあと床屋に行って、風呂に入るつもりだ」と。少しでも赤城の髪型に似せよう、という考えだったのではないだろうか。

三十七年たって、ふたりはもう一度入れ替わり、元に戻ったということだ。

「特定の人に臓器を譲りたい、という指定はできません。しかし平成二十二年に臓器移植法の一部が改正され、『臓器を提供する意思表示に併せて、親族に対し臓器を優先的に提供する意思を書面により表示すること』ができるようになりました。夫婦間か親子間でなら、『親族優先』と指定することは可能なんです。現実には、親族の中で心臓の移植を待っているのは佳奈子さんだけでしょうから、彼女ひとりを指定しているのと同じことになります」

「ところが、ひとつ問題があったわけですね」塔子は鷹野のほうを向いた。「今、橘さんと佳奈子さんは親子ではないから、親族への優先提供が適用されない。だから橘さんは、戸籍を元に戻してほしいと申し入れた……」

そうだ、と鷹野はうなずいた。

「赤城先生は相当悩んだことでしょう。三十七年前ならともかく、地域住民とのつきあいや医師の仕事を持つ今、おいそれと戸籍を戻すことはできない。これから名前を変えて別の土地に移り、新しい仕事を探すのは、非常に困難なことです。それに、ドナーになってもらうためには、橘さんに死んでもらわなくてはならない。人道的な問題があるし、それを無視したとしても、どんな方法で佳奈子さんに臓器を提供するかという悩みがあった。自殺をした場合、親族への優先提供は行われないからです。赤城先生は身動きのとれない状態に陥ったことと思います。

そんな中、橘さんは自分の心臓を佳奈子さんに渡すため、とんでもない方法を考え出しました。……赤城先生、そこにあるバッグの中を見せていただけますか？」

赤城の顔に、警戒の表情が浮かんだ。しばらくためらっていたが、やがて彼はバッグを差し出した。

徳重が白い手袋を嵌め、中を探る。出てきたのは拳銃、革手袋、携帯電話、ビニール袋、手書きのメモ、そして薬品の瓶だった。

拳銃を見ながら、鷹野は言った。

「その方法というのは、『拳銃で自殺を図る。そして、連続殺人犯に襲われたように見せかける』というものでした」

「それが本所の事件だったんですね」と塔子。

「拳銃の入手経路はこれから調べなければなりませんが、たぶん暴力団などから購入したんでしょう。本所事件の概要は、おそらくこうです。……橘さんは赤城先生に電話をかけてきた。拳銃で頭を撃つから、俺の体の指定した部分に硫酸をかけろ。腹部に黒いペンで63と記しておけ。最後に救急車を呼んで、人に見つからないように身を隠せ……。そんなふうに指示したんだと思います。どういう経緯かはわかりませんが、橘さんは9の法則に気がついていたんでしょうね。

電話を受けたあと、赤城先生は現場に駆けつけた。止められるものなら止めたかったはずです。しかし橘さんはすでに倒れていた。ここで赤城先生は、警察に事実を話すかどうか悩んだでしょう。だが結局、佳奈子さんの命を助けたいという気持ちが勝って、橘さんの指示どおりに偽装工作を行った。そして現場を去った」

塔子はその様子を想像した。暗がりの中に倒れた橘。頭からは血が流れ出ている。赤城は切羽詰《せっぱつ》まった表情で、橘の体に劇薬をかけていく。皮膚の焼けるにおい。組織の溶けていく音。その光景はあまりに凄惨だ。

「佳奈子さん本人には、これらを隠していたんですか？」鷹野は赤城に訊いた。

「もちろんです。あの子は何も知りません。ただ、末次くんには真相を話しました。親族として、その人物が赤城庄一であることを確認してもらう必要がありますから。それに、移植手術の手続きや、クリニックの今後のことも頼まなくてはいけませんでした。こんなことに巻き込んでしまって、彼には悪いことをしたと思っています」

そうだ。撃たれたのが赤城だと確認したのは、末次だった。あのとき塔子たちが被害者をよく調べていれば、別人だと気づいていたかもしれない。

「生前、橘さんは何度か赤城先生の家を訪ねていましたよね？」と鷹野。

「そうです。追い返すわけにもいきませんでしたから」

「そのとき、臓器提供の意思表示カードを貸してくれと言われませんでしたか？」

赤城は驚きの表情を浮かべた。

「……よくご存じですね」

「赤城先生は、煉瓦堂の金内さんに話しましたよね。一度カードをなくして作り直した、と。……亡くなった橘さんのポケットには、意思表示カードが入っていました。それとは別に、赤城先生の自宅にもカードがあった。新しく作ったのは、自宅で見つかったほうでしょう。

橘さんはカードを借りて、赤城先生の指紋を拭き取り、自分の指紋を付けたんだと思います。あとで調べられたとき、本人とカードの指紋が一致しなかったら、不自然ですからね。

彼は、カードを衣服のポケットに入れてから拳銃自殺を図る必要がありました。そうでないと、臓器移植ネットワークへの連絡が遅れて、移植が速やかに行われないおそれがあったからです」

「ええ、そのとおりです」赤城は説明した。「参考のために見たいと橘に言われ、私は臓器提供の意思表示カードを渡しました。彼がそれを持ち帰ってしまって返してくれなかったので、仕方なく別のカードを作ったんです。たぶん彼は、カードの筆跡が赤城本人でなかったらまずい、と思ったんでしょうね。

顔がわからないようにしておけば、自分は確実に赤城だと断定されるはずだ、と橘は話していました。ご存じでしょうが、十九歳のとき彼は傷害事件を起こして、指紋を採取されています。それが赤城庄一の指紋として警察に登録されている。今、橘の指紋を調べれば、そのとき登録された指紋と一致するわけです。……こうして『赤城庄一』は死亡し、戸籍からも、警察の記録からも消滅しました」

塔子は、上野公園のそばで橘に会ったときのことを思い出した。徳重が雑誌を買った際、橘はこう話していた。「若いころは馬鹿をやって、お巡りさんの世話になったこともあった」と。そのとき彼は、指紋を採取されていたのだ。

「ユニットハウスには橘の残した指示書がありました」赤城はメモ用紙を指差した。「また、これまでの経緯は手記として、長期宿泊していたこの部屋に残してありました。……どうやら橘は、一連の事件の犯人に心当たりがあったようですね」

ええ、と鷹野はうなずく。

「その人物を今日の夕方、捕らえました。犯人が遺体に硫酸をかけたのは、個人的な怨恨によって9の法則を模したからです。しかしその手口は橘さんにとって、赤城庄一という存在を抹消《まっしょう》するのに好都合だったわけですね」

その結果、警察も臓器移植ネットワークも、あの被害者のことを、医師である赤城庄一だと思い込んでしまったのだ。

「橘は第二の事件のあとで、9の法則に気がついたと話していました」赤城は薬品の瓶を見ながら言った。「報道で、遺体の数字は27から45へ増えたことがわかっていました。だから、次は63ぐらいにすればいいと考えたんでしょう。計画を実現するため、彼はわざわざ千葉県まで行って、金属加工をする工場から硫酸を盗み出したようです。……しかし刑事さんの話では、種山さんのほうが先に100となって死亡していたんですね。橘は間に合わなかったというわけですか……」

赤城は目を伏せ、畳の縁をじっと見つめた。

やりきれない気分だった。いくらか非難の気持ちを込めて、塔子は尋ねた。

「何かほかの方法はなかったんですか。こんなことになる前に、どうにかできなかったんですか、赤城先生？」

「生きる希望を失っていた橘にとって、一連の殺人事件は、天の配剤とも思える出来事だったんじゃないでしょうか。もちろん、殺人事件を利用するなど、人の道に反することです。でも、目の前にある千載一遇のチャンスを、彼は逃すことができなかった。私も、その犯罪に協力してしまいました。……橘は娘を助けるために、命を捨てた。そして私は娘を助けるために、医者としての人生を捨てたんです」

塔子の脳裏に、ある記憶が浮かんだ。子供を助けるため、車道に飛び出した父親。泣いていた女の子。あれを見たのは、上野公園のそばで橘と話していたときだった。

あの一件と単純に比較することはできない。だが親というものは、子供を守りたいという気持ちから、ときに信じられないような行動をとるものらしい。

それは塔子にも理解できることだった。そうだ。理解できてしまうから、今、自分は悩んでいる。赤城のとった行動は、いったいどれぐらいの罪に当たるのだろうか。

「先生。ひとつ教えていただけませんか」塔子は尋ねた。「今日、私たちがここにやってこなかったら、どうするつもりだったんです？」

赤城は黙り込んだ。塔子から徳重、鷹野へと視線を移して、ため息をついた。

「とりあえず、何日かはここで過ごすつもりでした。佳奈子の手術が成功したら、末次くんから連絡をもらう手はずになっていたんです。その先は、落ち着いてから考えようかと……。罪に問われたくないという気持ちはありました。でも、たとえこの町を出たとしても、今さら橘久幸として生きていけるかどうか、自信はありませんでした」

「犯罪はいずれ暴《あば》かれるものです。逃げおおせるものではありません」鷹野が言った。

「そうでしょうね」力なく、赤城はうなずく。

「では行きましょうか、先生」

赤城を連れて、塔子たちは簡易宿泊所を出た。宿泊料は前払いされている。荷物の引き取りは、あとで行えばいい。

外に出ると、頬に冷たい風が吹き付けた。

鷹野と赤城が並んで歩くのを、塔子はうしろからじっと見ていた。薄手のジャンパーしか着ていない赤城は、ときどき体を震わせている。

「如月ちゃんはどう思っているのかな」徳重が、小声で話しかけてきた。

「……え？」

街灯の下、徳重の穏やかな表情が見て取れた。

「この先に日本堤交番があるけどね」

彼がそんなことを言い出すとは意外だった。

たしかに、そのことは塔子も考えていた。このまま署に連行すれば通常の逮捕となるが、自首したのなら、裁判で刑が軽くなる可能性がある。赤城のおもな罪は死体損壊だが、同情の余地のある犯行だ。

「……でも、鷹野主任が認めてくれないと思います」

「だけど、ここで言わなかったら後悔するんじゃないのかい？」

塔子は徳重の顔を見つめた。ひとつうなずくと、小走りになって鷹野の横に並んだ。

袖を引っ張り、鷹野にささやきかける。

「主任、この先に交番がありますよね。そこへ行きましょう」

「どういうことだ？」

「せめて、自首させてあげたいんです。お願いします」

鷹野は難しい顔をした。ちらりと赤城の表情をうかがってから、塔子に視線を戻した。

「それは、我々に判断できることではないだろう」

「そうです。自首するかどうかは、本人の考え次第なんです」塔子は赤城に問いかけた。「先生、今からでも自首してもらえませんか？　この先に交番がありますから」

赤城は戸惑うような表情になった。薄闇の中で、前方にじっと目を凝らす。しばらく考える様子だったが、やがてゆっくりとうなずいた。

「わかりました」

「ね？　本人がこう言っていますから」

鷹野は道端で足を止めると、咳払いをした。

「一本、電話をかけるのを忘れていた。先に行ってくれ。十分やそこらは、かかるかもしれない」

澄ました顔で、彼は言う。塔子は深々と頭を下げた。

「ありがとうございます、主任」

「俺は電話をかけるだけだ」鷹野はうしろを振り返った。「ですよね、トクさん」

「ええ、そのとおりです」

徳重はこくりとうなずいた。

7

上野のイメージの色は、と訊かれれば、私は「橙色《だいだいいろ》」だと答える。

橙色。それは昼と夜の隙間を埋める、感傷的な色だ。

上野駅のすぐそばで、上野公園のベンチで、あるいは不忍池《しのばずのいけ》のほとりで、私は何度も橙色の空を見た。一度として同じ暮れ方をする日はなかったように思う。吹き付ける風、土と草と水のにおい、ガラス窓の光り方、聞こえてくるクラクションの音。それらが複雑に絡み合って、毎日、違った夕日を見せてくれる。

静かな夜になる前の、太陽の最後の輝き。地平線のそばにあって、すべてを燃やし尽くそうとするような夕日。その姿が、古くて新しいこの町にはよく似合っている。

だから私は、橙色が好きだ。

戸籍を交換してからずっと、私は赤城庄一として上野の町で生きてきた。

佳奈子には、私が実の父親でないことは打ち明けていない。彼女は美大を出たあとしばらく苦労したようだが、この六、七年でイラストレーターとしての才能を開花させた。

佳奈子は心臓に持病があったが、四年前に末次くんと結婚することができた。血がつながっていないとはいえ、私にとっては大事な娘だ。式のときは、さすがに胸が熱くなった。幸せになってほしいと、私は願った。

ところが、三年ほど前から佳奈子の病状は悪化した。彼女は心臓の移植を待つしかない状態に陥っていたのだ。心臓は専門外だったとはいえ、何かできなかったのかと、私は自分を責めた。末次くんも大きなショックを受けていた。

臓器移植ネットワークに登録したが、なかなか順番は回ってこない。私は、自分が脳死状態になったら心臓を使ってもらえるよう、親族へ優先的に臓器提供する、という意思表示をした。しかしひそかに調べたところ、血のつながらない佳奈子とは、医学的な移植条件が適合しないことが判明した。

私は悩んだ。海外に行って金を積めば、手術の順番を早めてくれるという話を聞いた。だが、ずるいことはしたくない、と佳奈子が言うのだ。末次くんが彼女の説得に当たったが、駄目だった。頑固なところは母親の裕子に似たのだろうか、それともあの男に似たのか。私には、打つ手がなかった。

そんなとき、橘が——元・赤城庄一が現れたのだ。今から半年ほど前のことだった。

あれから三十七年が過ぎていたが、彼の顔は忘れるはずもなかった。

「久しぶりだな」と橘は言った。

彼の服は汚れていて、路上生活者のように見えた。もしかしたら、金をせびりに来たのだろうか。いくぶん警戒しながらも、私は彼を自宅に招き入れ、一緒に酒を飲んだ。

彼はこれまでの出来事を話し始めた。あのあと大阪に移って資産家の娘と結婚したが、事業に失敗して破産し、離婚したという。子供は出来なかった。離婚後は、日雇いの仕事をしながら長らく大阪のドヤ街にいた。バブルの時期には建設工事も多く、そこそこ収入もあったらしい。しかしその後の不景気で仕事がなくなり、食べるものにも困るようになった。とうとう、今年になって東京へ戻ってきたそうだ。

「あの子は有名人なんだな。驚いたよ」

佳奈子がイラストレーターになったことは、こちらに戻ってから知ったらしい。彼女が私の家に出入りするのを見てなつかしく感じ、遠くから観察していたそうだ。もちろん、声をかけたりはしなかったという。

今彼は雑誌を売りながら、山谷の簡易宿泊所で暮らしているということだった。金がないときには、上野界隈で野宿もするそうだ。負け犬の人生だよ、と彼は言った。五十年以上生きてきて、自分はこの世界に何も残すことができなかった、とため息をついていた。

だがそんな彼にひとつの目標が出来た。佳奈子について調べているうち、彼女が心臓のドナーを探していることを知ったのだ。なんとかしてやりたい。本当の父親である自分なら、医学的な移植条件も適合するだろう。どのみち、もうこの世に未練はない。娘が元気になるのなら、自分の心臓を使ってほしい。橘はそう考えたという。

彼が私を訪ねてきた理由は、それだったのだ。

「俺は馬鹿な人間だよ」ウイスキーを飲みながら、橘は言った。「今になってこんなことを言うのは、わがままだとわかっている。でも、あの子を助けたいんだ」

「さんざん好き勝手をしておいて、何を言ってるんだよ」

「今まで、親らしいことは何もしてやれなかった。だから、せめて俺の臓器を譲ってやりたいんだ」

「気持ちはわかるが……」私は彼を諭した。「心臓を渡すことができるのは、ドナーが脳死したあとだぞ」

「最近、歳をとって気持ちが弱ってきたんだ。この先のことを考えると、絶望的な気分になる。はっきり言うが、俺はこれまでに何度か自殺未遂をしている。そんな俺にも、役に立てる機会が訪れたんだ。……なあ、どうか俺に戸籍を返してくれ。俺はなんとかうまく死ぬから、おまえは俺の体が移植に使われるよう、見守ってほしい」

念のために調べてみると、たしかに橘は移植条件をクリアしているようだった。だが臓器移植法では、この人に臓器を譲りたい、という指定はできない。親族への優先提供は可能だが、現在、橘と佳奈子は赤の他人だ。特別養子縁組をした親子でもいいのだが、我々のケースでは無理だった。特別養子縁組は、子供が六歳未満の場合しか認められていないのだ。

「こっそり入れ替わることはできないか?」橋はしつこく訊いてきた。「当然準備は必要だと思う。悪いけど、おまえにはどこか遠くの町に引っ越してほしいんだ。俺は赤城に戻って死ぬ。おまえは橋に戻って隠居暮らしをする。医者なんだから、それなりの蓄えはあるだろう?」

あまりに勝手な言い分だ。そのプランを実行するためには、私は赤城であることをやめなくてはならない。それに、ほかにも現実的な課題があった。

「一番の問題は、『自殺した場合はドナーになれない』ということだ」私は彼に説明した。「そして心臓を提供するには、脳は死んでいるが心臓はまだ健康、という状態でなければいけない。頭に致命的なダメージを受け、心臓が無事なうちに病院に搬送されて、延命治療を受けなければならないんだ。そんな難しいことが、できると思うか?」

おかしなことを考えないようにと、私は釘を刺した。

ウイスキーのグラスを眺めたまま、彼はじっと考え込んでいた。そのうち、「何も訊かずに五十万円貸してくれ」と言った。妙だとは思ったが、相手は秘密を共有する男だ。若いころ世話になった恩もある。私はその金を用立ててやった。

それからも橋は、ときどき私の家に来て酒を飲んでいった。私が不機嫌になると知って、佳奈子の病気のことはあまり口にしなくなった。それでいい、と私は思った。
だが、知らないうちに橘は行動を起こしていたのだ。今から二週間前、橘はバッグを持って現れた。

「準備は整った」彼はバッグのファスナーを開いた。

中から出てきたのは拳銃だった。驚く私に、橘はこんな説明をした。

炊き出しに並んだ際、彼はあるボランティアの男性と知り合ったそうだ。帽子をかぶり、縁の太い眼鏡をかけた、三十歳ぐらいの人物だった。親しくなって一緒に酒を飲んだのだが、そのとき妙な話を聞いた。

「以前、根津で起こった火災で、僕の家族が死んだんです。放火の疑いがあるんですが、あなたは何か知りませんか？　じつは、ホームレスらしい男性が火災現場の近くにいたという証言があるんです。放火を目撃している可能性があるので、見つけて話を聞きたい。それで僕は、こうしてボランティアをしているわけなんです」

あいにく橘はその火災を目撃してはいなかった。だから役には立てなかったが、そのボランティアの男性には大いに同情した。ふたりは酒を酌《く》み交わした。

かなり酔いが回っていたのだろう、その男性はこんなことも言った。

「橘さんにだけ話しますけどね、調べた結果、放火犯の目星はついているんです。噂ですが、そいつらのグループは拳銃や麻薬の取引をしているらしい。裏付けが取れたら、僕は必ず報復しますよ。あとは、そうですね、家族を早く助けてくれなかった消防官にも恨みがあるから、奴らも巻き込んでやるんだ。

ねえ橘さん。人間はね、Ⅱ度の熱傷を体の30パーセント以上に負うと、命が危なくなるんです。即死じゃありません。じわじわと死が迫ってくるんです。僕は、火傷で苦しみながら死んでいった家族のことを、連中に思い出させてやりたいんですよ」

物騒な話だった。そんな恐ろしいことはやめたほうがいい、と橘は諭した。

「冗談ですよ」と相手は言ったが、目は笑っていなかったという。

半年前、私の家で飲んでいるとき、橘はこの話を思い出したらしい。そうだ、拳銃だ、と橘は思った。彼は上野界隈で情報を集め、そのグループと接触した。三十数年前、自分もアンダーグラウンドの世界にいたから、闇社会の流儀はだいたいわかる。私から借りた金の一部を使って、拳銃を一丁買ったということだった。

「これで俺は自殺を図る。ゴム紐か何かで細工をして拳銃が部屋から消える、という仕掛けを考えたらどうだろう」橘は興奮した様子で、子供じみた考えを口にした。

「成功すれば他殺とみられるから、心臓の移植ができるはずだ」

「馬鹿なことを言うな！」私は彼を叱りつけた。「佳奈子のことは私も心配だ。しかし自殺をして臓器を渡すなんて、人としても、医者としても許すことはできない。だいたい、そんなことをして佳奈子が喜ぶと思うのか？」

「拳銃を手に入れるには、ずいぶん苦労したんだ。俺なりに一生懸命考えた結果だよ」

「顔はどうするんだ。見た目ですぐばれるだろう？」

「つぶしてしまうとか、焼いてしまうとか……。薬品を使う手も考えているんだ」

「どれもこれも、くだらない考えだ。おまえは昔からそうだった。戸籍を交換してくれだの、元に戻せだの、今度は自殺するだの……。冗談じゃない！」

あんなふうに他人を怒鳴ったのは初めてのことだった。さすがの橘も言葉を失い、肩を落としていた。

気詰まりな雰囲気だった。少し言い過ぎた、と詫びてから、私は話題を変えた。じつは、先ほど橘が話していたボランティア男性のことが、気になっていたのだ。

数日前、末次くんのところに二通の手紙が届いていた。一通目は『七年前、あなたは患者を死なせた』といった内容のものだった。末次くんは以前、台東区の救急指定病院に勤めていた。七年前の根津の火災で、二名の負傷者を治療したのだが、火傷がひどくて助けることができなかったそうだ。手紙の相手は、その件を追及しているらしい。二通目の手紙には、そのことを黙っていてやるから三百万円用意しておけ、と書かれていた。

末次くんは優秀な医師だが、こういうことには、からきし弱い。警察に届け出たほうがいいでしょうかと、私に相談してきた。こんなものは放っておけばいい、と私はアドバイスし、彼から手紙を預かっておいた。

　私がそんな行動をとったことには理由があった。私の十指の指紋は、赤城庄一として警察に登録された指紋とは異なっている。あれは、橘がまだ赤城と名乗っていたころに採取されたものなのだ。したがって、手紙のことを調べるため指紋を確認したいなどと言われたら、戸籍の交換がばれるおそれがあった。一度ばれたら私は医師の仕事を続けられなくなり、佳奈子を支えていくこともできなくなるだろう。だから極力、警察とは関わりたくなかった。そういう事情があって、二通の手紙を末次くんから預かっていたのだ。

　私がこれらの経緯を話すと、橘は深くうなずいた。

「その手紙を送ったのは、あのボランティアの男じゃないだろうか」

　私もそう思っていた。それで、橘に手紙のことを打ち明けたのだ。

　こんなふうに話がつながるとは、奇妙な偶然だった。しかし橘は、それほど不思議には思わなかったらしい。

「偶然のように見えるが、そうでもないだろう。ボランティアの男は放火の目撃証言を聞くために、いろいろなホームレスと話をしていたんだ。遅かれ早かれ、俺とも出会っていたはずだ。……とにかくその手紙は、隠しておいたほうがいい」

三百万円について末次くんは気にしていたようだが、そもそも七年前、患者が亡くなったのは末次くんの責任ではない。完全な言いがかりだから、気にすることはないと諭した。

その後、脅迫者はまた何か言ってくるかと思ったが、三通目の手紙は来なかった。おそらくあれは嫌がらせだったのだろう、と私は考えた。

そして、十二月十四日——私の人生で最悪の日がやってきた。連続殺人事件のふたつ目、大月雄次郎の死亡が全国に報道された翌日だ。

午後、橘から電話がかかってきた。今日の夜十一時ごろ、必ず家にいろと言う。何だろうと思いながら、夜、私はリビングルームで待っていた。十一時ちょうどに、橘から再び電話がかかってきた。

「今、連続殺人事件が起きているだろう。あの事件の犯人は、やはり例のボランティアだよ。あいつが火傷のことを話していたのを思い出して、いろいろ調べてみた。27とか45とかいう数字は、9の法則に従っているんだ。おまえは医者だから、その法則は知っているよな？　これまでの事件で、遺体の顔や腕がひどいことになっていたのは、そのせいだったんだ」

私は驚いていた。9の法則のことは知っていたが、あの事件にそんな意味が隠され

ている とは思ってもみなかった。

「もう、ふたりも殺害されている。その男は、まだ上野近辺にいるんだろうか」私は尋ねた。

「本人に確認しようと思ったが、捜しても見つからなかった。たぶん、情報収集を終えてボランティアはやめたんだよ。考えてみれば、あの帽子も眼鏡も、人相を隠すためだったんだろうな。こうなるともう、捜し出すのは無理だ」

「わかった。警察に通報しよう。匿名で電話をかけるか、告発文を送るかすれば……」

「いや、もっといいことを考えた。あいつに泥をかぶってもらうんだよ」

「何だって?」

「今まで、おまえにはいろいろ世話になってきた。最後にもうひとつ迷惑をかけるが、これも運命だと思ってあきらめてくれ。……いいか、これから俺は拳銃で頭を撃つ」

私は耳を疑った。馬鹿なことはやめろ、と言った。

「黙って聞け。俺は今、厩橋を渡って左側の高速道路下、ユニットハウスの中にいる。すぐに来てくれ。前に借りていたおまえの臓器提供意思表示カードは、スラックスのポケットに入っている。今から俺は、赤城庄一として自殺を図る。……ここに硫酸が用意してあるから、おまえはそれを俺の体にかけろ。指示書があるから、そのとおりに薬傷を負わせてくれ」

「そんなこと、俺にはできない！」

「頭を撃ち抜くんだから、硫酸を浴びても痛みは感じない。必要があれば心臓マッサージをしてくれよな、大事な心臓が悪くならないようにさ」

橘は細かい説明をして、最後にこう言った。

「いいか、このあと赤城庄一は死ぬんだ。今後おまえは絶対、人前に顔を出すんじゃないぞ」

「医者として、こんなことには協力できない。頼む、考え直してくれ」

私が懇願すると、彼は即座に答えた。

「『医者として』なら協力できないだろう。だが『父親として』ならどうだ？　これで佳奈子は助かるんだよ。おまえだって心のどこかで、こうなることを望んでいたはずだ」

「いつもいつも、おまえは勝手なことばかり……」

そうだな、と橘は言った。それからこう続けた。

「長いこと迷惑をかけてしまったな。……すまなかった」

電話は切れた。

私は車で現場に駆けつけ、倒れている橘を発見した。脳にひどいダメージを受けていたが、心拍はまだあった。それを見たとき、私の気持ちは決まった。この心臓を動かしているのは彼の執念だ、と思ったからだ。

私は指示された作業に取りかかった。硫酸をかけるときにはさすがに手が震えたが、なんとかやり終えた。油性ペンで、橘の腹部に63と書いた。それが、連続殺人犯の特徴なのだ。あとで知ったが、数字を書く向きが、それまでの事件とは少し異なっていたらしい。

現場から持ち帰るものは、すべて指示書に書いてあった。硝煙反応を隠すために橘が使った革手袋とビニール袋、薬莢、拳銃、薬の瓶。そういったものをバッグに詰めた。それから一一九番に通報し、バッグを持って私は立ち去った。あとは救急隊が、彼を病院まで運んでくれるはずだった。

車を自宅に戻したあと、私は末次くんを呼び出した。事情を説明し、戸惑う彼を叱咤してこの計画に従わせたのだ。じきに臓器移植ネットワークから電話がかかってくるから、佳奈子に入院の準備をさせてくれ、と伝えた。私が生きていることは、佳奈子には隠しておくよう頼んだ。それから、あとで警察がやってきたら、私の所持品だといって提出するよう、ボールペンを渡した。これは事前に橘が用意しておいたペンで、橘の――つまり旧・赤城庄一の指紋が付着しているものだった。

最後に私はもう一度診療所に行った。前に末次くんから預かっていた手紙の一通を、鍵のかかる箱に入れ、机の引き出しにしまい込んだ。これも橘からの指示だった。この前手紙を読んだとき、便箋には橘の指紋が付いている。彼は赤城庄一として死ぬわけだから、この手紙が出てくれれば、七年前の件で赤城が脅されていたように見える。そうすれば今回の拳銃事件も、連続殺人犯の仕業だと思われるだろう。

すべてが片づくと、私は橘のチューリップハットをかぶり、サングラスをかけて山谷の宿に向かった。そして、橘が泊まっていた部屋にこもったのだ。

本来なら、橘から電話をもらった直後に、警察に通報すべきだったのかもしれない。それができなかったのは、橘の執念に屈してしまったからだった。その時点で私は、医師としての資格を失っていたのだと思う。

橘が泊まっていた部屋で、私は彼が残したメモを読んだ。長い文章の最後を、橘はこう結んでいた。

《俺はおまえの気持ちに甘え、おまえをずっと利用してきた。謝って済むことではないと思うが、一言詫びておきたい。最後まで迷惑をかけて、本当にすまなかった》

佳奈子の手術も無事終わったようだし、いずれ私は簡易宿泊所を出るつもりでいた。だが、そこに刑事たちがやってきたのだった。

彼らは思っていた以上に優秀だった。橘の立てた計画は、ほとんど見抜かれてしまっていた。

今、私は上野警察署の中にいる。この先、自分が赤城庄一として生きていくのか、それとも橘久幸として生きていくのか、私自身にもよくわからない。だが、心は平静だ。すべてを告白することができて本当によかった。私はそう思っている。

あとは——佳奈子が元気になってくれることを祈るばかりだ。

真相を知ったとき、あの子は私と橘を恨むかもしれない。なぜこんなことをしたのかと、嘆き、憤るかもしれない。佳奈子はきっと泣くだろう。私は目を閉じ、じっと黙っているしかないだろう。

親とは、そういうものなのだ。

8

十二月二十四日、朝。塔子たちは上野署の講堂で、捜査会議を行っていた。捜査員たちは被疑者の逮捕から一週間以上が経過し、取調べは山場を迎えていた。

作業を分担し、連日、裏付け捜査に奔走している。

早瀬係長がみなに向かって説明した。

「桐沢こと井之上慶太の自宅を捜索したところ、冷凍庫から不審なポリ袋が見つかりました。中に入っていたのは、人間の舌と十本の指です。井之上の自供によると、殺害現場から持ち帰ってはみたものの、どう処分するかは決めていなかった、ということでした。

七年前の根津の火災では、放火犯が検挙されませんでした。そのこともあって警察の力を過小評価していた、と井之上は供述しています。また、ホームレスをあなどったのもミスだった、と話しているそうです。ホームレスを軽視する気持ちがあり、火災や暴力団のことなどを漏らしてしまった。その結果、橘が拳銃を入手して手口を模倣したわけですから、井之上はかなり後悔しているでしょう。

医師の末次に手紙を出したのは、嫌がらせのためだったようです。三百万円用意しろという内容も送っていましたが、その後、殺人事件の準備が忙しくなったので三通目は出さなかった、と話しています」

神谷課長が口を開いた。

「今回、『赤城庄一が襲われた』と見える事件が起こったのは、奴にとって最大の誤算だったはずだ。あれがきっかけとなって、末次に宛てた手紙が、我々警察の手に渡ってしまった。井之上は、橘と赤城に利用されてしまったわけだ」

「その赤城庄一は現在、死体損壊容疑で取調べを受けています。橘に委嘱されたとはいえ、体の多くの部分を硫酸で焼くというのは、非常に残酷な行為です。責任は免《まぬが》れないでしょう。……ただ、最後に自首したことは、裁判では少し有利に働くかと思われます」

「感心しないな」冷たい調子で、手代木管理官が言った。「自首するぐらいなら、なぜ犯行を思いとどまらなかったのか。刑を軽くしてほしいという気持ちが見え見えだ」

「まあしかし、赤城には情状酌量の余地がある。自首したことは、良心の表れだと受け取るべきだろう」神谷課長は、塔子のほうを見た。「そうだな、如月？」

「……あ、はい。そう思います」

戸惑いながら、塔子はこくりとうなずいた。

徳重がこちらを振り返って、笑顔を見せた。もしかしたら、と塔子は思った。赤城を自首へと誘導することは、神谷課長も了承済みだったのかもしれない。

「赤城の義理の息子である末次からは、任意で事情聴取を行っています」早瀬は資料のページをめくった。「赤城と橘が入れ替わってドナーになる、と聞かされたときは本当に驚いたそうです。しかし妻の佳奈子は病気で苦しんでいたので、なんとか移植を受けさせたいと思った。悪いことだという意識はありましたから、この件で末次は相当悩んだようです」

塔子は、末次の真面目そうな顔を思い出した。彼もまた、この事件に巻き込まれてしまった人間のひとりなのだ。

「一方、最初の事件があった東上野アパートの件です。一一五号室の借り主だった五十嵐文彦と、保証人の郷田昭良は、やはり実在しない人物でした。……あの部屋は、暴力団とつながりのあった種山常雄によって、拳銃、麻薬などの販売に利用されていました。ブツの取引場所になっていたため、いろいろな人間が出入りしていたわけです。井之上慶太はそのことを知り、取引をしたいと言って、魚住をあの部屋に呼び出しました。

目撃証言のあった五十代の女、四十代、二十代の男も、それぞれ逮捕しました。それから、バイク店で強盗傷害事件を起こした男も、その末端の売人から薬を買っていたことがわかっています。

しかし種山不動産の事務所を捜索しても、拳銃、麻薬などは発見されませんでした。そこで、捜査員が東上野アパートを詳しく調べたところ、階段室の上の、今は使われていない共同水場でブツが見つかりました。壁に細工をして、保管場所にしていたんです」

あの建物の壁には、あちこち亀裂が入っていた。剝離したコンクリートを補修した跡もあったから、種山たちはそれを利用したのだ。一一五号室には「顧客」が出入りするから、室内に隠しておくのは危ないと判断したのだろう。

そういえば喫茶店・煉瓦堂の忘年会客が、東上野アパートには幽霊が出るらしい、などと話していた。「屋上や階段を、ふらふら歩いていた」という噂があったそうだが、おそらく、種山らが共同水場へ出入りする姿を、誰かが目撃していたのだろう。

また、橘久幸が東上野アパートを覗き込んでいた、という情報があったが、あれは種山たちの動向を探っていたのだと思われる。別れた妻に似た女性を見にきた、というのは嘘で、拳銃を入手するため、種山らと接触する必要があったのだ。

塔子は、古びたアパートの外観を思い浮かべた。そのうち、赤城たち親子のことが頭に浮かんできた。かつて赤城庄一と裕子、佳奈子の三人は、東上野アパートに住んでいたのだ。

あの場所で、赤城たちはどんな思い出を作ったのだろう、と塔子は考えた。


上野署を出て、塔子は空を見上げた。今日は穏やかな一日になりそうだった。

塔子と鷹野は東都大学医学部付属病院を訪問した。廊下を進んでいくと、休憩スペースから末次が出てくるのが見えた。塔子たちに気づいて、はっとしたようだ。

「今日、私の事情聴取はないはずですけど……」不安げな顔で、彼は言った。

「佳奈子さんの様子はいかがです？」塔子は尋ねる。

「……佳奈子から聴取をするんですか？　無茶を言わないでください。心臓の手術をしたばかりなんですよ」

「いえ、お見舞いです」塔子は買ってきた花を掲げてみせた。「主治医の先生からも、許可はもらっていますから」

末次は一瞬疑うような目をしたが、あれこれ言っても仕方ないと思ったのだろう。ふたりを病室まで案内してくれた。

佳奈子の部屋は個室だった。広い窓から、気持ちのいい陽光が射し込んでいる。だが、塔子たちの姿を見ると、佳奈子の表情は曇った。ベッドに横たわったまま、彼女は身じろぎをした。

「刑事さんたちが、お見舞いに来てくれたんだ」末次はそう説明した。

持参した花を末次に手渡すと、塔子はベッドに近づいた。遠慮しているのか、鷹野は一歩下がった位置にいる。

「佳奈子さん、具合はいかがですか」

「……わかりません。心臓の具合なんて、目には見えませんから」

小さな声で、佳奈子は答えた。言い方に、少し棘《とげ》があった。

末次が壁際からパイプ椅子を運んできた。塔子は、相手を押しとどめるような仕草をした。ここに長居をするつもりはない。

塔子はバッグから新聞を取り出した。今日発行された、東陽新聞の朝刊だ。

「ここに、今回の事件のことが載っています」

「もう、やめてください」佳奈子は首を振った。「夫からすべて聞きました。赤城庄一と橘久幸は、社会のルールを破った人たちです。そのせいで厳しい批判を浴びています。……でも、わかってください。あの人たちは、私の大事な父親なんです」

塔子は新聞を広げ、ベッドの上の佳奈子に見せた。

「違うんです、佳奈子さん。これは赤城先生たちを責めるための記事じゃありません。私の知っている新聞記者が、連載企画を立てたんですよ。……今、移植医療で何が問題になっているのか、さまざまな角度から検証しています。親族への臓器優先提供については、賛成する意見もあるし、反対する意見もあります。ここで結論を出すことはできませんが、こうして問題提起を行えば、臓器移植のことを考えてもらうきっかけになるはずです。今、ここから新しい議論が始まる可能性があります。いずれ、大勢の人たちが救われるようなルールが作られるかもしれません」

この記事を書いたのは、東陽新聞の梶浦だった。

警察官と新聞記者では立場も違うし、行動の目的も違う。正直な話、塔子は梶浦を疎《うと》ましく思っていた。だがこの記事を読んでみて、少し考えが変わった。

この連載企画によって、多くの人が事件の背景を知ることになるだろう。読者は不快感を抱くかもしれないし、やるせない気分になるかもしれない。だがその一方で、このままではいけない、もう少し生きやすい世の中にしたい、と思う人も出てくるのではないか。

そうした効果に期待したいと塔子は思っている。

「……私、悔しいんです」佳奈子の声が聞こえた。

天井を見上げながら、彼女は続けた。

「三十七年前にふたりが入れ替わっていたことも、その後、戸籍を戻す戻さないの話があったことも、私は知りませんでした……」

塔子は、穏やかな調子で話しかけた。

「戸籍の交換を隠していたことで、赤城先生はずっと負い目を感じていたんじゃないでしょうか。だから、いい人間であろうと努力した。ホームレスの人たちを診察していたのも、そのせいだと思います」

「その結果がこれですか？」佳奈子は声を震わせた。「どうして、こんなことになってしまったんです？　肝心の私を放っておいて、あのふたりは、勝手に悩んで、勝手に事件を起こして……」

「たしかに、ふたりは罪を犯しました。ですが、そうせずにはいられなかった、という気持ちはよくわかります。警察の人間が、こんなことを言ってはいけないのかもしれませんが」

塔子はちらりと鷹野の様子をうかがった。彼はこめかみを掻いて、塔子から目を逸らした。

「なぜ話してくれなかったんでしょうか。本人の気持ちはどうでもよかったということですか。……私を助けるために、ふたりの父が人生をなげうつなんて、この現実は重すぎます」

「佳奈子さん……」塔子は彼女をじっと見つめる。

でも、と佳奈子は言った。

「私は生きなくちゃいけないんですよね。だって、この心臓は、父たちのおかげで動いているんですから」

そのとおりだ、と塔子は思った。その心臓はたぶん、佳奈子にとっての「聖者」が残してくれたものなのだ。

佳奈子はひとり涙を流していた。末次はベッドのそばに近づいて、妻の手をそっと握った。

塔子たちは裏付け捜査のため、上野駅方面へ歩きだした。五分も行けば、そこはもう不忍通りだ。

歩道を進みながら、塔子は鷹野の顔を見上げた。

「殺人犯がなぜ事件を起こすのか、私はいつも、その動機を知りたいと思っているんです。今まで関わってきた事件には、とても理解できないような動機もあったし、そうだったのかと納得するような動機もありました。……でも、今回の事件は特別です。橘久幸と赤城庄一、ふたりの気持ちを思うと、いたたまれないような気分になります」

「如月にひとつ警告しておこう」あらたまった調子で、鷹野は言った。「動機を想像し、推測するのはかまわない。だが動機が判明したら、一度そこから離れたほうがいい。そうでないと、犯人の執念に取り込まれてしまうぞ」

鷹野の言うとおりかもしれない。塔子は警察官なのだ。犯罪者に同情しすぎては、正しい判断ができなくなる。

「そうですね。気をつけます」

「……とはいえ、情の部分で犯人を救ってやれるのは、如月ぐらいだ。それは俺にもよくわかっている」

その言葉を聞いて、塔子ははっとした。今、ひとつの答えが出たような気がした。

「主任は、事件が起こってしまうのは仕方のないことだと言っていましたよね。でも、再犯者を出さないようにすることは、できるかもしれません。今回の井之上慶太も、赤城庄一もそうです。私が関わった犯罪者には、もう二度と罪を重ねさせない。ここで犯罪の連鎖を断ち切る。……そういう目標を持つことにします。それが私の、刑事としてのアイデンティティーになっていくと思うんです」

「なるほど。いい目標だ」鷹野はうなずいた。

ふたりは百円ショップの前を通りかかった。店先に置かれたCDプレーヤーから、明るいBGMが流れている。今日はクリスマスイブだ。

「ちょっと覗いてみるか」

鷹野は店に入っていった。事件が一段落して、気持ちに余裕が出来たのだろう。外は寒いので、塔子も店内に入ってみた。鷹野は奥のほうで、何やら品定めをしているようだ。

そういえば、と塔子は思った。鷹野はこの冬、ワインを飲むと言っていた。ならば、これがあると便利だろう。コルク栓の代わりになるボトルキャップを手に取って、レジへ向かった。

店の出口付近で待っていると、五分ほどで鷹野がやってきた。

「すまない。待たせたな」

ふたり揃って外に出る。塔子はレジ袋を差し出した。

「主任にはいつもお世話になっていますから、これを差し上げます。百円ですけどね」

ほう、と言って鷹野は意外そうな顔をしている。彼もレジ袋を出してきた。

「じゃあ、俺からはこれをやろう。百円だけどな」

「いいんですか？　ありがとうございます」

鷹野は早速、袋の中を覗いたが、じきに申し訳なさそうな表情になった。

「ああ……悪いけど、コルク栓のワインは飲まないんだ。うちにあるのは、蓋がスクリューキャップになっている瓶ばかりだよ」

「え……。そうなんですか」

「いや、でもまあ、いずれ使うときが来るかもしれない」

塔子も、もらったレジ袋を確認してみた。出てきたのは、はかりだった。片手に載るような、ごく小さなものだ。前に壊れてしまったと話したのを、今まで覚えていてくれたらしい。

気持ちはとてもありがたかった。しかしおもちゃのようなはかりでは、調味料などを計量するのは難しい。普段料理をしない鷹野には、わからなかったのだろう。

そしてもうひとつ、説明しなければならないことがあった。

「すみません、主任。じつは私、風袋《ふうたい》機能がほしくて……」

「風袋機能？」

「お皿の重さを引いて、内容の重さだけを量る機能です」

「そんな便利なものがあるのか」鷹野は驚いている。「なんてことだ。俺としたことが」

「あ、でもほら、郵便物の重さを量るのに使えるかもしれません」

むう、と鷹野は唸っている。そのうち、彼は首をかしげた。

「何だったかな。オー・ヘンリーの短編でこんな話がなかったか？」

「もしかして、『賢者の贈り物』ですか」

「そう、それだ」

鷹野の顔を見てから、塔子はくすりと笑った。

「あの話とはちょっと違いますよね。私たちの場合は、ただの笑い話というか、何というか……」

「まあ、いかにも如月らしいオチだな」

「え？　鷹野主任だって当事者じゃないですか」

歩いていくうち、上野公園へ上がる広い階段が見えてきた。石段には、今日も似顔絵職人たちが座っている。

たしかこの近くの路上で、橘が雑誌を売っていたのだ。

塔子はリンゴのことを思い出した。せっかく彼が剝いてくれたのだから、ひとつもらって食べればよかった——。そのことが、今も心の隅に引っかかっている。

あのとき橘は、佳奈子のことを思い浮かべていたのではないだろうか。会えない娘の代わりに、塔子にリンゴを食べさせようとしたのかもしれない。

鷹野がこんなことを訊いてきた。

「如月は、明日のクリスマスはどうするんだ？」

「明日ですか……」少し考えてから、塔子は答えた。「夜、家に帰れるようなら、母とワインを飲もうと思います。何かつまみながら、洋服や映画の話をして……。そういう、ごく普通の過ごし方をしたいですね」

「そうだな」と鷹野は言った。「たまには親孝行をしないとな」

赤城と橘、そして佳奈子。あの三人がひとつの食卓を囲むことは、とうとう一度もなかったのだ。それに比べたら自分は恵まれている、と塔子は思う。この年末年始は、できるだけ母と一緒に過ごすようにしよう。

鷹野が、塔子の腕をつついた。

横断歩道のそばで、雑誌を掲げている人がいた。眼鏡をかけた、四十代後半ぐらいの男性だ。まだこの仕事に慣れていないのだろう、雑踏の中、所在なさそうに立っている。

財布を取り出しながら、塔子は彼のほうに近づいていった。

「こんにちは。最新号の特集は何ですか？」

塔子が話しかけると、男性の表情が明るくなった。

たどたどしい調子だが、しかしとても誠実に、彼は雑誌のことを説明し始めた。

◆参考文献

『警視庁捜査一課殺人班』毛利文彦　角川文庫
『警視庁捜査一課刑事』飯田裕久　朝日文庫
『ミステリーファンのための警察学読本』斉藤直隆編著　アスペクト

解説

佐々木　敦（批評家）

本書『聖者の凶数』は、新米女性刑事・如月塔子《きさらぎとうこ》を主人公とする「警視庁捜査一課十一係／警視庁殺人分析班」シリーズの第五作である。講談社ノベルス版の刊行は二〇一三年十二月。同シリーズは『石の繭《まゆ》』（二〇一一年五月刊）を一作目として、以後『蟻の階段』（同年十月刊）、『水晶の鼓動』（二〇一二年五月刊）、『虚空《こくう》の糸』（二〇一三年四月刊）と続き、本作以降も『女神の骨格』（二〇一四年十二月刊）、最新作の『蝶の力学』（二〇一五年十二月刊）と、今のところ計七作を数える。『蝶の力学』のオビには「シリーズ累計22万部突破!!」との惹句《じゃっく》が躍《おど》っているので、人気シリーズと言っていいだろう。ちなみにシリーズ名が二つあるのは、ノベルス版だと前者、文庫版では後者になっているからである。

ミステリ・プロパーの批評家とは言えない筆者が、なぜこの解説を書いているのかといえば、このシリーズの愛読者であるからだ。いや、私は作者の麻見和史のデビュー以来のファンなのである。二つとも長いので今後は「如月塔子シリーズ」とするが、その第一弾である『石の繭』以前に、麻見は二作の長篇ミステリを上梓《じょうし》している。二〇〇六年に第十六回鮎川哲也《あゆかわてつや》賞を受賞したデビュー作『ヴェサリウスの柩《ひつぎ》』と、同賞の主催会社である東京創元社の叢書《そうしょ》「ミステリ・フロンティア」の一冊として刊行された第二長篇『真夜中のタランテラ』（２００８年）である。私はどちらも読んでいた。ただし刊行時ではなく、一年に一度くらいの頻度で集中して国内外の未読ミステリを読み漁《あさ》る癖があり、その際に二冊纏《まと》めて読んだのだったと思う。私はミステリというジャンルの中でも本格ミステリ、もしくは新本格ミステリといわれる系統の作品を好んで読んできたので、鮎川賞受賞者は当然、要チェックだったのである。

そして『ヴェサリウスの柩』を読んでみた結果は、当たりであった。続けて『真夜中のタランテラ』も読んだ。こちらも面白かった。だから「如月塔子シリーズ」の前から私は麻見の作風に好感を抱いていたのだ。というよりも、それゆえに同シリーズに手を伸ばした、という方が正確だろう。なぜなら私は普段、いわゆる警察小説はまったくと言っていいほど読まないのだから。『ヴェサリウスの柩』の作者が書いた「警察もの」だから手に取った、ということだったのである。そして読んでみた結果は、やはり当たりだったのだ。

だがまずは最初の二作について簡単に触れておこう。『ヴェサリウスの柩』は、大学の医学部の実習で、解剖中の遺体の腹部から一本のチューブが摘出されることから幕を開ける。その中にはその大学の園部《そのべ》教授への謎めいた脅迫状が入っていた。教授を慕う助手の深澤《ふかさわ》千紗都《ちさと》は犯人＝ドクター・ヴェサリウス（ヴェサリウスは「近代解剖学の父」といわれる十六世紀の人物）を探すが、一向に正体がわからぬばかりか、謎めいた事件が次々と起こり始める。事件を開始する強烈な謎の魅力は、のちの麻見作品に共通する特徴だが、あれこれ悩みながらも真っ直ぐに歩もうとする千紗都のひたむきなキャラクターが如月塔子の原型のようでもあり、いろいろな意味でデビュー作らしさを持った、だがデビュー作らしからぬ完成度と風格を備えた秀作だ。二作目の『真夜中のタランテラ』は、童話『赤い靴』の本歌取りであり、冒頭で片足の女性ダンサーの死体が、なぜか残った片足も切断され、更にはサイズの合わない義足とともに発見される。これまた実に不可思議な設定で、読者はすぐさまストーリーに引き込まれることになる。

このように麻見の最初の二長篇はいずれも本格ミステリの王道と言っていいスタイルを採っているのだが、しかし実際に読んでみると、少々印象が異なる。ロジックとフェアプレイにこだわった謎解きの側面よりも、明らかに小説＝物語としての感興に主軸が置かれているのだ。たとえば『ヴェサリウスの柩』でも、最初のチューブの謎はもちろん合理的に解決されるのだが、それは込み入ったストーリーの展開の中で滑らかにもたらされ、本格ミステリらしいケレン味や奇形性はさほど感じられない。むしろ卓抜な筋の運びと、なかなか全貌が見えない事件に翻弄されるヒロインの奮闘がこの作品の読みどころとなっている。謎のひとつひとつはいかにも本格ミステリ的なものだし、その解法もミステリのマナーに沿っているのだが、しかしそれはあくまでも「小説としての面白さ」の手段なのであって、目的ではない、という感じがするのである。この意味で、麻見和史は登場した時から狭義の本格ミステリの書き手ではなかったと言うべきかもしれない。彼のやりたいことは別にあったのだ。そもそも経歴によると、麻見は鮎川賞受賞以前にも複数のジャンルの小説新人賞に投稿していたというし、自分が理想とする小説のかたちを最も実現しやすかったのが、ミステリというジャンルであったということなのだろう。これはまったく欠点ではない。むしろ強みである。なぜなら、本格ミステリの意匠と、ストーリーテリングとキャラクター造形に長《た》けた上質なエンターテインメント小説の骨格が合体することで、他ならぬ「如月塔子シリーズ」が生み出されたのだから。

すでに触れておいたように、シリーズ第一作『石の繭』を私は、あの麻見和史の警察ものとして読んだ。スタート時点で、どのくらいシリーズ化の構想があったのかはわからないが、とにかく登場人物の描き方が絶妙である。亡き父親と同じ職業を志望して警察官となり、警視庁捜査第一課殺人犯捜査十一係に配属された如月塔子巡査部長は、身長百五十二・八センチと小柄で童顔、出動する際は服の上からバッグを斜めに掛ける。捜査で両手を使えるようにするためだが、どうしても子供っぽく見えてしまう（この描写は毎回必ずあり、萌えポイントと言ってよいだろう）。物語は主に彼女の視点から語られるので、新米刑事でしかも若い女性である塔子の内心の葛藤や苦悩が読者には透けて見える。塔子は警視庁の「女性捜査員に対する特別養成プログラム」に選ばれて捜査一課入りしたので、同じ課の警部補である鷹野《たかの》秀昭《ひであき》とコンビを組んでいる（通常は捜査一課と所轄署の刑事でコンビを組む）。コンビといっても鷹野は塔子の指導教官でもあり、彼女は実地訓練を受けているようなところもある。鷹野は身長百八十三センチの長身でやせ型、どちらかと言えば寡黙でぼんやりしているので「昼行灯《ひるあんどん》」とあだ名されたりもしているが、捜査能力は高く、幾つもの事件を解決に導いてきた。彼はかつて相棒だった後輩刑事を捜査中に死なせてしまった過去があり、そのことを今も引きずっている。この身長差約三十センチのコンビを中心に、刑事らしからぬブランド物を身につけていて、女性の捜査協力者と頻繁に食事をするなど一見チャラチャラしている尾留川《びるかわ》、五十代のベテラン刑事ながら階級は塔子や尾留川と同じ巡査部長の、足と人柄で捜査するだけでなくネットの掲示板を駆使するなど見かけによらない一面も持つ徳重《とくしげ》、体育会系の熱血漢で後輩の面倒見も良い門脇《かどわき》警部補、厳しさと鷹揚さを併せ持った理想の上司である早瀬《はやせ》係長、現場叩き上げの捜査一課のボス神谷《かみや》課長、捜査会議で常に部下を厳しく叱責する役回りの手代木《てしろぎ》管理官、優秀なプロである鑑識課の鴨下《かもした》、塔子に何やら特別な感情を抱いているらしい科学捜査研究所の研究員の河上《かわかみ》と、総勢十人のシリーズ・キャラクターが、ほぼ毎回登場する。いずれも読んでいて姿形が思い浮かぶ気がするほど魅力的に描かれており（毎回、塔子、鷹野、門脇、尾留川、徳重の五人が居酒屋やファミレスで行なうブレーンストーミングは錯綜する事件の整理に役立つだけでなく、各人の人物像を印象づける効果もある）、これは絶対映像化されるべきだと思っていたら、遂に二〇一五年夏にWOWOWで『石の繭』が連続ドラマになった。塔子役は木村文乃《きむらふみの》、鷹野役は青木崇《あおきむね》高《たか》である。

『石の繭』では、石像のようにモルタルで固められた変死体が地下室で発見される事件から幕を開け、姿なき犯人との電話での交渉役に選ばれた塔子を嘲笑《あざわら》うように第二の事件が起こる。『ヴェサリウスの柩』や『真夜中のタランテラ』での「インパクトの強い謎の提示→謎のみに収斂《しゅうれん》しない物語的な豊かさ」というパターンは、ここでも踏襲されている。二作目以降になると、事件の規模や様相にさまざまなヴァリエーションが試みられていくが、若き女性刑事如月塔子の成長物語として、このシリーズは一貫している。

この五作目『聖者の凶数』は、シリーズ中でも白眉と言っていい仕上がりだと私は思う。やはり事件の始まりは引きの強いものである。廃屋と見紛うばかりの古いアパートの一室で、薬品で顔を消された男の死体が発見される。現場には「聖エウスタキウス（狩りの守護聖人）」が描かれたポストカードが落ちており、死体の肋骨《ろっこつ》の下に油性ペンで「27」という数字が書かれていた。アパートの契約者は程なく判明し、死体はその人物であると目されるのだが、犯人を推測する手がかりがほとんど摑めないまま、第二、第三の事件が起こり、死体に書かれた数字は次第に上がってゆく……登場する人物たちは皆、一癖も二癖もありげで、次々と新たな出来事が生じるにもかかわらず、これまで以上に、この奇怪な連続殺人に一体どんな意味が隠されているのか、なかなか片鱗さえ垣間見えない。最新作『蝶の力学』まで含めて、事件の全体像の摑めなさ、先の読めなさは全七作中、随一である。

だがしかし、やはりここでも作者の狙いはミステリとしての趣向には留まらない。今回のストーリーを包んでいるのは、ある意味では善悪を超えた、弱者への透明な視線である。物語の中盤で、塔子は鷹野に「ときどき私、どうしたらいいか、わからなくなるんです」と吐露する。「捜査を進めるそばから、新しい事件が起こってしまいますよね。結局、私たちは犯人に振り回されるばかりです」。すると鷹野は「事件が起こってしまうのは仕方のないことだ」と答える。「我々の仕事は、医者と似ているんじゃないかと思う。医者というのは普通、具合の悪くなった患者を診察するだろう？　中には、なぜこんなに悪くなるまで放っておいたんだ、というケースもあるはずだ。しかし時間を巻き戻すことはできない。見つけた時点からスタートして、最善の手を尽くすしかない」のだと。そして事件の全容が明らかになった後、再び塔子は鷹野に言う。「殺人犯がなぜ事件を起こすのか、私はいつも、その動機を知りたいと思っているんです。今まで関わってきた事件には、とても理解できないような動機もあったし、そうだったのかと納得するような動機もありました。……でも、今回の事件は特別です」。彼女は哀しく残酷な真相に打ちのめされている。だが彼女を鍛える立場である鷹野は「動機が判明したら、一度そこから離れたほうがいい。そうでないと、犯人の執念に取り込まれてしまう」と語る。「そうですね、気をつけます」と居ずまいを正す塔子に、しかし続けて鷹野は言うのだ。「……とはいえ、情の部分で犯人を救ってやれるのは、如月ぐらいだ」と。このやりとりは「如月塔子シリーズ」の本質を表していると私には思える。麻見和史は、フーダニットやハウダニットの効果を十分に知り抜いた、ホワイダニットのミステリ作家なのである。

「如月塔子シリーズ」以外にも、近年の麻見は『特捜7《セブン》　銃弾』『屑の刃　重犯罪取材班・早乙女綾香《さおとめあやか》』『警視庁文書捜査官』『深紅の断片　警防課救命チーム』と、ノンシリーズものの長篇を意欲的に発表している。今や円熟期を迎えつつある彼の今後の作品に、大いに期待したい。

本書は、二〇一三年十二月に小社より『聖者の凶数　警視庁捜査一課十一係』として刊行された作品を改題したものです。

この作品はフィクションであり、実在する個人や団体などは一切関係ありません。

|著者| 麻見和史　1965年千葉県生まれ。2006年『ヴェサリウスの柩』で第16回鮎川哲也賞を受賞しデビュー。『石の繭《まゆ》』から始まる「警視庁殺人分析班」シリーズはドラマ化されて人気を博し、累計85万部を超える大ヒットとなっている。また、『邪神の天秤』『偽神の審判』と続く「警視庁公安分析班」シリーズもドラマ化された。その他の著作に「警視庁文書捜査官」シリーズや、『水葬の迷宮』『死者の盟約』と続く「警視庁特捜７」シリーズ、『時の呪縛』『時の残像』と続く「凍結事案《コールドケース》捜査班」シリーズ、『殺意の輪郭　猟奇殺人捜査ファイル』などがある。

聖者《せいじゃ》の凶数《きょうすう》　警視庁殺人分析班《けいしちょうさつじんぶんせきはん》

麻見和史《あさみかずし》

2016年１月15日第１刷発行
2025年５月13日第13刷発行

発行者――篠木和久
発行所――株式会社　講談社
東京都文京区音羽2-12-21　〒112-8001
電話　出版（03）5395-3510
　　　販売（03）5395-5817
　　　業務（03）5395-3615

Printed in Japan

講談社文庫
定価はカバーに
表示してあります

KODANSHA

デザイン―菊地信義
本文データ制作―講談社デジタル製作
印刷―――株式会社KPSプロダクツ
製本―――株式会社KPSプロダクツ

ISBN978-4-06-293294-3

講談社文庫刊行の辞

二十一世紀の到来を目睫に望みながら、われわれはいま、人類史上かつて例を見ない巨大な転換期をむかえようとしている。

世界も、日本も、激動の予兆に対する期待とおののきを内に蔵して、未知の時代に歩み入ろうとしている。このときにあたり、創業の人野間清治の「ナショナル・エデュケイター」への志を現代に甦らせようと意図して、われわれはここに古今の文芸作品はいうまでもなく、ひろく人文・社会・自然の諸科学から東西の名著を網羅する、新しい綜合文庫の発刊を決意した。

激動の転換期はまた断絶の時代である。われわれは戦後二十五年間の出版文化のありかたへの深い反省をこめて、この断絶の時代にあえて人間的な持続を求めようとする。いたずらに浮薄な商業主義のあだ花を追い求めることなく、長期にわたって良書に生命をあたえようとつとめるところにしか、今後の出版文化の真の繁栄はあり得ないと信じるからである。

同時にわれわれはこの綜合文庫の刊行を通じて、人文・社会・自然の諸科学が、結局人間の学にほかならないことを立証しようと願っている。かつて知識とは、「汝自身を知る」ことにつきていた。現代社会の瑣末な情報の氾濫のなかから、力強い知識の源泉を掘り起し、技術文明のただなかに、生きた人間の姿を復活させること。それこそわれわれの切なる希求である。

われわれは権威に盲従せず、俗流に媚びることなく、渾然一体となって日本の「草の根」をかたちづくる若く新しい世代の人々に、心をこめてこの新しい綜合文庫をおくり届けたい。それは知識の泉であるとともに感受性のふるさとであり、もっとも有機的に組織され、社会に開かれた万人のための大学をめざしている。大方の支援と協力を衷心より切望してやまない。

一九七一年七月

野間省一

あさのあつこ　NO.6〔ナンバーシックス〕#4
あさのあつこ　NO.6〔ナンバーシックス〕#5
あさのあつこ　NO.6〔ナンバーシックス〕#6
あさのあつこ　NO.6〔ナンバーシックス〕#7
あさのあつこ　NO.6〔ナンバーシックス〕#8
あさのあつこ　NO.6〔ナンバーシックス〕#9
あさのあつこ　NO.6beyond〔ナンバーシックス・ビヨンド〕
あさのあつこ　待　っ　て　る　〈橘屋草子〉
あさのあつこ　さいとう市立さいとう高校野球部(上)(下)
あさのあつこ　甲子園でエースしちゃいました　〈さいとう市立さいとう高校野球部〉
あさのあつこ　お　れ　が　先　輩？　〈さいとう市立さいとう高校野球部〉
阿部夏丸　泣けない魚たち
朝倉かすみ　肝、　焼　け　る
朝倉かすみ　好かれようとしない
朝倉かすみ　ともしびマーケット
朝倉かすみ　感　応　連　鎖
朝倉かすみ　たそがれどきに見つけたもの
朝比奈あすか　憂鬱なハスビーン
朝比奈あすか　あの子が欲しい

天野作市　気高き昼寝
天野作市　みんなの旅行
青柳碧人　浜村渚の計算ノート
青柳碧人　浜村渚の計算ノート　2さつめ　〈ふしぎの国の期末テスト〉
青柳碧人　浜村渚の計算ノート　3さつめ　〈水色コンパスと恋する幾何学〉
青柳碧人　浜村渚の計算ノート　3と$\frac{1}{2}$さつめ　〈ふえるま島の最終定理〉
青柳碧人　浜村渚の計算ノート　4さつめ　〈方程式は歌声に乗って〉
青柳碧人　浜村渚の計算ノート　5さつめ　〈鳴くよウグイス、平面上〉
青柳碧人　浜村渚の計算ノート　6さつめ　〈パピルスよ、永遠に〉
青柳碧人　浜村渚の計算ノート　7さつめ　〈悪魔とポタージュスープ〉
青柳碧人　浜村渚の計算ノート　8さつめ　〈虚数じかけの夏みかん〉
青柳碧人　浜村渚の計算ノート　8と2分の1さつめ　〈つるかめ家の一族〉
青柳碧人　浜村渚の計算ノート　9さつめ　〈恋人たちの必勝法《マーチンゲール》〉
青柳碧人　浜村渚の計算ノート　10さつめ　〈ラ・ラ・ラ・ラマヌジャン〉
青柳碧人　浜村渚の計算ノート　11さつめ　〈エッシャーランドでだまし絵を〉
青柳碧人　霊視刑事夕雨子《ゆうこ》1　〈誰かがそこにいる〉
青柳碧人　霊視刑事夕雨子2　〈雨空の鎮魂歌《レクイエム》〉
朝井まかて　花《はな》　競《くら》　べ　〈向嶋なずな屋繁盛記〉
朝井まかて　ちゃんちゃら

朝井まかて　す　か　た　ん
朝井まかて　ぬけまいる
朝井まかて　恋　歌
朝井まかて　阿《お》蘭《らん》陀《だ》西《さい》鶴《かく》
朝井まかて　藪《やぶ》医《い》　ふらここ堂
朝井まかて　福　袋
朝井まかて　草　々　不　一
歩《あゆみ》りえこ　ブラを捨て旅に出よう　〈貧乏乙女の〝世界一周〟旅行記〉
安藤祐介　営業零《ぜろ》課《か》接待班
安藤祐介　被取締役新入社員《とりしまられやくしんにゅうしゃいん》
安藤祐介　お　い！　山　田　〈大翔製菓広報宣伝部〉
安藤祐介　宝くじが当たったら
安藤祐介　一〇〇〇ヘクトパスカル
安藤祐介　テノヒラ幕府株式会社
安藤祐介　本のエンドロール
青木理　絞　首　刑
麻見和史　石　の　繭　〈警視庁殺人分析班〉
麻見和史　蟻《あり》　の　階　段　〈警視庁殺人分析班〉
麻見和史　水　晶　の　鼓　動　〈警視庁殺人分析班〉

講談社文庫　目録

2025年3月14日現在